文學大綱

鄭振鐸 編

（一）

民國滬上初版書·復制版

文學大綱一

鄭振鐸 著

上海三聯書店

民国沪上初版书·复制版

出版人的话

如今的沪上，也只有上海三联书店还会使人联想起民国时期的沪上出版。因为那时活跃在沪上的新知书店、生活书店和读书出版社，以至后来结合成为的三联书店，始终是中国进步出版的代表。我们有责任将那时沪上的出版做些梳理，使曾经推动和影响了那个时代中国文化的书籍拂尘再现。出版“民国沪上初版书·复制版”，便是其中的实践。

民国的“初版书”或称“初版本”，体现了民国时期中国新文化的兴起与前行的创作倾向，表现了出版者选题的与时俱进。

民国的某一时段出现了春秋战国以后的又一次百家争鸣的盛况，这使得社会的各种思想、思潮、主义、主张、学科、学术等等得以充分地著书立说并传播。那时的许多初版书是中国现代学科和学术的开山之作，乃至今天仍是中国学科和学术发展的基本命题。重温那一时期的初版书，对应现时相关的研究与探讨，真是会有许多联想和启示。再现初版书的意义在于温故而知新。

初版之后的重版、再版、修订版等等，尽管会使作品的内容及形式趋于完善，但却不是原创的初始形态，再受到社会变动施加的某些影响，多少会有别于最初的表达。这也是选定初版书的原因。

民国版的图书大多为纸皮书，精装（洋装）书不多，而且初版的印量不大，一般在两三千册之间，加之那时印制技术和纸张条件的局限，几十年过来，得以留存下来的有不少成为了善本甚或孤本，能保存完好无损的就更稀缺了。因而在编制这套书时，只能依据辗转找到的初版书复制，尽可能保持初版时的面貌。对于原书的破损和字迹不清之处，尽可能加以技术修复，使之达到不影响阅读的效果。还需说明的是，复制出版的效果，必然会受所用底本的情形所限，不易达到现今书籍制作的某些水准。

民国时期初版的各种图书大约十余万种，并且以沪上最为集中。文化的创作与出版是一个不断筛选、淘汰、积累的过程，我们将尽力使那时初版的精品佳作得以重现。

我们将严格依照《著作权法》的规则，妥善处理出版的相关事务。

感谢上海图书馆和版本收藏者提供了珍贵的版本文献，使“民国沪上初版书·复制版”得以与公众见面。

相信民国初版书的复制出版，不仅可以满足社会阅读与研究的需要，还可以使民国初版书的内容与形态得以更持久地留存。

2014 年 1 月 1 日

文學大綱

鄭振鐸編

中華民國十六年四月初版

目錄

敍言……一
第一章　世界的古籍……一
第二章　荷馬……二九
第三章　聖經的故事……六三
第四章　希臘的神話……一〇三
第五章　東方的聖經……一八一
第六章　印度的史詩……二〇九
第七章　詩經與楚辭……二五九
第八章　中國最初的歷史家與哲學家……三一九
第九章　希臘與羅馬……三五五

第十章　漢之賦家歷史家與論文家……四二七
第十一章　曹植與陶潛……四六五
年　表（一）……四九九

插圖目錄

一　凱爾地亞刻石之一部分……七
二　埃及的一部傳奇……八
三　歐洲印刷術未發明前之作書方法……一三
四　『童貞的禱儀』之一頁……一四
五　阿波羅與達芬 Berinni 作……一九
六　荷馬的讚頌 Ingres 作……三二
七　荷馬唱他的詩歌……三三
八　特洛伊城外的戰爭……三七
九　海倫在特洛伊 Lord Leighton 作……三九
一〇　潘娜洛甫與她的求婚者 J. W. Waterhouse 作……四三

一一　騷西與優萊賽斯的同伴 Briton Riviese 作……四九
一二　大衞 Michaelangelo 作……七〇
一三　摩西 Michaelangelo 作……七一
一四　以賽亞 Michaelangelo 作……七九
一五　路得與拿俄米 P. H. Calderson 作……八六
一六　透比與天使長 Potticelli 作……九〇
一七　耶穌 Leonardo De Vinci 作……九四
一八　周比特……一〇七
一九　繆斯……一一四
二〇　委娜斯……一一五
二一　莫考萊……一一七
二二　阿波羅……一三一

二三 阿底拉斯……一四八
二四 波索士……一五四
二五 伊卡洛斯……一五九
二六 希拉士與水中的仙女……一六三
二七 亞泰冷他的賽跑……一六五
二八 柏洛克麗絲的死……一七四
二九 愛歌與那西沙士……一七五
三〇 婆羅馬……一八六
三一 委西奴……一八七
三二 西瓦……一八八
三三 喬答摩……一九二
三四 沈默之塔……一九四

三五 建築於非洲的最古的清真寺……一九八
三六 依卡拉夫耶學射……二一八
三七 阿琪那遇大神……二三〇
三八 拉馬之結婚……二三七
三九 墨萊蔡之死……二四四
四〇 萊瓦那與大鷹約太左爭鬬……二四六
四一 拉馬交戒指於哈納曼……二四九
四二 拉馬的歸來……二五三
四三 孔子……二六五
四四 屈原（徐禎立作）……二九一
四五 屈子行吟（陳洪綬作）……二九七
四六 山鬼（蕭雲從作）……三〇〇

四七　羿焉彈日（蕭雲從作）……三〇四
四八　楚襄王夢遇神女……三〇八
四九　國殤（蕭雲從作）……三一二
五〇　堯……三二二
五一　舜……三二三
五二　湯……三二四
五三　周公……三二五
五四　老子（吴道子作）……三三六
五五　孟子……三四一
五六　孟子……三四三
五七　莊子……三四七
五八　管仲……三四八

五九 雅典的劇場 W. B. Richmond 作……三六二
六〇 喜劇的演者……三六五
六一 阿斯齊洛士……三六七
六二 克麗丁尼絲特拉 John Collier 作……三七一
六三 沙福克里士……三七五
六四 安特宮 U. J. Robertson 作……三七六
六五 優里辟特……三八〇
六六 阿里斯多芬……三八四
六七 莎孚……三八七
六八 莎孚在萊斯波島 L. A. Tadema 作……三八七
六九 狄摩桑士……三九一
七〇 希洛多托……三九一

七一　蘇格拉底……三九四
七二　柏拉圖……三九四
七三　雅典的學校 Raphael 作……三九五
七四　蘇格拉底之死 David 作……三九六
七五　運命之神 Michael Angels……三九九
七六　維琪爾……四〇三
七七　阿尼士在地洛斯 Claude 作……四〇五
七八　賀拉士 Raphael 作……四〇九
七九　奧維特……四一三
八〇　西賽羅……四一五
八一　奧萊里士……四二〇
八二　漢武帝……四三二

八三 李夫人……四三四
八四 揚雄……四三七
八五 蔡邕……四四一
八六 司馬遷……四四五
八七 賈誼……四五五
八八 董仲舒……四五七
八九 曹操……四七三
九〇 陶潛……四八四
九一 淵明撫松圖(傳趙孟頫作)……四八五
九二 謝靈運……四八九

三色版插圖目錄

一　荷馬……正文前
二　荷馬史詩的朗誦 L. Alma-Tadema 作……對三〇
三　騷西的酒 Sir. Edward Burne Jones 作……對四八
四　夏甲與以實瑪利……對七四
五　卜賽芳的歸來 F. Leighton 作……對一一八
六　潘杜妣 Warwick Goble 作……對一二二
七　伊卡洛士之死 H. J. Draper 作……對一五八
八　克麗丁尼絲特拉 John Collier 作……對三七〇
九　文姬歸漢(宋畫院真蹟)……對四四二
一〇　金谷園遊宴圖(仇英作)……對四八〇

敘言

文學是沒有國界的；阿拉伯人的故事，可以同樣的使斯坎德那維亞人怡悅，英國人的最精純的創作，可以同樣的使日本人感受到他們的美好，中國的晶瑩如朝露的詞，波斯的歌着『人生如寄』的詩，俄國的掘發『黑土』之秘密的小說，也都可以同樣的使世界上別一部分的人感受到與他們本土的人所感受的一模一樣的情緒。文學是沒有古今界的；希臘的戲曲至今還爲我們所稱賞，二千餘年前之詩經，至今還爲我們所誦讀，紅樓夢寫的是十八世紀的一個家庭的事，狄更司，莎克萊寫的六七十年前的英國，陶淵明抒寫的是六朝時所感生的情緒，亞摩客耶須唱的是中世紀時所感生的心懷，然而他們卻同樣的能爲後來各時代的人所了解，同樣的能感動了後來的各時代的無量數的人。

所以我們研究文學，我們欣賞文學，不應該有古今中外之觀念，我們如有了空間的或時間的隔限，那末我們將自絕于最弘富的文學的寶庫了。

我們應該只問這是不是最好的，這是不是我們所最被感動的，是不是我們所最喜悅的，卻不應該去問這是不是古代的，是不是現代的，這是不是本國的，或是不是外國的，而因此生了一種歧視。

迷戀骸骨，與迷戀現代，是要同樣的受譏評的，本國主義與外國主義也同樣的是一種痼癖。

文學的研究著不得愛國主義的色彩，也著不得『古是最好的，』『現代是最好的』的偏見。然而有了這種偏見，或染了這個色彩的人卻不在少數。

文學大綱的編輯，便是要闢除以上的偏見，同時並告訴他們：文學是屬于人類全體的，文學的園囿是一座絕大的園囿；園隅一朶花落了，一朶花開了，都是與全個園囿的風光有關係的。

文學大綱將給讀者『以文學世界裏偉大的創造的心靈所完成的作品的自身之概略，』同時並置那個作品于歷史的背景裏，告訴大家以從文學的開始到現在，從最古的無名詩人到丁尼生，鮑特萊爾，『人的精神，當他們最深摯的感動時，創造的表白在文學裏的情形，』並告訴大家，以這個人的精神，『經了無量數次的表白的，實是一個，而且是繼續不斷的。』

這個工作真是一個偉大而艱難的工作；文學世界裏的各式各樣的生物，真是太多了，多到不可以數字計，一個人的能力，那裏能把他們一一的加以評價加以敍述！僅做一個作家的研究，一個時代，一個國的研究者，已足够消磨你的一生了。要想把所有文學世界裏的生物全盤的拿在自己手裏，那裏能够做得到。然而已有許多好的專門研究者，做了那些一部分的研究工作了，也有好些很有條理的編者，曾經做過那種全盤的整理工作了。編者的這部工作，除了一小部分中國的東西外，受到他們的恩惠眞不少。要沒有他們的工作，本書乃至一切同類的書，其出現恐將不可能。這些書的名稱，將在本書最後介紹一下。

編者尤其感謝的是 John Drinkwater，他編的文學大綱（The Outline of Literature）的出版，是誘起編者做這個同樣工作的主因；在本書的第一卷裏，依據她的地方不少，雖然以下並沒有什麼利用。Macy 的『世界文學史』（The Story of World's Literature）也特別給編者以許多的幫助。

本書的插圖頗多，其中從 J. Drinkwater 的『文學大綱』裏引用者不少，此外是編者自已搜集的結果。這些插圖可以使本書的讀者增加不少興趣。關于中國的一部分，有許多未註明作者及所從出的書之名者，皆爲引用三才圖會者，這部圖的書很有趣，是明人繪的，什麼都有，從天文地理以至生物器用，歷代名人的圖像也占了十幾卷。因爲未能一幅一幅的註明，故在此總註一下。

本書曾刊載于十五卷及其後的小說月報上。以後又陸續的增入了不少的材料，尤其是中世紀的一個時代及插圖的一方面，成爲現在的樣子。許多熱心的朋友與讀者曾時時給我以許多的指示與鼓勵，他們的厚意，編者是不能忘記的。商務印書館對于本書的出版，曾給與編者以種種的便利與幫助，也是編者所十分感謝的。

本書的錯誤與疏漏，自然是必不能免的，希望專門的研究者能隨時的指教，予編者以更正的機會，此不獨編者個人之幸也。

鄭振鐸 十五年七月九日

第一章 世界的古籍

第一章　世界的古籍

一

文學的歷史，其起源實遠在人類能够寫作文字之前。跳舞是最古的藝術。當初民戰敗或殺戮了他們的敵人之後，往往圍繞着他們的火堆很快樂的跳舞着。他們跳舞時，同時並呼着喊着。這種呼喊之聲漸漸的變得和諧，變得能够與跳舞的節奏相應和了。於是第一首的戰歌便從此產生出來。又當人類對於神的觀念發達時，祈禱之詞也便形成了。那些歌聲與禱詞成了傳襲的，一代一代的覆述下去，每一代更把牠自己的添加進去。

人類漸漸的更文明了，他們因爲有三種的極重要的需要，使他們不能不發明一種作字的方法。一，有許多事情，如果遺忘了便會發生危險，所以不能不記錄下來。二，他們的親友或其他的人住在很遠的地方，有常常的交換他們的意見與情思的必要，又不能不有一種傳達的方法。三，一個人所有的財產，如器具，家畜之類，不能不有一種記數的方法，以免被人竊取，於是才智特出的人便發明了作字之法。最初，他們的寫作文字完全是爲了實用的緣故，到了後來，他們便用這種新的方法，以保存他們的戰歌與他們的禱詞了。但在古代的人民間，能夠寫作文字的人是很稀少的，能够讀得懂文字的人也不多。

最古的文字不過是粗率的刻在岩石上，據後人的推想，以爲這些岩石上的刻文都是先由一個能寫作文字的人畫好了字痕，然後由一個刻石匠來刻，那些刻石匠對於所寫的文字是完全不懂得的。過了一時，人類又開始用一支尖筆在焙乾的黏土板上寫字。這些黏土板構成的書籍的遺文，曾被萊雅特（Sir Henry Layard）在小亞細亞的凱爾地亞（Chaldea）發現過。其中的一片，現在陳列在不列顯博物館裏，內容是一種洪水的紀事。這可算得是世界上所存在的最古的文字了。這片文字的寫作時期，約在西曆紀元前四千年。我們很有理由去相信，希伯萊人在作聖經的數千年之前，已在凱爾地亞的紀載裏發見了創世紀上所述的洪水故事了。凱爾地亞人所用的文字，是一種『楔形文字；』每一個字，都是以一個楔，或幾個楔聯合在一起構成的。他們的寫作方法都是從左到右，寫字的筆是一種方頭的尖筆。

凱爾地亞的寫作文字的人都是受着宮廷的俸給的，當國王出去征戰時，這司書者是他隨從中的重要人員，他的職務是記載攻勝的城池的數目，殺斃的敵人的數目，以及刼掠的財物的數目，用以增高國王的威力。凱爾地亞的僧侶，也是受王家的俸給的，他們著作凱爾地亞的宗教文學。除了戰事記載與祈禱詩以外，在凱爾地亞的已發見的黏土板裏，尚可找到關於農業，占星學及政治的文字。有人以爲萊雅特及其他阿速利亞研究者所發見的那些黏土板，都是建在尼尼微

(Nineveh)的阿速利亞王桑那考利蒲(Sennacherib)(紀元前七〇五年生,六八一年死)的圖書館所藏的一部份.

埃及的文學是次於凱爾地亞的最古的文學.埃及的書籍都是寫於紙草做的紙上的,這種紙草是蘆葦之一種,產生在尼羅河下流,那些紙就是用紙草的幹做成的,埃及人所用的筆是一管蘆類之幹做的,或者是草幹,或者是竹幹,我們所知道的最古的埃及書籍是死書(The Book of the Dead),牠的著作在大金字塔建築的時候.不列顛博物館裏也藏有死書一部.死書內所包含的是對於神的頌詞,讚美詩,祈禱文以及精靈到將來世界的途中的經驗與最後的審判等等.牠是禮儀的一種,每一個墳墓裏都要放一部在裏面,以保靈魂在向未來世界進行的途中的安全.因爲有了這個風俗,古埃及的司理葬事者便變爲第一次在史書上記載着的書賈了.在埃及,文學的觀念都集聚在廟宇裏,在許多的埃及神中,助斯(Thoth-Hermes)是司書的大神,他是鳥頭人身的,相傳埃及的許多古書都是由他創作出來的.古埃及的文學,不僅限於宗教文學的一種.此外尚有許多種類.如宮廷的文學,與以民間故事構成的民衆文學等都是,到了後來,埃及人產生的書籍更多,如小說,遊記,以及關於宗教,法律,論理,算學,測

凱爾地亞刻石之一部分.此種刻石產生在西曆紀元前四千年,爲世界最古之文字.

量，幾何，醫學等類的書都有，在這許多書籍中，能流傳到現在的卻極少．卽在亞歷山大城的大圖書館裏，古埃及的文學恐怕也難得有一部陳列在裏面，牠完全是一個希臘的圖書館．

除了死書以外，埃及還有一部書，名爲塔霍特浦的箴言(The Precepts of Ptah-Hotep)的，也是世界上的一部最古的書．塔霍特浦生於尼羅河附近的曼菲斯(Memphis)城，他的

這是埃及的一部傳奇的一部分．用紙草紙做的紙寫的．

生活的時代約在西曆紀元前三千五百五十年左右．此部最古的書的寫作，乃在摩西的二千餘年之前及印度的浮陀（Vedas）的二千餘年之前．荷馬的史詩及梭羅門（Solomon）的箴言之產生，則在其後約二千五百年．我們現在的人與梭羅門相距的年代尚不如梭羅門與塔霍特浦相距之遠．此書之古遠，由此可知．此書寫在一張紙草紙上，此紙長二十三呎七吋，闊五尺餘，現藏在巴黎的 The Bibliothéque Nationale 裏．

二

前於歐洲文學的開始數百年，中國卽已有書了．中國的文字，發明得極早，最初的文字，在現在所能得到的，是商時的龜甲文，這是前十餘年劉鶚在河南安陽縣所發現的，文字都刻在龜板及牛骨上，周時的文字都寫在竹簡上；竹簡上的字，有的是用刀刻的，有的是用漆書的．漢時，用縑帛來作書．至西曆紀元一百年前，卽東漢時，蔡倫發明造紙之法，書籍的傳布的範圍才廣大．漢末，蔡邕寫刻石經，樹於鴻都門，一時車馬闐溢，摹搨而歸，已開印刷術之先．到隋唐時，已發明雕板之術，五代宋以後，雕板的書籍流傳極廣．活字印書法，在宋初亦已發明．

中國古代的書籍，在用竹簡時，以牛皮把各簡聯結在一處，至改用縑帛及紙以後，則以木爲軸，以縑帛或紙卷於木軸上．後來則變爲册；宋時多作蝴蝶裝，逐葉翻看，展轉至末，仍合爲一卷．

中國的文字，自古至今變遷極少；因作家多追慕古人，文句大都爲因襲的，因此遂與口語日益不同，直至最近，言文才合而爲一．

印度的浮陀是桑士克里底（Sanscrit）人民的聖經，牠的寫作至少在西曆紀元前一千年．釋迦牟尼生於紀元前六世紀之末，他的教義，產生了許多印度的宗教文學；這些書籍，有的寫在皮上，有的寫在棕葉上．

最古的希伯萊書籍的寫作約在紀元前六百年．

腓尼幾人（Phœnicians）是商業的人民，他們的在北非洲的都城迦太基

(Carthage)是世界的第一個商業的城市.他們是第一個教希臘人去寫作文字的人民.

希臘人(Greeks)從腓尼幾人那里學到作字之法,又從埃及人那里第一次得到著書的觀念.希臘文的字母在紀元前八世紀卽已構成.文字的教育,在紀元前五世紀已盛行於希臘.那時齊亞士(Chios)島上已有學校,一般人都以不能識字或寫字爲恥.不過那時的希臘的文字教育,僅以能記帳與能通信爲已足,書籍的寫作或誦讀的習慣似尙未養成.希臘的遊行歌者,在未有文字之前卽已有之,他們都是在露天裏背誦荷馬的史詩一類的東西以娛悅聽者.他們從這一城遊行到那一城,如中國內地的或歐洲的遊行的戲劇團體一樣;他們的生活就依靠於背誦史詩.

亞歷山大城繼雅典而爲希臘文化之首都.在亞歷山大城的圖書館裏,集有七十萬本的希臘書,西曆紀元前四十八年,被凱薩(Julius Cæsar)燒去一部分.現在離那時已二千餘年，不列顛博物館的圖書館也不過只有四百萬本書．亞歷山大城圖書館所有的書籍，與現在的書籍不同；他們的大多數都是用埃及的紙草做的紙寫的，其他一小部分則用羊皮紙寫．紙草紙寫的書籍，與中國的卷軸一樣；文字只寫在紙的一面，紙的一端先固着在一根木軸上，然後將全紙沿着木軸卷起來，其式樣與近代的地圖極相同．古代的鈔寫書籍的人，可算是最初的書賈；他們借了一部稿本來，鈔了許多份拿來賣．紀元前五十年左右，雅典住有許多這些人．亞歷山大帝時，書賈的事業已經成爲一種商業了．亞歷山大城之成爲希臘文化的中心，在紀元前三世紀時，同時，羅馬的作家正在努力希慕希臘的作品．亞歷山大城因地勢不在戰爭的中心，又因埃及產紙，於是這城裏的圖書館，便成爲書籍出產的中心，一般書記在許多著名的學者下面，孳孳的鈔寫各種書籍，經亞歷山大城的書賈之手而傳播全世界，直至希臘文不復爲流行一時的文字，此城的地位才不顯重要．

紀元後三世紀時，書籍裝訂的式樣又變更了。書籍改卷軸而爲册頁，書頁都訂在一塊木板上。中世紀時，書籍都收藏在各處的寺院裏，因那時惟有寺院爲最安全的藏書處與鈔寫處。許多寺院都另備一間鈔書室。此時代雖然極少新書出現，而書籍裝璜之術卻極精美，每頁邊每行間都有很美麗的圖畫。『童貞的禱儀』一書卽爲一例。到了哥但保(Gutenberg)

此圖表示歐洲未發明印刷術之前的作書方法。

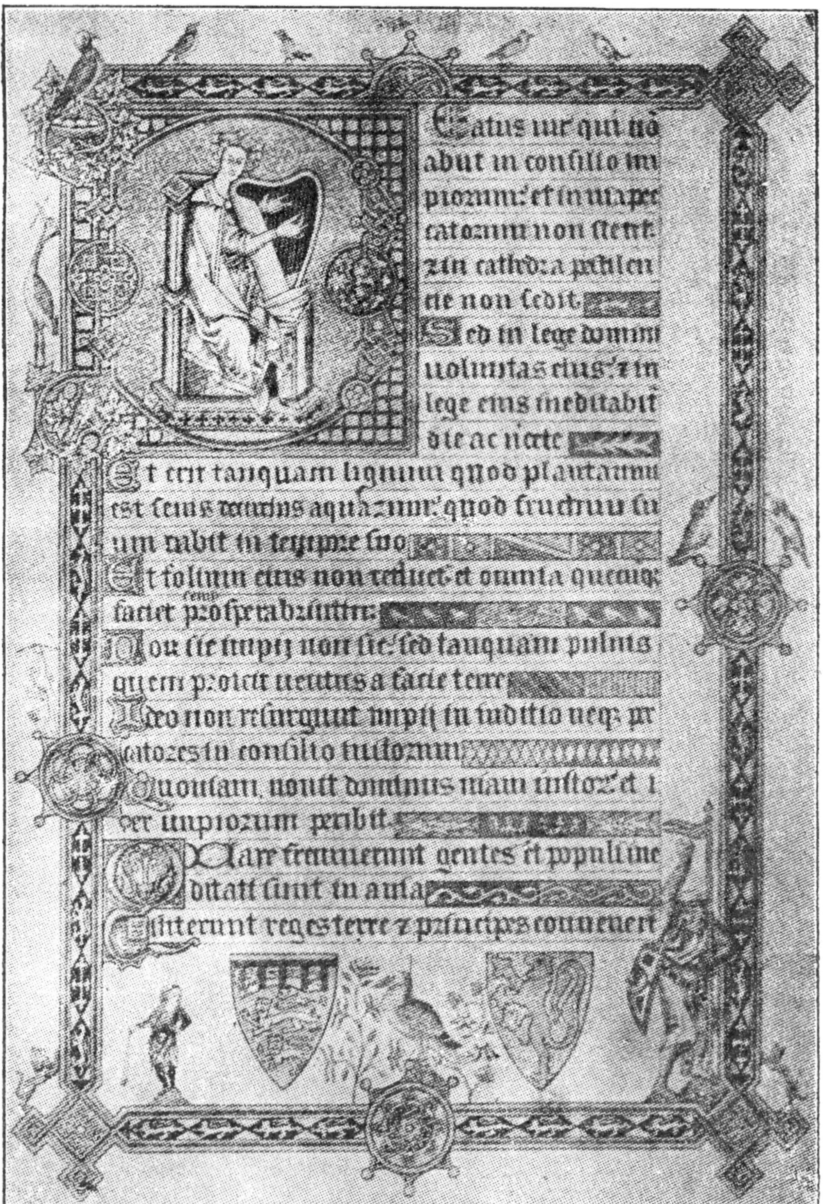

「童貞的禱儀」之一頁,其頁邊及行間的裝飾極為美麗,此種圖畫俱出於中世紀後半的教士之手.

發明印刷術後，寺院的傳鈔書籍的職務纔停止。

三

我們在上面已經把書籍的產生的情形說過了，在未開始講述文學的偉大成功之前現在且更略言那激促人類在古代卽已有著書的心的理由。古代的人類，生活非常不安，常常受環境的驅迫，對於天然現象，也常常不能明白；他們的智慧愈增，他們所要答覆的也愈多。安特留·蘭（Andrew Lang）曾把這些問題簡述如下：

世界與人類與禽獸的啟源是什麼？星辰的布列與轉動是這樣來的？日月的升沉是什麼緣故？爲什麼這棵樹有一朶紅花，而這隻鳥有一點黑斑點在牠的尾上？種族的跳舞與這種那種的習慣的法律與禮儀的啓源是什麼？

當他們找話來回答這些問題時，他們因爲智慧的限制，所答覆的與我們現在所答覆的大有不同。他們相信一切動物都是有靈魂的，就是無生物也都有人格．希洛多託(Herodotus)告訴我們說，埃及人以火爲一種活的獸類，以風爲人爲羣兒的父親．安特留．蘭說，『在野蠻人看來，天空，太陽，海洋及風，不僅是人類，而且他們是野蠻人．』古代的人，具有這種觀念在心裏，於是他們所答覆的宇宙的問題，便天然的取了故事或所謂神話的形式．當文學開始創造，人類開始著作之時，他們天然的要最先的把那些一代一代覆述下來的熟知的故事，如關於生與死的神秘與人對於所住的世界的一般關係之類的，述寫下來，這些神話便是文學的最初基石．他們包含講述世界與人類的啓源的神話；包含講述生活的藝術，如敍述始用耒耜的故事之類的神話；包含講述日月星辰的神話；包含講述死亡的神話；最後又包含有最有趣味的浪漫的神話，即敍述性愛及男女的關係的故事．在所有這些神話裏。有一個公共的性質，卽以人格給與一切生物與無生物．由這個觀念，他們便覺得世界上住有許多的神靈，他們都是能干預人類的事，都能禍或福人類的．神話與宗教觀念的發達是有很密切的關係的．文學的開始，大多數皆爲神的行爲的記述，而當宗教觀念發達，人類建築廟宇時，在世界的許多地方，廟宇又爲書籍的最初的家。

我們研究民歌與民間傳說，有一件事實覺得極重要而且極有趣味。東方所歌詠的事物與西方所歌詠的事物都有很相同的，而許多同樣的故事，也同爲世界一切人民所傳述。這種神話的廣播的原因，曾有許多理論來解釋過牠。有的說，這種的相同，完全是偶然的事；但這是很可笑的話。有的說，印度人，波斯人，希臘人，羅馬人，德意志人，斯堪的那維亞人，俄羅斯人，及克爾底人所有的故事，所以相同者，因爲他們的祖先是同源，都是阿利安族；當他們沒有西遷之前，都是同住在亞洲高原的。這種解釋似乎理由很充足，但他們忘了一件事；有些阿利安族所傳述的故事，在非阿利安族，如中國人與美洲的印地安人那里，他們也都同樣的傳述着。最令人滿意的解釋，是說，同樣神話之所以有普遍性，是因爲他們是普遍的經驗與情感的結果。安特留·蘭說：『他們是初民心中的粗率產物，還沒有印上種族與文化的歧異的特性的』但無論解釋如何，古代同樣的故事的流布之廣，卻是非常有趣味的事實．且在這里舉兩個例． Cupid 與 Psyche 的故事是希臘神話裏最著名的一節．Psyche 是一個國王的最少女兒，長得如此的美麗，竟至引起 Venus 的妬忌，於是這位女神便叫她的兒子 Cupid 去殺 Psyche． Cupid 跑進 Psyche 的房裏，但是當他見她的可愛的樣子時，他吃了一驚的退回，他自己手裏執的箭，有一支進了他的肉裏，他立誓不去傷害如此美麗的無辜的人，不久他成了 Psyche 的情人，晚上就去找她，但要求她不要問他的名字，不要看見他的臉，並且警告她說，如果她不守約，他便不得不永遠離開她了．她守得很久的約，後來，有一夜，她點了燈看着熟睡的 Cupid．燈裏的油偶然落了一滴在他的肩上，他立刻從床上跳起來，由窗戶中飛出去． Psyche 因此經了許多苦難，才得再與他相見．這個同樣的故事，講到新婦不聽她丈夫的話的，在北歐傳說裏有 Freja 與 Oddur 的一段故事，在印度的浮陀裏也有 Pururavas 與 Uivasi 的一段故事．在威爾

士(Welsh)與蘇魯(Zulu)也有這樣同類的傳說.希臘的關於狄愛娜(Diana)與安

阿　波　羅　與　婕　芬　Berinni 作.

阿波羅與婕芬的故事首爲羅馬詩人Ovid寫入詩中，如Prior，如Shelley以及其他近代詩人，也都有詩歌寫述這件事.阿波羅是日神，戀愛河神之女露水，即婕芬.阿波羅追逐着她，她逃到父親那里去，當她的足踏到水邊時，她覺得已着根於地中，因她父親聽見她的呼救，把她變爲一株桂樹了.

狄美恩(Endymion)的神話，在各民族裏也有同樣的傳說．狄愛娜是月的女神，正驅着她銀白色的馬經過天空，突然看見山坡上睡着一個名爲安狄美恩的美貌的牧童．她低頭與他接吻，一夜夜的停車在這同樣的地方。過了一會狄愛娜恐怕安狄美恩的美貌要喪失了；便使他永遠睡着，且把他藏在永沒有人見到的洞裏．這個故事屬於太陽的神話裏，一般人都以爲安狄美恩就是夕陽，月神每夜旅行時都要注視着他的．澳大利亞洲的土民，算是世界上最退化的民族，也有這個同樣的故事，Cingalese及非洲的幾個部落，也都有這個同樣的故事，不過略帶些地方的色彩．

這些神話都是遠在文學開始之前的人類的藝術的表現，他們都是最好的文藝的題材，曾激起古代及近代的許多詩人的情感，如這里所附的阿波羅與婕芬的雕像，卽是一例，又曾使文藝復興時代及近代的許多大畫家爲他們作了許多不朽的圖畫．

文學的開始是合作的，不是個人的；這是很重要的事實，我們應該記住的．古代的關於星辰的故事，與母親對嬰兒所唱的兒歌，都是一代一代傳下來，時時加以變遷，添飾與進步的，最後才被寫在紙上．同時，在神話以外，人類還有許多英雄的故事在流傳．當家族擴大而爲民族，當民族在漁獵時代，個人勇敢的冒險的機會是極多的．這些英雄的勇敢的行爲一代一代的傳下來，添加了不少的誇張與附會的神奇事跡進去，成爲一個民族的光榮的故事．當人類開始去寫作書籍時，這種多量的傳記的與歷史的傳說已存在千百人的心裏，預備給作書者寫下了．此外，還有成爲法律的生死結婚的儀節風俗，以及季候的變遷，神靈的祭祀，播種及收穫時的祈禱酬庸，乃至口頭流傳的箴言及趣語之類，都是最初的作家所能取得的已有的資料．

詩歌的啓源，實在未有文字之前．許多民歌到現在還有許多農民在唱着．民歌（ballad）的一字是從古法文的動詞"baller"變化出來的，就是跳舞的意思．

所以民歌原來是一個跳舞者所唱的歌，文辭是跟隨了動作的，這種古代的歌舞就是最初的『情感表現在藝術上的』這些民歌也是最初的作者所寫的書籍的資料之一。

所有這些最初文學的資料，都是絕對的屬於民衆的。共同的幻夢與共同的靈感，便是不知名的詩人的題材。直至後代，才於這些古代的民衆藝術之外有個人的藝術；個人的藝術乃是特殊情感的表現而不是共同情感的表現，所以牠們是少數人的而不是民衆的所有品。在希臘羅馬盛時，能讀書的人不多，而能唱詩歌的人則極多，中世紀也是如此。直到近代民衆的讀書能力大增，個人的藝術才得普及。但自古至今。口語的文學在不識字的民衆中。却始終占有他們自己的絕大的勢力。

所有這些口語的文學，都在等候最初的文學作家把他們寫下來。所以最初的文學便是流傳的藝術作品的總集，最初的作家便是把他們許多年代的祖先所熟諳的故事與詩歌拿來選擇，整理與美化的。這個事實，當我們進一步而去研究古代的文學作品，荷馬的史詩及聖經時，必須留意到。

參考書目

一. 希臘臘丁古字學大綱 (Handbook of Greek and Latin Palæography) 湯姆生 (Sir E. Maude Thompson) 著，保爾公司 (Kegan Paul) 出版的國際科學叢書 (The International Scientific Series) 之一。此書爲講述古代書籍的形式的，如手鈔本及以尖筆書寫之類的事。

二. 中國雕刻源流考 孫毓修著，商務印書館出版的文藝叢刊之一；講述中國印書術的起源與變遷及書籍的裝訂與所用的紙張等甚詳。

三. 書林清話 葉德輝著，中國各地舊書鋪裏都有寄售；纂輯各書中關於敍述書籍版本之類的文字。

四. 書籍販賣史 (The Romance of Bookselling) 蒙白 (F. A. Mumby) 著，Chapman & Hall

公司出版;敍述自最古之時以來的書籍販賣與出版的歷史,

五.印刷的書籍(The Printed Book)阿爾地士(H. G. Aldis)著,康橋大學出版部的"The Cambridge Manuals of Science and Literature"之一.

六.鈔本的書籍(Books in Manuscript)馬但(Falconer Madan)著.

七.書籍的裝訂(The Binding of Books)霍倪(H. P. Hlorne)著.

八.古代有插圖的書籍(Early Illustrated Books)波拉(A. W. Pollard)著.

自六至八皆在保爾公司(Kagan Paul)出版的叢書『論書籍的書』之內.

九.中世紀的書籍與作書者(Books and Their Makers)研究自羅馬帝國之滅亡至十七世紀之末的文學的產生與傳播的情形.共二册.普特南(G. H. Putnam)著,普特南公司(G. P. Putnam & Sons)出版.

十.古代的作者與讀者(Authors and Their Public in Ancient Times)亦爲普特南著,由同上的公司出版.

十一　飾花的稿本（Illuminated Manuscripts）哈勃特（J. A. Herbert）著，Methuen 公司出版。

十二　圖書館與圖書的創立者（Libraries and the Founders of Libraries）愛德華（E. Edwards）著，Trübner & Co. 出版，講述古代的埃及，希臘及羅馬帝國的圖書館，並及僧院的圖書館。

十三　圖書館的啟源（The Beginnings of Libraries）李查特遜（E. C. Richardson）著，亞克斯福大學出版部（Oxford University Press）出版。

十四　聖經的圖書館；自紀元前三千四百年至紀元後一百五十年的圖書館的略史（Biblical Libraries）著者及出版者俱同上。

十五　寓言時代（The Age of Fable）蒲爾芬契（Bulfinch）著，鄧特公司（Messrs. Dent）出版的萬人叢書（Everyman's Library）之一。此書爲初次研究神話學的人的極有用處的書。

十六　民間文學：一種歷史的科學（Folklore as an Historical Science）哥姆（Sir G. L. Gomme）著，Methuen 公司出版。

十七．神仙故事學（The Science of Fairy Tales）哈特蘭（Hartland）著，Walter Scott Publishing Co. 出版。

十八．克爾底族諸國的神仙信仰（The Fairy Faith in Celtic Countries）萬茲（W. Y. Evans Wentz）著，亞克斯福大學出版部出版。

十九．希臘及羅馬的神話（Greek and Roman Mythology）史亞定（Dr. H. Steuding）著。

二十．北歐的英雄傳說（Northern Hero Legends）猶里捷克（Dr. O. L. Jiriczek）著。

二十一．北歐的神話（Northern Mythology）客夫曼（D. F. Kaufmann）著。

自十九至二十一三書．皆在鄧特公司（Messrs. Dent）出版的"Temple Cyclopædic Primers"之內。

二十二．神話學導言（An Introduction to Mythology）史賓斯（L. Spence）著。

二十三．希臘與羅馬的神話（Myths of Greece and Rome）哥爾保（H. A. Guerber）著。

二十四．北歐人的神話（Myths of the Norsemen）哥爾保（H. A. Guerber）著。

二十五.中世紀的神話與傳說(Myths and Legends of the Middle Age)哥爾保(H. A. Gnerber)著.

二十六.不列顛族的英雄神話與傳說(Hero-Myths and Legends of the British Race)愛拔特(M. I. Ebbutt)著.

二十七.克爾底族的神話與傳說(Myths and Legonds of the Celtic Race)洛萊史頓(T. W. Rolleston)著.

二十八.印度人與佛教徒的神話(Myths of the Hindus and Buddhists)Sister Nevedita 及 Dr. A. Coomaraswamy 著.

自二十二至二十八各書皆爲 Messrs. G. G. Harrap & Co. 出版的.此公司尚出有與此同類的書不少種.

二十九.格里欣公司(The Gresham Publishing Co.)也出版有一種很有用的叢書名文藝裏的神話與傳說(Myths and Legends in Literature and Art),搜羅主要民族的神話不少.

三十．安特留·蘭(Andrew Lang)在英國百科全書裏，著有一篇論神話的文字，也極有用。

三十一．金枝：魔術與宗教的研究(The Golden Bough: A Study in Magic and Religion)，共十二册。法拉塞爾(Sir J. G. Frazer)著，麥美倫公司(Messrs. Macmillan)出版。此書爲不朽的名著。近來麥美倫公司又把此書縮短，印爲一册，

第二章　荷馬

第二章　荷馬

一

荷馬(Homer)是一個最偉大的史詩作者，他把歐洲文明的最早的圖畫留遺給我們。無論就詩歌而言或就史書而言，依里亞特(Iliad)與奧特賽(Odyssey)、在世界文學上都能佔一個極重要的地位。他們成爲希臘有史時代的經典；所以她的許多哲學家，柏拉圖(Plato)亦爲其中的一個，常常從他們當中引了幾行的詩句以解釋道德的一點，或以幫助他們的辯論，正如基督教徒之徵引聖經，或中國古代及近代的學者之徵引孔子的及六經上的話一樣。希臘人直稱荷馬爲「詩人」(The Poet)，也正如西歐的人之以聖經爲「書」(The Book)一樣。

他們是西歐的知道有荷馬的各時代所產生的史詩的模範；如果荷馬的這些詩歌喪失了，世界上也許便永不會有如魏琪爾(Virgil)但丁(Dante)米爾頓 (Milton) 諸人所作的創作的史詩了.

他們在歐美各處的影響是很可驚詫的；即在現在忙碌的工商化的世界上，也沒有一個人不知

荷馬的讚頌

此圖爲 Ingres 所作，表示一切時代的一切詩人，對於這個「偉大的詩歌的盲父」的尊敬。

荷馬唱他的詩歌

在沒有文字之前,已有許多遊行的歌者,從這一村到那一村,唱詠他們的詩歌以為生活。荷馬大約亦為其中的一個。

道『荷馬的』這個形容詞的，雖然許多人不曾讀過荷馬詩歌的一行．荷馬詩歌中的重要人物的性質也爲一般人所熟知，如阿且里斯(Achilles)的力量，海倫(Hellen)的美麗，優萊賽斯(Ulysses)的智略，潘娜洛甫(Penelope)的貞節，都是許多人口頭所常說的．如『她的美麗如海倫』等類的話，在歐洲人的談話或文字裏，已如『有西施之貌』等類的話在我們中國人的談話或文字裏的一樣的熟悉了．

二

荷馬的依里亞特中所敍的故事，是特洛伊戰役(Trojan War)的故事．此故事開始於諸神的紛爭．柏萊烏斯(Peleus)與西底斯(Thetis)結婚時，大宴衆神，獨沒有請女神愛里斯(Eris)，因此愛里斯大怒，把刻有『給最美麗者』的文字的金苹菓投在衆神的宴席上．約諾(Juno)委娜斯(Venus)及阿西娜(Athena)三位女神都要得這個苹菓．衆神中的神修士(Zeus)決定叫她們三人到特洛伊國王披里安(Priam)的第二個兒子巴里斯(Paris)那里，由他評判誰是最美麗者．三個女神都到了巴里斯的面前，每一人都許巴里斯以一件東西，約諾許他以富和威權，阿西娜許他以名譽和功業，委娜斯許他以最美麗的妻子，要他把那金苹菓判歸給她。巴里斯接受了委娜斯的禮物，便說她是三人中的最美麗者。因此委娜斯成了他的友，而約諾和阿西娜成了他的敵。委娜斯叫巴里斯到希臘去。巴里斯便航海到了希臘，受斯巴達王麥尼勞斯（Menelaus）的款待。麥尼勞斯的后海倫是無比的美貌的婦人。巴里斯一見便戀愛了她。藉了女神委娜斯的幫助，誘惑海倫和他同逃到特洛伊去。麥尼勞斯悲憤交集，與他兄弟阿加米農（Agamenon）商量，徵集希臘各邦的軍隊，去攻伐特洛伊，奪回海倫。不久，希臘各邦的名王，如阿且里斯，優萊賽斯，狄奧米特（Diomed）阿琪克斯（Ajax），尼克托（Nector）等都應召而來。阿加米農被推為希臘軍的總指揮。他們乘船向特洛伊進行，把城圍困住了。特洛伊方面的英雄是巴里斯的哥哥赫克托（Hector）。衆神也加入在這個戰爭裏。約諾與阿西娜加入希臘軍，委娜斯與麥爾士（Mars）則加入特洛伊方面。修士及阿波羅（Apollo）則守着中立．這個戰爭經過了九年，希臘軍內部忽起了衝突，卽阿且里斯與阿加米農之間發生了意見，依里亞特的故事卽開始於此．

依里亞特共有二十四卷，僅爲二十四日間的戰事紀載，其敍述的中心則爲阿且里斯的憤怒．

阿且里斯憤怒的原因，在第一卷裏敍出．當希臘軍圍困特洛伊城時，在四周掠奪了許多財物與婦女．被擄去的婦女都分配給各領袖做侍妾．阿波羅的一個祭司的女兒也被擄去，做阿加米農的侍妾．祭司因此祈求阿波羅降疫病於希臘軍．阿且里斯爲了這個緣故，在會議席上與阿加米農起了激烈的爭論．結果，阿加米農把祭司的女兒釋放了，但卻把阿且里斯所應得的一個婦人奪來以爲報償．阿且里斯因此大怒，退出戰場之外，祈求他的母親西底斯女神向這個專制者復仇．同時，大神修士遣夢神叫阿加米農出陣，阿加米農便整頓軍隊，預備開仗．正在兩陣將要交鋒之時，巴里斯獨自出來，一見希臘軍方面的麥尼勞斯，便覺得心驚胆怯.他的哥哥赫克托責備他的胆怯,又罵他,爲了他之故,使特洛伊人民及父親陷於痛苦之中.巴里斯自己辯護,並欲以海倫與財產爲賭,與麥尼勞斯單騎相鬥,希臘軍答應了.巴里斯與麥尼

特洛伊城外的戰爭

特洛伊的王子巴里斯誘了斯巴達王的后海倫同逃,因此希臘與特洛伊之間,起了絕大的戰爭.此戰爭經十年之久,方以特洛伊城的攻下而告終止.

勞斯的決鬪便開始．海倫聽到此事，也由城中到城壁上觀看．她的美麗直至於無可形容；觀戰的老人見了她都驚嘆起來，以爲兩軍爲了她而爭戰十年並不是不可思議的．二人決鬪的結果是巴里斯的失敗．但女神委娜斯救了他．希臘軍依約要求海倫的復歸，巴里斯堅持不允．兩軍的戰事便又開始．希臘軍因爲沒有阿且里斯，軍勢漸漸不振．中間經過了幾次戰事，阿加米農便請優萊賽斯諸人帶了許多禮物，去邀阿且里斯再出助戰．但被阿且里斯拒絕了．阿且里斯的拒絕助戰的一席話是荷馬的演說的極峯．希臘軍不得已又請出阿且里斯的好友柏特洛克勞斯（Patroclus）去勸他．阿且里斯還是不聽，僅借了他自己的甲楯和戰車給柏特洛克勞斯．柏特洛克勞斯穿了阿且里斯的甲胄出戰，被赫克托所殺．於是，這個顚栗的戲曲便有了一個大轉變．阿且里斯聽見了他好友的死耗與甲楯的喪失，狂怒而起．他母親爲他求天上的鐵匠弗爾甘（Vulcan）一夜把他的甲胄作好．敍寫這副甲胄的話，是荷馬詩歌中最著名的一段文字，且能使我們知道那時的藝

術，實爲歷史方面極寶貴的資料，阿日里斯爲報復愛友的仇，穿了他這副新的甲

海倫在特洛伊

此圖爲Lord Leighton所作。海倫是特洛伊戰爭的原因，爲了她，特洛伊被毀滅了，許多的英雄也都爲了她而戰死。

胄，帶了滿腔的悲憤，復出助阿加米農而與特洛伊軍戰．他如猛虎似的在特洛伊城外追殺特洛伊的軍隊．僅有赫克托留在城外．赫克托因爲聽了阿波羅的垂誡，常常避開了阿且里斯．但這時，他的最後的命運已到，卻不得不與阿且里斯相見了．他的父母見阿且里斯的勇猛，叫他跑進城來．但他不聽．二人交鋒了．赫克托悟到自己的運命，回頭逃了．阿且里斯在後追他，如鷙鷹之追鴿子．二人繞了特洛伊城追跑．所有衆神都在看着他們．約芙（Jove）問——我們救赫克托呢，還是讓阿且里斯殺死他呢？阿西娜說，——命運久已注定要他死的人，我們不能救．約芙在他的金天平上放了兩個重物，每盤一個，赫克托的盤沈了下去．於是就是阿波羅也不能救他了．阿西娜立刻飛到戰場上，變了赫克托弟弟狄福巴士（Diephobus）的樣子，假裝要幫助他．赫克托於是回身復與阿且里斯相鬬．他向阿且里斯投槍，不中．正要向狄福巴士再要一根槍，狄福巴士忽然不見了．赫克托於是知自己的死期已至，便拔出劍來，猛攻他的敵人．阿且里斯一槍刺中他的背上，他受了重傷，倒地死去。臨死時求阿且里斯把他的屍體還給特洛伊人。阿且里斯不聽，把屍足縛在戰車後面，在城外拖來拖去。赫克托的妻子安特洛瑪琪(Andromache)聽到兇耗便到城壁上來，向下一看，便也投身城下死了。阿且里斯舉行他好友的葬禮以後，因了赫克托父親的悲懇，便把赫克托的屍體還了他們。伊里亞特的故事便終止於赫克托莊嚴的葬禮的舉行。此後，特洛伊城因優萊賽斯用木馬之計而被攻落，與阿且里斯及巴里斯在城將陷時被殺害死等事，伊里亞特中都沒有敍到。

三

奧特賽是敍述特洛伊城已陷落，希臘軍得了全勝之後，優萊賽斯的浪遊的故事。麥尼勞斯復得了海倫，偕歸斯巴達。別的英雄們也都陸續歸去。獨有優萊賽斯在歸途中，被風吹到別處去，經了許多年的飄流才得回家。

在奧特賽中，沒有如在依里亞特裏的壯烈的迅雷疾雨似的戰事紀載，也沒有如在依里亞特裏的電氣似的震顫人的心肺的描寫。班特萊(Bentley)說，奧特賽是爲婦人而作的，依里亞特是爲男子而作的．這句話很可以使我們注意．除了極少的地方以外，優萊賽斯的浪遊的故事，實遠較伊里亞特爲溫和，爲富有所謂家庭的趣味．所以說奧特賽是在較後的較文明的時代所寫作的，實未嘗沒有充足的理由．至於忠於舊說的人，則以爲他們實都是名荷馬的一個詩人所寫作的，因爲伊里亞特是在他的生活的激動顚苦時所作，而奧特賽則是在他的靜穆的晚年時所作的，所以二者的氣象迥然不同．然而此二詩的氣象的相差之遠，實不能以米爾頓（Milton）所作的失樂園與得樂園二詩爲比．此外尙有以依里亞特係一男作家所著，而奧特賽則係一女作家所著的一說．（蒲特勞（Butler）所主張的）雖能發前人所未發的議論，卻亦未有確鑿的證據．

奧特賽共有二十四卷．天然的可區分爲六部分，每部分包含四卷，似乎著作者原是如此的計畫着．第一部分敍優萊賽斯久不見回家，他家中妻子的盼望，求婚者的紛擾及他的兒子出去尋求他的情形．第二部分敍優萊賽斯離了仙女卡里甫莎(Calypso)而到海王國(Sea Kings)的情形.第三部分敘他在海王國講述他自己以前冒險的故事.第四部分敘他回到伊薩加(Ithaca)與他兒子台里麥基斯(Telemachies)相見的事.第五部分敘他假裝爲乞丐回家的事.第六部分敘他與台里麥基斯殺了一班求婚者,復與他妻子及父親相

潘娜洛甫與她的求婚者

此圖爲J. W. Waterhouse所作.自特洛伊戰役之後,優來賽斯在外浪遊了許多年.他的冒險的故事,都敘在奧特賽中.他的妻子潘娜洛甫在家中爲許多求婚者所包圍.但她能始終堅守她的貞節.

見的情形.現在且依原來次序在此略述其故事的經過如下.

希臘軍攻陷特洛伊城之後十年,所有從軍的英雄,都已回家,獨有優萊賽斯沒有歸去,留居在遠離他的本國卡里甫莎所住的島上.所有的神都憐憫他的飄流.只有海神柏賽頓(Poseidon)因爲優萊賽斯曾傷害了他的獨眼的兒子之故,還繼續的憎恨他.(這件事下面有敍及)有一天,羣神會聚時,柏賽頓適不在場.女神阿西娜向大神修士求放優萊賽斯歸家.修士答應了.於是一面阿西娜到依薩加去叫優萊賽斯的兒子台里麥基斯去尋父,一面合爾姆士(Hermes)到卡里甫莎那里,叫她釋放優萊賽斯回家.這時,優萊賽斯家中的情形十分擾亂,許多求婚者聚在那里,要求他妻子潘娜洛甫的再嫁,他的兒子台里麥基斯又年幼無力,不能驅逐他們出去,只好坐視他們天天宴會,消耗他家的財產.阿西娜到了那里,變了他父親的一個朋友,勸台里麥基斯出去尋父.台里麥基斯得了這位女神的幫助,便到了比洛斯(Pylos)去問尼克托(Nector),尼克托答以不知,但叫他自己的兒子件了台里麥基斯到斯巴達去問麥尼勞斯，因爲麥尼勞斯在回家之前，也曾飄遊了許多地方。他們到了斯巴達，在麥尼勞斯的宮中受極優越的款待。他們見了美麗的海倫，同話特洛伊的往事。這一段敘述是每個讀者所極高興讀的。麥尼勞斯又告訴他們說，優萊賽斯現住在卡里甫莎的島上。這個消息是麥尼勞斯在歸途被風吹到一個荒島，捉住海中的先知者柏洛梯（Proteus），迫他告訴出來的。當柏洛梯被捉時，幻變了許多模樣，如獅，蛇，熊，一泉的流水，一株的大樹等，以求脫逃，但麥尼勞斯緊緊的握住他不放。他才不得已而說出許多消息，並示麥尼勞斯以歸途。

這里台里麥基斯正在受斯巴達王及海倫的款待時，那里的優萊賽斯也得了卡里甫莎放他歸去的允諾。他編了一個木筏，卡里甫莎又贈了他許多食物。他們於是分別了。在海行的第八日，優萊賽斯已可看見海王國的岸影，突然，海神柏賽頓正從一個旅行歸來，驅車在波濤上走；他一看見優萊賽斯便大怒起來。他雖知道衆神的決議，卻要再給優萊賽斯些苦難受，然後放他回去。於是他揚起風波來，把木筏打碎，優萊賽斯落身在海中。幸得海的神女伊諾（Ino）的幫助，經了二日二夜，才得到海王國的岸上。阿西娜顯示她自己於海王國公主納西卞（Nansicaa），叫她到河口去。她在那里遇見了優萊賽斯，贈給他衣服與食物，指示他到王宮去。優萊賽斯到了海王國的王宮裏，很受國王阿爾西諾斯（Alcinous）的款待。阿爾西諾斯宮殿的壯麗，使優萊賽斯疑爲天上的宮闕。當他們叫了歌者來詠唱特洛伊的戰事與以木馬之計破敵的歌時，優萊賽斯的淚不覺落了下來。阿爾西諾斯覺得詫異，便要求他的客人說出他的姓名。優萊賽斯告訴他自己的姓名，並訴說十年來冒險的故事。

他說，他和他的同伴們被風吹到一個地方，這里的人都是食蓮花以生存的。他們之中有三個人吃了甜蜜的蓮花，便忘了家鄉，要永久住在那里。他把他們迫回船上，立刻開船走了。然後又到了賽克洛甫斯（Cyclops）族住的地方，這是野蠻而不知法律的種族.他們不耕不種,而果穀隨處野生.他們一家家都住在山洞裏,各不相顧.離他們的國土不遠,有一個島立在海中,但他們因沒有船,永不曾到那里去過.優萊賽斯把許多同伴留在島上,他自己同了一班水手們到賽克洛甫斯那里去.他遇見了一個賽克洛甫斯,他是一個獨眼的巨人.他把優萊賽斯的水手們吃了好幾個,優萊賽施設計把他的獨眼弄瞎了,把他自己及他的水手們縛在羊腹下,逃出賽克洛甫斯的石洞外.賽克洛甫斯哀禱他的父親海神柏賽頓爲他復仇.柏賽頓之與優萊賽斯爲敵,即因此而起.他們既逃出賽克洛甫斯的險地,遂會聚了島上的同伴們,再解纜海行.於是他們便到了衆神之友的阿奧勞士(Æolus)所住的浮島.島的四周,繞以銅城.優萊賽斯諸人上了陸,阿奧勞士款待他們甚好,臨別時,贈給他們裝天下的風的皮袋一隻.他是風的看守者,能夠自由的裝風入袋及放風出來.這時,只留西風在外,吹送他們回家.他們航行了九日,在第十日的時候,已可看見他們的祖國了.不幸優萊賽斯因倦極熟睡,他的同伴們竟私自把皮袋的口解開了．於是狂風四起，又把他們的船送到阿奧勞士那里去．這一次，阿奧勞士卻不肯再幫助他們了．於是他們又到了巨人國，在那里優萊賽斯喪失了所有的船，只遺存他自己所坐的那一隻船．他們很悲哀的把船駛到騷西(Circe)所住的地方．騷西是太陽的美髮的女兒．她是具有魔法的女神，獨聲音與人類的婦女相同．他們到了岸邊，把人分為兩隊，優萊賽斯帶一隊留守在船，別一個人帶了二十二個人到陸上去．他們到了騷西所住的地方，屋的四周有獅狼之類圍繞的站着，但都馴善如家犬．除了領袖以外，其餘的人都進了屋．騷西給他們酒吃，他們全數變成了猪．領袖驚駭的跑回船上．優萊賽斯自己上岸去救他的同伴們．中途遇見了合爾姆士(Hermes)神，他給優萊賽斯以黑莖白花的奇草．他執了此草進室，因此得避免了騷西的害．他與騷西成了朋友，二十二個同伴因此又回復了人形．他們在這里住了一年，然後與騷西告別．騷西叫他先到死國去找先知者之靈特里西亞士(Teiresias)．特里西亞士告訴優萊賽斯以未來的事，告訴

騷西與優萊賽斯的同伴

此圖為 Briton Riviere 所作。騷西,是一個聰明而具有美髮的女神,她把優萊賽斯二十二個同伴都變成了猪。

他以他的結果。他在那里又看見他的母親，與特洛伊一役已死的英雄，及阿加米農。阿加米農告訴他以被妻所殺的故事。這故事後來成為希臘最大悲劇之一的骨子。後來，優萊賽斯又離了死國，回到騷西那里去。騷西預備了食物給他們，又告訴他以前途的險巇。他們於是別了騷西，經過了西連斯(Sirens)的島。西連斯就是歌者們，他們的歌聲如此的能愉樂人，竟可使聽者走近去聽，不想回家，不想再見他們的妻子。幸虧他們受了騷西的教，迅快的經過此島而不受其害。離了西連斯的島，又經過一個狹隘的海峽。這個海峽的一邊有旋渦，別一邊又有可怕的西蠟(Scylla)住着。優萊賽斯把船靠近西蠟住着的一邊駛着。西蠟突出攫了六個水手去。這些水手們最後還在呼着優萊賽斯的名字。他說，在他所有的冒險中，這是他所見的最悲慘的景象。過了這個海峽，便到太陽之神的美麗的島。島上牧畜着不死的神牛。優萊賽斯的同伴，把神牛殺了吃。於是太陽的神大怒，求大神修士降罰於優萊賽斯他們。當他們的船到了大海中，修士使大風雨雷雹交作，把他們都溺在海裏，只遺下優來賽斯一個人。他在海中九天，到了第十天，才到卡里甫莎所住的島上。卡里甫莎與他同住，直到合爾姆士奉了修士之命要她放他回家之時。優萊賽斯述他的故事至此爲止。阿爾西諾斯便命海王國的人民爲他預備了船隻，送他回家。他們還贈送許多禮物給他。於是優萊賽斯坐了異國的船，回到他的祖國依薩加。這時，女神阿西娜便到斯巴達國指點他的兒子台里麥基斯也回去。他們父子二人在牧豕奴的家裏見面。優萊賽斯喬裝了乞丐，回到自己的家裏。只有他的老狗還認識他，但牠一見他時便死去了。許多求婚者見了他，都凌辱他。他暗中與他兒子定了一計，把求婚者都殺死了。於是他與貞節的潘娜洛甫始得重聚。後來他又去見他的老年的父親，又與依薩加人相戰鬭。因女神阿西娜的幫助，他們回復以前平和的生活。而奧特賽一詩便終止於此。

四

荷馬詩歌中所描寫的英雄與婦人，都能很明白的表現出他們的性格，而不費什麽文字因爲那里是他們所説的話，所做的事，詩人不必加以什麽附註，而已足使讀者知道他們這是希臘著作的特質而與近來作者的注重個人描寫不同者。因爲希臘作家以爲個人的詳細描寫會把一般結果弄模糊了。荷馬所描寫的衆神，其性格表現的明晰也與所描寫的凡人一樣。他們都參與人間的事，一切悲喜的性情都與凡人一樣，所異者他們是不死的，而且他們的能力是超出於一切凡人之上的而已。

荷馬史詩的顯著的特質，就是他們把一個原始民族的，一個世界的兒童時代的新鮮與樸質，與完美的表白的技術（思想對於媒介物的完全制御）聯結在一起。這個聯結，如阿諾爾特(Matthew Arnold)在他的論荷馬的翻譯一書裏所指出的，包含荷馬風格的四個特點：迅速；思想的直捷；言辭的明白；與壯麗（noble-ness)。沒有一個譯本無論是散文的或是韻文的，能够把所有這些種特質都譯出，——至多只能譯出一二種。

荷馬詩歌之喜用『直譬』(Similes)也是他們的一個特質。從委琪爾到米爾頓的一班創作的史詩的作者，都模倣他們的這個特質。在依里亞特中，共用了一百八十個直譬，在奧特賽中只有四十個。荷馬所取以爲比譬的事物的範圍甚廣，從最低微的東西至最高偉的東西都有。他把固執的阿琪克斯(Ajax)被敵人所圍的事，比譬爲一隻驢子進了穀場，小孩子們打他也無用。有時，荷馬且連用了好幾個直譬；如形容希臘軍到會集的地點去，說他們的模樣，如火之吞林(因爲他們甲冑的明亮)如噪鳥之飛翔(因爲他們的喧嘩與匆促)，如無數的綠葉，(當他們會集爲變動的一羣時)如營營的蠅(因營營的激昂之聲從會集處發出)，如許多羣的羊被牧羊人所分開，(當他們被領袖分別帶開時。)火與瀑布與雪與電也是荷馬所常用以爲比譬的，以獅爲譬之處尤多，在依里亞特中，幾乎不下三十處。

這些直譬常常是歷史的珠玉。如荷馬常以獅爲譬，我們便因此可以知道，在那個時候，獅是一種熟悉的猛獸。所以荷馬所給於後來，實不僅是故事，而且是歷史。這個斷定，尤其在研究荷馬的全部作品時更可明白。近來在希臘及其周圍諸國，疊次發現了如荷馬詩裏所描寫的古代城邑與器物。在米西那（Mycenae）發見了城牆與城門的餘跡及國王的墳墓。在那些墓裏獲到了如奧特賽裏所寫的優萊賽斯所用的金胸針及如依里亞特裏所寫的阿且里斯所川的奇異的甲冑之類的武器。在特洛伊所在的地方，近於Dardanelles的海邊，有古代房屋的遺跡可見，更有一座堅固的傾頹的古城。在Crete地方，還遺留着弘麗的宮殿，可以反映奧特賽所寫的海王國的文明。凡此種種，俱可斷定荷馬的詩歌實不是技巧的神話，乃是真實的曾生活於世界的一部分人類的記載。我們由他們那里可以得到荷馬的世界的大概圖形。

五

依里亞特與奧特賽何以形成，何以能定為現在的樣子？在胡爾福（Wolf）的

"Prolegomena"，(一七九五年出版)裏，已指出四個要點：(一)荷馬的詩歌的著作，是不賴文字的幫助的，那兩部史詩裏的詩歌，都是一代一代的在口頭傳述下來的在傳述的時代，他們變更了許多；(二)在紀元前五百五十年左右，他們被寫了下來，修正者與文藝批評者潤飾那些詩歌，改更他們，使之合於藝術的趣味；(三)這兩部史詩的藝術的統一，是後世修正的結果；(四)構成兩部史詩的原來的歌曲，是幾個作家的作品，不過我們已永不能指出何處是何人所作的。然而胡爾福還沒有否認有一個名爲荷馬的開始編織那個網的詩人的存在。

我們在現在研究這兩部大史詩，古來相傳的作者的觀念必須廢棄。我們如相信依里亞特與奧特賽爲荷馬一人所創作，正如相信聖經的現在的本子是從天上傳下來的。荷馬這個名字，本來就是『零片集合者』(Piecer-together)的意思。這已足證明依里亞特與奧特賽之爲荷馬一人的創作的信仰之不能維持了。並且，就那些詩歌看來，處處都可以看出修改潤飾的符記；例如古代的野蠻舉動，在後來的較文明的希臘人以爲可怕者，都已删染過，以期適合後來的文明。

但在許多地方，尤其是在英國，仍有許多人相信這些詩歌是一個人的作品的話。在德國，西勞(Schiller)與歌德(Goethe)也都相信此說。西勞且以胡爾福的話爲野蠻的。這個大原因卽在於：如果我們離了辯論而去讀那些詩歌，奮身躍入那故事的迅流的清溪中，我們便要覺得這故事的繼續與和諧，不免要重生『這是個人的創作』的印象。

參考書目

一．荷馬(Homer)　格蘭斯敦(W. E. Glaston)著，麥克美倫公司(Messrs. Macmillan)出版的『文學初步』(Primers of Literature)之一．

二．荷馬伊里亞特與奧特賽的導言(Homer: An Introduction to the Iliad and Odyssey)約蒲(Sir R. C. Jebb)著，麥克里霍士公司(J. Maclehose & Sons, Glasgow)出版．

三.奧特賽(Odyssey) 柯林斯(W. Lucas Collins)著，勃拉克屋特公司(Messrs. W. Blackwood & Sons)公司出版的古代名著叢書(Ancient Classics for English Readers)之一。

四.依里亞特(Iliad) 著者與出版公司同上，亦為古代名著叢書之一。

自一至四各書皆為初次研究荷馬者的很好的書。

五.依里亞特研究(A Companion to the Iliad for English Readers.)

六.荷馬與歷史(Homer and History)

七.特洛伊，荷馬的地理的研究(Troy, A Study in Homeric Geography)

自五至七皆李夫(Dr. Walter Leaf)所著，麥克美倫公司出版。

八.荷馬與他的時代(Homer and His Age)

九.荷馬與史詩(Homer and the Epic)

十.荷馬的世界(The World of Homer)

自八至十皆為安特留·蘭(Andrew Lang)所著，朗門公司(Longmans)出版。

十一論荷馬的翻譯(On Translating Homer) 亞諾爾特(Matthew Arnold)著，Rontledge 及 John Murray 二公司都有出版.

十二荷馬與荷馬時代的研究(Studies on Homer and the Homeric Age) 格蘭斯敦(W. E. Gl dston)著，亞克斯福大學出版部(Oxford University Press)出版，共三册.

十三荷馬研究的目標(Landmarks of Homeric Study)著者同上，一八九〇年由麥克美倫公司出版.

十四荷馬年表(Homeric Synchronism; an Enquiry into the Time and Place of Homer)著者及出版公司同上，一八七六年出版.

十五奧特賽研究(Studies in the Odyssey) 湯摩生(J. A. K. Thomson)著，亞克斯福大學出版部出版.

十六荷馬與依里亞特 (Homer and the Iliad: An Essay to Determine the Scope and Character of the Original Poem)，史達惠爾(E. M. Stawell)著，鄧特公司 (J. M. Dent &

Sons) 出版，

十七．奧特賽的女作家(Authoress of the Odyssey) 蒲特勞(Satmuel Butler)著，約那辛開甫(Jonathan Cape)公司出版．蒲特勞在此書說明他以奧特賽爲一個女作家所著的意見．

十八．荷馬的滑稽(The Humour of Homer)著者及出版公司均同上．

以上爲研究荷馬的英文著作，至於依里亞特與奧特賽的英譯本，則有下列各種：

十九．依里亞特 蒲伯(Alexander Pope)譯．

二十．奧特賽 蒲伯譯．

此二譯本，皆在佩爾公司(George Bell)出版的彭氏叢書(Bohn's Library)之內．蒲伯爲英國的大詩人；他的譯文美麗而不大忠實．

二十一．依里亞特(散文譯本) 安特留．蘭(Andrew Lang)李芙(Walter Leaf)及邁爾Ernest Myers)同譯，麥克美倫公司出版．

二十二．奧特賽(散文譯本) 蒲超(S. H. Butcher)及安特留·蘭(Andrew Lang)同譯，麥克美倫公司出版。

二十三．依里亞特　惠依(A. S. Way)譯(二冊)。

二十四．奧特賽　惠依譯。

此二譯本的文字皆爲韻文，均由麥克美倫公司出版。

二十五．奧特賽(韻文譯本)　麥克爾(J. W. Mackail)譯，慕勒公司(John Murray)出版，共三冊。

二十六．奧特賽(用原韻的譯本)　加爾菲爾特(Francis Caulfield)譯，佩爾公司(George Bell)出版。

二十七．奧特賽(行對行的用原韻的譯本)　考脫里爾(H. B. Cotterill)出版，哈拉甫公司(Harrap)出版。

二十八．奧特賽(韻文譯本)　莫利斯(William Morris)譯，朗門公司(Longmans)出版。

二十九．奧特賽(散文譯本)　蒲特勞(Samual Butler)譯，約那辛開甫公司出版。

三十．依里亞特　察甫曼(George Chapman)譯．

三十一．奥特賽　察甫曼譯．

察甫曼爲英國依里沙白時代的詩人與戲曲家．此二譯本可在鄧特(Messrs. Dent)公司出版的"Temple Classics"中得到．

三十二．依里亞特　柯卜(William Cowper)譯，柯卜爲是一個很著名的詩人，他的這部譯文近代的重版本還沒有出現．

三十三．依里亞特　白里安特(W. C. Bryant)譯，白里安特爲美國的詩人，此譯本的出版處爲波士頓的 Houghton, Mifflin & Co.

三十四．依里亞特　赫雪爾(Sir John F. W. Herschel)譯，麥克美倫公司出版．

三十五．依里亞特　愛德華(Edward, Earl of Derby)譯．在 Messrs. Routledge 出版的新世界叢書(New Universal Library)中．

第三章　聖經的故事

第三章　聖經的故事

一

古書的一個總集，被稱爲聖經(Bible)的，乃是具有無比的價值與重要的一部書。牠的勢力遍及於全個世界，尤其是歐洲。牠對於人類之道德的與宗教的發展之影響比之任何種文學都甚些。牠記載千餘年的人類文明的最顯著的進步。其中的幾篇，他們的藝術的精神直已達到了極峯。

聖經爲什麽會是一部極偉大的書呢？這可以說，因爲牠是純一的，忠懇的，美麗的，與有力的。全書中不過是一個主旨——人之尋求上帝在歷史與詩歌，預言與戲曲，福音與書翰之後，都藏有對於上帝的熱感，覺得他是在面前．然而，聖經又幸而不是神學書的總集．牠是如人類的生活一樣的複雜，是一面映出人類的忍耐與懦弱，勝利與失敗的明鏡，是一部人類的精神發展的歷史．因此之故，聖經中常有許多篇、許多節是極美麗的文字．他們的作者都是有忠懇的熱情，被高尙純潔的信仰所感發，而相信他對於人類是負有偉大的使命的．因此，這些人的文字是明白而簡樸的，他們的思想是直接而有力的．他們的用字是經濟的．他們的作品有一種靈感會找着讀者．

我們必須常常記着，聖經不是一部書，乃是許多書的總集．舊約是希伯萊(Hebrew)民族在千年間所產生的最好的文學．新約則包含『不是一國的而是一種運動的』文學；牠是一部希臘文作品的總集，在一個世紀之內所寫的，其中所敍述的是耶穌的事蹟與基督教信仰的初期的發達．但新約與舊約之間，關係是很密切的．這二種都是希伯萊的宗教家所寫的．新約中所有的作者，似都是猶太人，除了一個聖路加（St. Luke），而路加之屬於何民族，却是不明瞭的。且據歷史家的考索，耶穌是偉大的希伯萊的預言家的直系子孫，聖保羅的思想是一個猶太人，不是一個希臘人，聖約翰雖用希臘的觀念，他却是以西結的精神的後繼者。所以基督教在實際上是從猶太教（Judaism）裏自然的變化出來的。

在研究歷史與宗教思想者看來，聖經中的新約實較舊約爲重要；然而在文學方面看來，舊約却較新約爲更可寶貴。在耶穌的時候，里萬（Levant）地方猶太人所說的希臘話，已失掉牠的純粹，即以新約作者們的熱忱與忠懇，也不能使之成爲文學藝術的完全媒介。並且文字與思想之所以能天然和諧者，全因他們所發達的思想，是表現在他們自己的言語裏。以猶太的宗教思想，而傾注入希臘的鑄範裏，這種和諧是不能有的了。所以新約中雖有幾節非常美麗的文字，却遠不如舊約中之多而純粹。我們這裏所敍的是文學，不是宗教信仰，所以對於舊約較新約更爲注意。

二

舊約是那一個民族產生出來的呢?他們的宗教思想是從什麼地方來呢?

埃及歷史的開端,依據我們現在的知識,可以推演到西曆紀元前五千年。二千年以後,埃及與巴比倫(Babylonia)二國已成爲很文明很强盛的國家。在幼發拉底河(Euphrates)流域,有薩摩的人(Sumerians)定居在那裏,不久,那個地方,又爲塞米底人(Semites)所奪取。阿拉伯沙漠中的幾個遊牧民族,也是屬這個塞米底族。巴比倫與埃及的藝術、文字與思想都絕不相同,顯然可以知道是兩個不同的種族。在幼發拉底河與尼羅(Nile)河兩帝國之間的,是阿拉伯沙漠與一個近於地中海的小國,古時名爲迦南(Cannan),而現在則稱之爲巴勒斯坦(Palestine)的。迦南人也是屬於塞米底族。最初迦南人是被巴比倫之化的。後來,埃及擴張國土,迦南亦被征服。據一千八百八十七年在塔勒爾阿麥那(Tellel-Amerna)所發現的屬於紀元前一四〇〇年至一三七〇年的著名的信札所載,知道迦南在那時候是很有組織的省分，對埃及付租稅；但當埃及衰弱時，一切都變爲混亂。紀元前一二二三四年，一個遊牧民族的幾部落，名爲希伯萊(Hebrews)的在摩西(Moses)的領導之下，從埃及回到他們的巴勒斯坦南部的沙漠間，仍從事於遊牧。這些部落，所謂以色列(Israel)的子孫，也是塞米底族，與迦南人及在阿拉伯沙漠中的許多同族，言語習慣俱甚相同。他們的人類很少，不過幾千人，他們住在沙漠中一世紀左右，然後開始出去征占迦南的沃土。這時埃及已非迦南的統治者了。但他們雖占據了山地，迦南人仍舊堅守着平原。經過長時期的戰爭與擾亂，到了以色列王大衞(David)出來，迦南人與以色列人才混合而爲一個民族。紀元前一千年之後，希伯萊的文化，尤其是希伯萊的宗教，才十分發達起來。

約與希伯萊人侵入迦南同時，非力斯丁(Philistine)人似已占據了近於哥薩(Gaza)的海邊平原。非力斯丁人不是屬於塞米底族，乃是阿利安(Aryan)族中的航海人民。他們大約是從小亞細亞近於克里底(Crete)的海岸來的。舊約歷

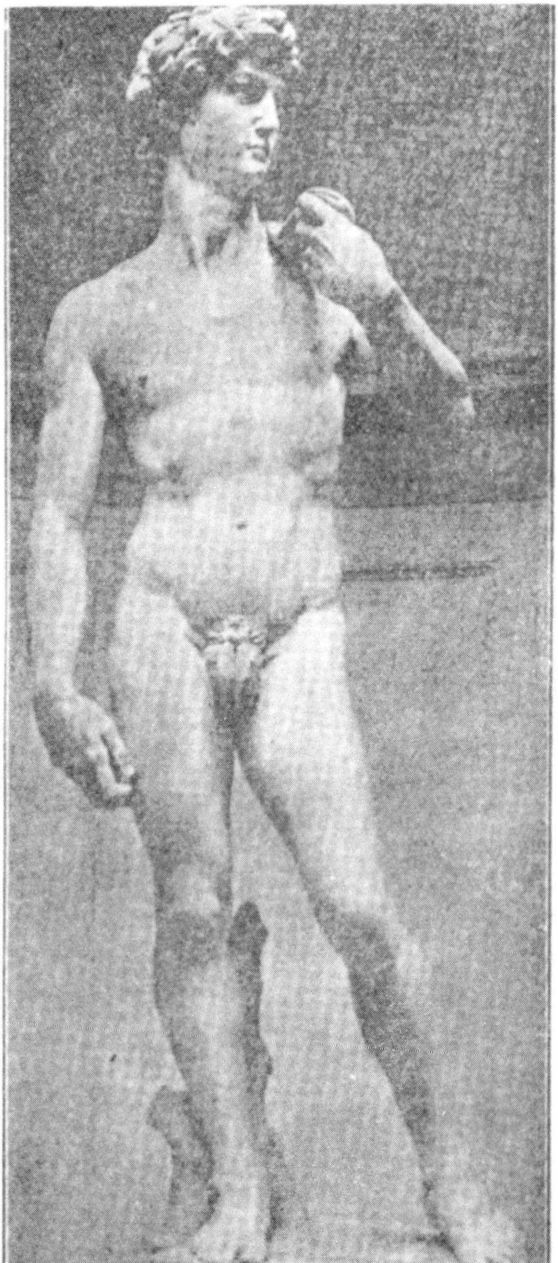

大衛，希伯萊諸王中之最偉大者。(Michael Angels 作)

史裏，明白的指出，大衛利用菲力斯丁人以建設他的國家；考古學家也以爲將滅的克里底的榮光的一星餘燼經由菲力斯丁人的影響，而供獻於希伯萊文化的發展裏去，希伯萊人從什麽地方得到他們的宗教，牠的原來的性質又是怎樣的？這個問題，很難回答。勒南（Renan）以爲住在沙漠中的塞米底人，生活在景色如此單一的自然中，當然會成一神教的信徒。但這個學理，實沒有什麽證據。所有其他各

摩西爲偉大的先知者，立法者，及政治家。（Michael Angelo 作）

族的塞米底人．一到了幼發拉底河等處，便都成了多神教徒．我們寧從聖經的傳說，以希伯萊人的這個一神教係從摩西那裏傳來的之說．摩西必是一個極偉大的人，一個衆人的天然的領袖，一個有特創的宗教思想的人．他的心必是創造的，他的性格必是嚴肅的，他的宗教的感情必是極豐富的．我們不能說，摩西的宗教思想是從埃及的來的．因爲埃及人是多神教的，而先知們都堅執摩西的教義，以耶和華(Jehovah)爲全世界的上帝．在摩西十戒裏也絕沒有埃及多神教的影響．在關於『來生』的教神上，埃及的與以色列的二宗教神其不同爲尤甚．無論在摩西的教訓裏或在任何紀元前六百年以前的大先知者的言說裏，都沒有提到死後的生活與裁判的；而埃及的宗教則是充滿了這種的信仰的．所以，謂摩西的宗教思想爲特創的，爲獨立的，爲直接感發的話，實無可反對的．

三

我們讀舊約，必須先知道舊約中的各書，是什麼時候寫的，什麼人寫的．舊約的第一部分，所謂『法典』(The Law) 的，向來最爲重視。此部分共有五篇，卽創世記，出伊及記，利未記，民數記及申命記。這幾篇相傳以爲都是摩西寫的，所以又稱爲『摩西五書』直至最近一世紀，這個傳說才被打破。許多學者，都已完全同意，以爲這五書的成爲現在的形式，是在猶太的放逐之後，以斯拉 (Ezra) 的回歸之前，換言之，卽在紀元前六百年至四百五十年之間。這『法典』大約在以斯拉從巴比倫回到耶路撒冷 (Jerusalem) 時所頒發的，很快的便被認爲聖書。近代的學者都以爲在這五書裏，在摩西時代所寫的極少，牠的現在的形式，是許多的宗教改革的結果；而全部的結構，則爲放逐期中在巴比倫的一派教士作家所編定的。這種主張，實具有許多有力的證據。在利未記裏，規定一切宗教的崇拜，必須集中於耶路撒冷，別的地方不能有祭壇。如果這條規定是摩西制定的話，以色列必始終遵守毋違，但在被俘以前的先知者們，對此規定竟不知道。且當所羅門(Solomon)在耶路撒冷建廟時，也並不遵照利未記裏的法度。所以在放逐以前，利未記裏的法律，實是沒有人知道，並不是不遵守。

我們明白了這一層，再去看這五書類各作家的文字上風格的不同，便能夠分別出某篇是某作家所寫的，及約在某時寫出。

在舊約中與摩西的關係最爲密切的爲出伊及記二十章至二十三章中所存留的聖約記（The Book of the Covenant）．牠所包括的，除了十誡之外，還有幾則簡單的拜神的規律；允許在許多祭壇裏拜神，對於祭師的職務，也沒有指定必須誰去執行．此外還有些正直而寬厚的關於民事的法律．

在創世記裏，有一大部分比較有趣的材料，是兩個被聖經學者稱爲『袠』與『伊』的作家所寫的．『袠』卽是『袠定』（Judaen），『伊』卽是『伊法拉米底』（Ephraimite）其意義是說他們是屬於南部及北部以色列的．袠約生於紀元前九世紀的中葉；伊約生於袠後的百年之內．袠是所有希伯萊的歷史家中最有天才且最偉大的，他的描寫人物與其性格俱極好；他的文字也平易而莊嚴．他所作的

此故事見舊約創世記第二十一章。作畫者姓名未詳。夏甲(Hagar)與亞伯拉罕生了一個孩子以實瑪利。(Ishmael)亞伯拉罕的妻以撒把她和以實瑪利都趕了出去。夏甲肩上負了餅和一皮袋水在別是巴的曠野失迷道路,皮袋的水用盡了。夏甲放聲號哭。上帝的使者鼓勵夏甲。上帝使夏甲的眼睛明亮,看見一井泉,就去將水盛滿了皮袋,給孩子喝。後來上帝保祐了這孩子,長大住在曠野,善於射箭,夏甲爲他娶了一個伊及女子爲妻,成爲大族。

有關於伊甸園的故事，亞伯拉罕的故事及利百加的事等，伊沒有裘那樣偉大；他所寫的是約西夫在埃及的故事。

編定摩西五書的，上面已經說過是一班於放逐時住在巴比倫的教士作家，這些人聖經學者稱之爲『僻』(P)其中的一人作了聖經的最初一章，卽創世紀的第一章第二章以後的幾章是裘所寫的。這一章最初的創造的故事反映着巴比倫的科學思想的影響。

還有一個作家被稱爲狄(D)的，是前於僻的作家，卽作申命記的。他所寫的是摩西五書中的最有價值的部分。他約生在紀元前六百五十年。

在利未記十七章至二十六章裏，有所謂『聖法』(Law of Holiness)的，這些法律，與聖約記相同，大概都是向人民說的，不是向教士說的。其後半的金律：『你要愛你的鄰人如你自己』尤在無數的年代裏，感發了無數的人。

爲讀者的便利，現在把摩西五書所構成的主要來源列一表於下。

聖約記	最古的關於民事與宗教的簡單法律.	大約與摩西最有關係,約在紀元前一千二百年.
裘	猶太北部的一個歷史家.	約在紀元前八百五十年.
伊	以色列南部的一個歷史家.	約在紀元前七百八十年.
狄	申命記的作家.	約在紀元前六百五十年.
聖法	禮儀與民事的法典,有重大的宗教價值的大約爲以西結的一個友人或侍從所編.	約在紀元前五百七十年.
僻	一派在巴比倫的作家,編定摩西五書成爲現在的形式.	在紀元前五百五十年至四百五十年之間.

舊約的第二部分是『先知書』(The Prophets),其中包含:約書亞,士師,撒母耳上下,列王上下,耶利米,以西結,以賽亞及『其他十二個小先知書』八篇.這些篇的文字都是寫在羊皮紙或紙草紙上,而各自成爲一個卷軸的;這八卷的文字,構成

『先知書』，正如那五卷的文字構成『法典』．

除了法典與先知書之外，其他的所有舊約中的文字，構成第三部分，卽所謂『雜著』(The Writings)者是．其中所包含的是路得，詩篇，約伯，箴言，傳道，所羅門歌，那利米歌，但以理，以斯帖，以斯拉與尼希米，及歷代上下的十一篇．總結希伯萊的舊約的三部分，共有二十四篇．現在英譯的與中譯的聖經其次第與此不同；此因英譯的聖經，其次序出於『范爾格』(The Valgate)，這裏的次序則從『賽甫塔琴』(The Septuagint) 之故．(『范爾格』是基督徒的標準的臘丁文聖經譯本之稱，『賽甫塔琴』是猶太教的標準的希臘文聖經譯本之稱)．編定『賽甫塔琴』的諸作家，是欲依據各篇的性質而分類的．范爾格本的聖經則把這次序混亂了．因在古時，『雜著』的地位，與『法典』及『先知書』，不能平等，故不得不分別出來．到了後來，『雜著』漸漸的被承認爲與他們有同樣的神聖性質，所以范爾格本聖書便把他們混而爲一．

構成『先知書』的是各種不同的文學。約書亞，士師，撒母耳與列王是敘述從出伊及到放逐的以色列人的歷史的這個歷史的最初一部分不大真實。因在放逐時，重要的文件失去不少，卷軸多朽蝕。所以敘述古代的歷史，大部分是後代人的『理想的』歷史。好在失去的部分，還不大重要，講到先知者的苦鬥與勝利的地方還很明白。

阿摩司敍的是紀元前七百六十年的事，那時，希伯萊的中心在於北國，而這國有被阿述里亞併滅的形勢。先知阿摩司以爲耶和華將以阿述里亞爲工具而徵罰作惡的以色列人民。耶和華是憑正義而裁判的——而對於他自己的人民尤其嚴正。何西阿繼阿摩司而作。何西阿是北國最後的一個先知，他有詩人的性格，和熱烈的宗教信仰。他以爲耶和華是愛他的人民的，他要裁判，但裁判並不是終結。紀元前七百二十二年，北國被滅了。希伯萊的一神教的精神，僅被保存在猶太的極少的國土內。於是貧窮人的先知者『彌迦』先出而反抗有權力者及壞教士與僞先知．然後『以賽亞』出來指導他的國人；他不僅是一個先知者，而且是政治家，理想家及改革者；他的影響極大．『耶列米』是教士的後代，所以他頗表同情於祈禱與宗教儀式，要求安

以賽亞：政治家及先知者．舊約中的以賽亞一篇是最好的宗教文學之一．(Michael Angelo 作)

慰於宗教.在他的文字裏他給我們的是舊約中因受苦而得教訓與力量的人物的最好例子.紀元前五百八十六年.耶路撒冷陷落,耶列米也被囚.在此十餘年前,『以西結』被擄到巴比倫.他相信流放的人民必能復歸,常在夢想,在計劃,在宣傳.

在舊約的十二篇『小先知書』裏,前面已經敍過阿摩司,何西阿,彌迦的年代最早的三篇;在其他各篇裏,我們可以找到不少亞歷山大帝死時(紀元前三百二十三年)以後的史料.其中以約拿一篇爲最可注意;牠不是史書,是先知的寓言;作者約在紀元前三百年,他取了一篇古代的先知的傳說,以爲舊約中最好的道德訓言之一的工具.

『雜著』雖然也包含些古代的材料,而他們的大部分都是在紀元前一百四十年之間的二世紀中所寫的.這時的猶太,已復得自由成一獨立的國家.『雜著』是猶太的國民文學,是詩歌、戲曲、哲學及後期歷史的總集.猶太人在獨立期中,把他們漸漸的收集起來,漸漸的重視他們.在耶穌降生前的二世紀,這個收集已完全告成了『雜著』中最偉大的作品是詩篇，牠是一部讚詩總集，一部最好的讚詩總集．在牠裏面，有許多詩是古代的，有些是大衛時代所作的，但大部分是放逐以後所做的．牠是編來供耶路撒冷的教堂用的．這些讚詩，思想與表白都是異常的美麗；他們是純粹的詩歌．（近代的讚詩有許多都不過是宗教的韻文．）世界上沒有什麼頌神的詩歌能夠更超越過他們．如：

『弟兄同居，何其善，何其美，就像亞倫頭上至美的膏油，流到鬍鬚，流到衣襟．又像黑門的甘露，像降在郇山的甘露；在那裏主降福，在那裏主賜長生．』詩篇第一三三首．

『我們曾坐在巴比倫河邊，追想郇城，痛哭流淚．

『我們將琴瑟懸在那裏的柳樹上，

『因爲在那裏擄掠我們的要我們歌唱，欺壓我們的要我們唱喜歌，說：「將郇城的歌唱與我們聽．」

『我們怎能唱主的歌在異邦？

『耶路撒冷，我要忘記你，情願我右手忘記技能．

『我若不記念耶路撒冷，我若不以耶路撒冷爲我最喜愛的，情願我的舌頭粘貼上膛．

『耶路撒冷遭難的日子，以東人說；拆毀拆毀直到根基，求主紀念此言．

『必要滅亡的巴比倫城，有人報復你像你待我們，願他得福．

『將你的嬰孩抛在磐石，如此報復你的，願他得福．』

都有一種熱烈的愉意，或熱烈的怨恨，壓迫着讀者．像這種真摯而偉大的詩歌，在詩篇裏是到處可以遇到的．

在『雜著』裏，還有其他兩部詩歌作品，一是耶利米歌，一是所羅門歌．耶利米歌共分五章，作者藝術的手段是非常高的．第二章與第四章的作者，大約是親見紀元前五百八十六年耶路撒冷被毁的恐怖的人，其餘的作者都在以後的時期．但卽在後期的著作上，如第一章的開端的幾句：

『可嘆這城，素昔民數衆多，現在淒涼，如寡婦，獨立在諸國中原爲尊大，列邦尊以爲后，而今反倒爲人供役！

『終夜哭泣，淚流滿腮，愛慕他的人素昔衆多，現在無一人來安慰他，衆良友都辜負他，成爲仇敵！』

已足以引起讀者的悲感了。所羅門歌共八章，是最美麗的戀歌，教士們雖然不很願意把牠當作神聖的，而在文學研究者卻視之爲無價之寶。現在且雜引幾段：

『……願你與我接吻，因你的愛情勝於酒醴』。

『你的膏香味甚美，你名如傾出的香膏，因此衆女子都愛慕你』。

『我看我所親愛的，如沒藥香囊，常在我懷中』。

『「我的佳耦，你甚美麗，你甚美麗，你眼猶如鴿眼。」「我的良人，你也俊美，也甚可愛；我們牀榻也青綠。」』（第一章）

『聽阿，這乃是我良人的聲音，他正躐山越嶺而來。

『我良人如獐，又如小鹿，他站在我牆壁後，從窗戶觀看，從窗櫺窺探。

『我良人開言對我說，「我佳耦，我美人，求你興起隨來。

『「冬天已往，雨也止息，已經過去。
『「上百花都已開放，百鳥鳴叫的時候已到，我們地方斑鳩的聲音業已聽見。
『「無花果樹結果芬芳，葡萄樹開花發香，我的佳耦，我的美人，求你興起隨來。
『我看你如鴿在磐石穴中，在山巖可藏之處，求你容我得見你的面貌，得聽你的聲音，因爲你的聲音嬌麗，你的面貌秀美。
『須爲我們擒捕狐狸，就是毀壞葡萄園的小狐狸，因爲我們葡萄方纔開花。」
『良人屬我，我屬良人，他遊行在百合花中。
『我的良人，我願你歸回，等到風涼氣爽日影已過，你必如獐如小鹿越過層巒疊嶂的山。』(第二章)
『我妹子，我新婦，你奪去我心，你用眼一看我，你用你頸項上一珠串奪去我心。
『我妹子，我新婦，你的愛情比旨酒更美，你膏的香味勝過一切香品。

「我新婦，你的嘴唇猶如蜂房有蜜滴下。你的舌下如有蜜有奶。你衣服的香氣如利巴嫩的香氣。

「我妹子，我新婦猶如關鎖的園囿，掩蓋的井，封閉的泉源。

「你園中所長的是石榴和佳果，古珀露花與那珥達。

「那珥達和番紅花，菖蒲，桂樹，各樣乳香木，沒藥，沈香，與一切香品。

「你又如園中的泉源，活水的井，利巴嫩的溪。

「花風與起，南風吹來，吹在我的園中，使播揚香氣，我的良人可進自己園中食享佳果」（第四章）

就上面的幾段文字看來，我們已可見牠是如何的美麗幽婉，如何的溫柔感人了。難怪歌德(Goeth)極口的稱讚牠這些甜蜜的戀歌所以能保存在聖經中者，以解者稱其爲所羅門 (Solomon) 所作的，且以爲牠所言的戀愛是象徵耶和華對於他的人民的愛的。這種曲說，直使這些最好的抒情詩永埋在宗教的祭壇之地下。然而到了近代，這種曲說，卻已爲有識者所推倒。牠的作家大約不能在紀元前三世紀之前。

路得也是『雜著』中的一篇最好的牧歌.歌德以爲牠是一篇流傳下來的最可愛小牧歌.這故事充滿了仁愛的精神.路得(Ruth)是摩押地方的女子,嫁了猶太寡婦拿俄米(Naomi)的一個兒子.拿俄米要從摩押回到猶太,對他兩個媳婦說『你們各自回娘家去.』於是與他們接吻,他們放聲大哭.一個媳婦回娘家了,只路得還是依戀拿俄米,她說道:『你往那

『路得與拿俄米』路得的故事是舊約中最美麗的牧歌,(P. H. Calderson 作)

裏去，我也往那裏去，你在那裏住宿，我也在那裏住宿．你的民就是我的民，你的上帝就是我的上帝．』他們便同走回到伯利恆．以後路得在那裏嫁了一個仁愛的人．這篇故事的時代，不能知道，但許多學者相信牠是很古遠的作品．

約伯是『雜著』中的一篇偉大的戲曲，裏邊的主旨是講人類的痛苦．這篇戲曲似根據一個古代民間傳說的故事而寫；且經過好幾個作家的增改．她是一面表現出希臘時代的猶太思想家的困惱的鏡子．牠是屬於所謂猶太的『智慧的文學』的，欲以關於人生問題的智慧的問答以表顯上帝的性質．在約伯之外，箴言及傳道的大部分也是『智慧的書』．他們的作者大約都不能在紀元前二百五十年之前．箴言共分三大部分最好的是最初的九章．牠讚美智慧，以爲智慧是最初與上帝同在的．『當他（上帝）造天空時，我在那裏．當他造地基時，我也在他旁邊．』傳道是紀錄後期猶太的自由的想思的，是紀錄神學家們的自由討論的．所以把牠放入舊約中是經了許久的遲疑的．

『雜著』中的歷代上下及以斯拉與尼希米是繼續的敍述，由一個作者編定的；他們是史書，敍自放逐歸後的事的，但與先知書中的講同樣時代的史書一比，這些史書雖是有趣，卻是虛僞的。其他雜著中的作品，如但以理，是耶穌那時候的天路歷城(Pilgrim's Progress)，如以斯帖是一篇技術很精美的故事，表白猶太的國家的光榮的。

雜著在古時的地位雖不能與『律法』與『先知書』相比，而在文學上看來，卻是舊約中最好的一部分。

四

在有些聖經裏，於舊約與新約之間，還有名爲“Apocrypha”的十四篇文字(中譯“Apocrypha”爲『不經之書』)簡單言之，這十四篇文字，在亞歷山大城的猶太人是承認牠們列在聖經裏的，而在巴勒斯坦的猶太人則反對之。羅馬教堂則僅承認其中的三篇。

在文學上看來，這些『不經之書』中，儘有許多很好的著作。但其中也有些是不大好的。如蘇撒納(Susanna)的故事及卑利與龍(Bel and the Dragon)的故事，內容都很壞。猶狄(Judith)敍猶太的寡婦猶狄以計殺亞敍利亞元帥之事，事實很恐怖。瑪喀比二書(The Second Book of Maccabees)是雜以虛幻的傳說的史書。以士剌一書(The First Book of Esdras)是不大有價值的史書；但其中卻有一節很著名的故事，卽敍三武士辯論世界上什麼東西是最强的事。『第一個寫，酒是最强的。第二個寫，國王是最强的。第三個寫，婦人是最强的；』但在一切之上，真理卻得了勝利。透比(The Book of Tobit)的故事在中世紀後期是十分流行的，藝術家多就其中採取題材。馬喀比一書爲真有價值之作，敍紀元前二百五十年頃猶太人爭自由而得勝利的史蹟；其著作的時間，約在紀元前一百年。耶穌西拉之子之智慧(Ecclesiasticus)是許多聖經學者所最讚許的。牠的作者耶穌是西拉的子或孫，是一個在巴勒斯坦的猶太人。他著此書，約在紀元前一百八十年。這個耶穌的孫，住在埃及時，曾把此書編定過而譯成希臘文．此書與舊約中的約伯，俱爲猶太的智慧文學中的最好者．所羅門之智慧是『不經之書』中第二部智慧之書．牠的作者是一個巴勒斯坦的猶太人，約與聖保羅同時．以作者努力於求美麗之故，反失了自然的美．以士喇二書也甚被重視．其著作時代在紀元後七十年，耶路撒冷落陷之後．作者是一個猶太人．我們

透比與天使長：此爲文藝復興時流行的『不經之書』中的故事之一（Botticelli 作）

由此書可見初期基督教傳道者的宗教的背景.此書寫作時,猶太教與基督教之間的隔欄還未十分堅固,所以書中具有較後來的猶太教的更偉大更寬廣的精神.此書及其他此類的書,對於基督教的發展都有影響.這種文學成了舊約與新約間的聯鎖者.

五

新約的各篇都是用希臘文寫的,而作者則都是猶太人.——大約除了聖路加(St. Luke)之外——但是他們所用的希臘文,卻不是荷馬所用的,或是柏拉圖(Plato)所用的希臘文;乃是紀元後第一世紀時所通行的白話文,一般的希臘人對朋友對話時,或對家人及有關係的人寫信時所用的希臘語言.那時代從事於文學的希臘人,所用的仍是『做作的』美文,卽以古代名著的文字爲模本的古文.最初,學者還很懷疑新約所用的希臘文,直至近代在埃及沙土中發現了那時代的家信與商業的信札,新約的文字的真實性質才大爲明白.

新約的作者能利用當時的通行語言，實爲很聰明的舉動；他們以爲宣傳基督教的範圍，不宜囿於少數的受教育的階級中，實宜愈廣愈好．而他們的信徒也實在都是從所謂中下階級裏出來的．卽耶穌的親密使徒的大部分也都是屬於這個階級裏的．——雖然初期的傳道者歡迎一切階級的一切男女，而來者自以這個階級裏的人爲最多——但他們雖用通俗的希臘文來著書，卻並不是未受教育者．聖保羅(St. Paul)受過完全的神學教育，且似是他本鄉的高級官吏的兒子．聖路加與聖約翰也都是有才能，受教育者．其他所有的新約作者也都能使用這『非本土的語言』的希臘文．表白所有要說的話語．雖然當時以爲他們所用的是『非文學的』語言，而他們的敍述和表白卻都能達到完美之境．他們確信他們是負有偉大的使命的，他們的文字自然而直捷．保羅的書札，使讀者如見其人，有時其雄辯超出於一切文學之上．約翰的文字，雖以用『非本土的語言』之故，而時覺不純熟；但他的第四福音（卽約翰傳福音書）與他的第一書卻是宗教文學的兩篇名著．路加是新約作者中的最好者．他的平易而莊美的風格，他的廣大的同情，都使現在的讀者更易感動．在他敍寫聖保羅的破船的事的一段文字裏，我們可以看出他的描寫的能力．

即在新約的文學研究上，我們也不能忽略了上帝之愛子，拿撒勒的耶穌(Jesus of Nazareth)．他的人格，瀰漫在全部的新約，而給牠以統一的精神．我們讀了新約，便知道他的思想，他的氣質，他的性格，他的博大的同情．四福音的寫作，至少在他死後三十年，然而其中所載的他的訓言，似乎比我們所預測的更是真確．他大約生於紀元前六年，而被殺於紀元後二十九年．他所說的是巴勒斯坦的阿拉瑪克(Aramaic)地方的語言，但他知道希伯萊語，似還知道希臘語．他的教訓在馬太福音裏登山訓衆的一段，最爲感人，最爲具有永久不朽的靈感：

『你們聽見有對古人說的話說，「你不可殺人」，又說，「凡殺人的難免受審判．」只是我告訴你們，凡人向弟兄動怒，難免受審判．……所以你在祭壇上獻禮物的時候，若想起你弟兄向你懷怨，就把禮

耶　穌

(Leonardo Da Vinci 作)

物留在壇前，先去同弟兄和好，然後來獻你的禮物……

『你們聽見有話說，「當愛你的隣舍，恨你的仇敵。」只是我告訴你們，要愛你們的仇敵，要爲那逼迫你們的禱告。這樣，就可以作你們在天上的父的兒子。因爲他叫他的日頭照好人，也照歹人，降雨給義人，也給不義的人。——』

這些教訓都是直接的，絕不躊躇的，而且忠懇的。他實是一位具有創造的天才的偉大的『道德的』與『宗教的』藝術家。他之被人所愛，比歷史上一切人都甚些。我們讀四福音，便如見他之立在前面一樣。福音被無量數的人所讀，所深思，所感動，卽他的人格，他的靈感在激發着無量數的人。

四福音中最古的是馬可福音，約在紀元後七十年，耶路撒冷陷落時所寫的，也許較此更早至十年以上。當親見耶穌的人過去了，馬可便把他的故事寫了出來。（牠的最後的一小部分，已經散佚了）。路加福音與使徒行傳是一個作家所作的；這個作家，大約就是路加。使徒行傳中沒有記載保羅殉道的事，因爲這篇是作於保羅殉道之前。因此，我們可以說路加福音等二篇是在紀元後六十年左右寫的。但有些學者又以爲他們是在後此一世紀所作的；有些學者則以爲是一個不知名的作者用路加的日記而作的。據現在的研究，路加與作馬太福音的作者，都是用馬可的著作與一種已佚的文件，學者名之爲『邱』(Q)的。這『邱』的文件是記載使徒馬太所記的耶穌的訓言的。這訓言的一部分已包入第一福音裏，即登山訓衆的一段。因爲這個緣故，所以第一福音名爲馬太福音；實則牠是爲一個不知名的在巴勒斯坦的猶太的基督徒，用馬可及『邱』以及其他文件所作的。他的著作時期在紀元後八十年左右。第四福音，即約翰福音，至今對於牠的作者與歷史的價値還有人在辯論。與其說牠是耶穌的傳記，還不如說牠是耶穌的精神的解釋。此作者同時並作了使徒約翰的三書。此作者大約受約翰的影響，而又受保羅及流行的希臘哲學的感化。其著作時期在紀元後一百年至一百十五年。使徒保羅有十書；其中給帖撒羅尼迦人的二書，約在紀元後五十年所寫，算是新約中最古的文字;給哥林多人,羅馬人及加拉太人的諸書,約後於此一二年.其他給哥羅西人,腓立比人,以弗所人及腓立門人的書,則大約作於紀元後六十年.保羅之生,約與耶穌同時,其死則在紀元後六十四年尼祿(Nero)大殺基督教徒之時.所以這些書信都是保羅在最後十年所寫的.給提摩太及提多二書,則非保羅原文;他們的文字不像他的;大約紀元後百年左右時,別個作者所修改編定的.給希伯萊人的一書,則並非保羅所作,而爲在紀元後八十年左右所作的.彼得前書及雅各書,猶太書都是很短的,其作者及寫作的時日,學者尙未定論.彼得後書爲新約中最後之作,其寫作的時期爲紀元後一百三十年至一百五十年.使徒約翰啓示錄是很美麗而有力的著作.牠的作者爲一個猶太人,但並不是做第四福音的約翰.牠的著作時期約在紀元後九十五年.牠的大部分簡直是詩歌,而不是散文,而其詩歌又是具有罕有的美麗與簡樸的.且看其中的一段:

『我又看見一個新天新地;

因爲以前的天和以前的地已經過去了；
海也不再有了.
我又看見聖城新耶路撒冷從天上
上帝那裏降下來,
預備好了,好像新婦妝飾好了等待丈夫』.

作者的想像是異常豐富的;他的目的在宣告天國之將臨於地上;善者終將受判得福;無論生與死,永無失敗.在這個樂觀的先知書中聖經便告終止了.

參考書目

一.新舊約的中譯本 新舊約的中譯本很多,有官話譯本,還有上海,廣東,福建各處的方言的譯本.

二.福音書的歷史與牠的轉變(The Gospel History and Its Transmissions) 保吉特(F. C. Burkitt)著,一千九百十一年出版.

三．舊約與新約間的宗教的發展 (Religious Development Between the Old and New Testaments) 查理士 (R. H. Charles) 著，一千九百十四年出版．

四．舊約書中的民間文學 (Folk-lore in the Old Testament) 法拉曹 (J. G. Frazer) 著，共三冊，一千九百十九年出版．

五．聖經字典 (Dictionary of the Bible) 赫斯丁 (J. Hastings) 著，共五冊，一千九百年—一千九百〇四年出版．此書的中譯本已出版，由上海廣學會發行．

六．菲力斯丁 (The Philistines) 麥卡里斯脫 (R. A. S. Macalister) 著，一千九百十三年出版．

七．舊約書中的信仰 (The Faith of the Old Testament) 那痕 (A. Nairne) 著，一千九百十四年出版．

八．新約書中的信仰 (The Faith of the New Testament) 著者同上，一千九百二十年出版．

九．聖經的註釋 (Commentary on the Bible) 僻克 (A. S. Peake) 著，一千九百二十年出版．

十．舊約中的教律(The Canon of the Old Testament) 李爾(H. E. Ryle)著，一千八百九十二年出版。

十一．聖地之歷史的地理(Historical Geography of the Holy Land) 亞當斯密(G. Adam Smith) 著，一千八百九十六年出版。

十二．賽米底族的宗教(The Religion of the Semites) 羅勃孫・斯密(W. Robertson Smith)著，一千八百八十九年出版。

十三．聖經之文學的研究(The Literary Study of the Bible: An Account of the Leading Forms of Literature Represented in Sacred Writings) 莫爾頓(Richard G. Moulton)著，比得曼公司(Sir Isaac Pitman & Sons)出版。

十四．希伯萊的聖詩(講稿)(Lectures on the Sacred Poetry of the Hebrews) 英文本係從洛斯(R. T. Lowth)的臘丁文原本譯出，一千七百八十七年出版。

十五．英國文學中的聖經(The Bible in English Literature) 加底納(J. H. Gardiner)

著。菲蕭·恩文公司(T. Fisher Unwin)出版。

十六。舊約的文學(An Introduction to the Literature of the Old Testament)台里浮(S. R. Driver)著，國際神學圖書館出版。

十七。人類生活中的聖歌(The Psalms in Human Life)樸洛賽羅(Rowland E. Prothero)著，約翰·穆勒公司(John Murry)出版。

十八。聖經的文學選本(Passages of the Bible Chosen for Their Literary Beauty and Interest) 法拉曹(Sir J. G. Frazer)著，勃拉克公司(A. & C. Black)出版。

十九。文學者的聖經(The Literary Man's Bible) 攷底那(W. L. Courtney)編。察卜曼與好爾公司(Chapman & Hall)出版。此書選舊約中之關於歷史的，詩的及哲學的各部分，以表白希伯萊的文學，並附以引言及註釋。

二十。文學者的新約(The Literary Man's New Testament)，編者及出版公司俱同上。此書照年次排列，而加以引言及註釋。

二十一．聖經的組成（The Building of the Bible），哥爾特（F. J. Gould）著，瓦次公司（Watts & Co.）出版．此書依據近來的聖經評論而指示舊約與新約的出現的年代次序．

第四章　希臘的神話

第四章　希臘的神話

一

希臘的神話，已成爲歐洲藝術的最重要的原料之一；有多少甜美幽妙的詩篇是以牠爲題材的，有多少優雅雄偉的雕刻與繪畫是寫刻牠的主要人物與事迹的。無論是在古代或是在近代，沒有一個人不爲牠的美麗與有趣味的故事所感動的。且不惟成人感覺得牠的好處，卽全世界的所有兒童也常取牠當中的許多故事，以爲童話的絕好資料。在歐洲各國的文字裏，有許多的文字也是與希臘的神話有密切的關係的。如『盤』（Pan）是希臘的山林中之神，他的名字有『全』的意義，所以供奉一切神的神廟，謂之"Pantheon"還有如『委娜斯』

(Venus)『阿波羅』(Apollo)『弗爾甘』(Vulcan)等等也都是各國文字裏極常見的字．所以亞靈辟斯(Olympus)的諸神，在現代的人中間，雖然沒有一個人是他們的崇拜者，然而他們在人類的心靈上永久有他們的位置．他們現在已不屬於神學的範圍，而屬於文學與藝術的範圍了．他們與世界上最好的詩歌與雕刻與繪畫與論文等等發生了最密切的關係；這些藝術的最高作品如永存在人間，他們便也將永存在人間了．因此我們如欲充分了解古代及近代的歐洲文學與藝術，便不能不對於這些希臘神話，先有一種了解；同時他們的故事的自身也是人類的想像的最高創造，在文學上也自有獨立敘述的價值．所以我們在此專章把牠敘述一下．

我們研究希臘的神話，第一須知牠是牠所自產生的那個時代的全部的知慧之庫藏．他們對於宇宙的起源，對於人類的起源，對於四季的更迭，以及對於日、月、山林、農業、詩歌、藝術的一切見解，都可於此見之；第二須知他們的諸神都各具有一種特殊的象徵的意義的，如周比特（Jupiter）爲『天空』，阿波羅（Apollo）爲『日』，狄愛娜(Diana)爲『月』，卽他們的相互的關係，也都是具有特殊的象徵的意義的。如特登士(Titans)族的父子相爭，他們的兄妹間的相婚配，與周比特的愛情的不專一，在近代的道德觀念上，似都是很不合的，然而在古代却本不以這些事爲非法，且在實際上大槪也都不過是一種自然現象的象徵而已。如在周比特的許多愛者中，約諾（Juno）是『空氣』，狄恩(Dione)是『水氣』，底

周比特：希臘諸神的王

美斯（Themis）是『正直』；他們之與周比特的婚配，都具有象徵的意義。

二

宇宙是怎樣造成的呢？衆神是從什麽地方來的呢？在希臘的神話裏，他們有很有趣味的答案。

未有宇宙之初，一切東西都混在廣大的無涯的無形體的一團裏；沒有地球，沒有山，沒有水，沒有空氣，沒有日，沒有月，只有一團黑漆的混沌。有一位名爲混沌（Chaos）的神，與他的妻子夜的女神尼克司（Nyx）（一名諾克司 Nox）在那里統治一切。久之，這兩位神倦於統治，便叫他們的兒子依里勃司（Erebus）（黑暗）出來幫助依里勃司推倒了他的父親，而娶他母親爲妻，生了兩個美麗的孩子，光明與白晝。他們也推倒了父親，而自己來統治一切，並叫他們自己的兒子愛洛斯（Eros）（一名阿摩爾 Amore 或愛）出來幫助他們，創造了海與地。（Gaia）愛洛斯給地以柔綠的草，飛鳴的鳥，青翠的樹林，游泳的魚，以及奔走的獸。地又創造了天（Uranus）以覆蓋並且完成這些美麗的工作。地與天不久又追去了他們的創造者而自己來統治一切。他們住在亞靈辟斯山頂不久，便生了十二個孩子，六個男，六個女，共名爲特登士族（Titans）。他父親很懼恐他們，當他們一生出來，便被棄在一個黑暗的地獄，名爲泰泰魯斯（Tartarus）的裏邊。後來這泰泰魯斯裏又陸續增加了六個孩子。他們的母親很不平，便到泰泰魯斯去，要孩子們出來反抗父親。他們便以最少的特登士名爲克魯納士（Cronus）的（又名薩呑 Saturn 或時間）爲領袖而推倒了他們的父親。他父親詛咒克魯納士，以爲他將來也會被他的兒子所推倒，爲這次事變的報復。

克魯納士卽位後，娶他自己的姊妹麗亞（Rhea）（一名西不爾 Cybele 或奧甫士 Ops）爲妻，並令他的兄弟們分管世界的水與日月之類。不久，麗亞生了一個孩子，克魯納士想起他父親的詛咒，非常恐慌，便到他妻子那里去，把孩子要來，全個呑了下去。如此的繼續呑了好幾個孩子。等到最後一個孩子周比特（Jupiter）

（一名約芙 Jove 或修士 Zeus）生出時．他妻子欺了他，設法保存了周比特的生命．過了幾時，少年周比特便出來戰敗了他的父親，要求他吐出以前吞下去的幾個不幸的孩子們，卽尼普頓（Neptune），柏魯圖（Pluto），委西塔（Vesta），賽麗斯（Ceres）及約諾（Juno）．於是周比特便成了宇宙之主，象神之王，分封他的兄弟尼普頓管領海洋及一切河水，柏魯圖管領地下的世界卽日光所不到的泰泰魯斯，而他自己則管領天與地，並娶了他的姊姊約諾爲妻．亞靈辟斯的神國自此便得到和平，而且日益發達起來．他們生了麥爾士（Mars）（一名阿里斯 Ares）與弗爾甘（Vulcan），他們這幾位神都各有象徵的意義．

周比特是宇宙中最高的統治者，是天空的與一切空中現象的人格化，是人間秩序與和平的保衞者，一切的神都要聽他的命令．

約諾（一名希拉 Hera，或希萊 Here）是天空的后，是空氣與結婚的女神，是天上的光明．

尼普頓（一名柏賽頓 Poseiton）是海的人格化，他是愛他所環抱的地（卽他的姊妹賽麗斯）的．

柏魯圖（一名地斯 Dis，或名海特斯 Hades，奧考斯 Orcus，阿杜紐斯 Aidoneus）是地下界的王，也是司死亡與財寶的神．人類說起他來都非常懼怕．

麥爾士是戰爭之神，是憤怒的烏雲的天空的象徵，他是天空——周比特——與天上的光明——約諾——所生的．他在希臘雖沒有什麼人崇拜，而在後來的羅馬，則算是主要的神祇之一．

弗爾甘（一名海泛斯托 Hephaestus）是火與冶鑄的神．

但神國雖和平而且發達，却常因周比特的愛情的不專一，與約諾的妒忌，時時有許多小事變發生．

周比特嘗與黑夜的女神萊托娜（Latona）（一名萊托 Leto）戀愛．約諾生了妒心，驅逐萊托娜到地上去，宣言：無論人與神都不得幫助她．可憐的萊托娜在地上走得疲倦;因爲口渴,到一個池邊去掬水喝。幾個刈稻者聽了約諾的誠言,不許她喝水,且躍入水中,攪起池底的泥。萊托娜抬起爲淚所溼的眼,詛咒這些惡人。周比特立刻實行了她的話,把他們變成了青蛙;他們至今尙喜住在混泥的水池中。於是萊托娜又向前走到海邊。向海神尼普頓求助。尼普頓叫海豚把她負到名爲提洛(Delos)的一座浮島那里去。浮島的搖動,使萊托娜不安。尼普頓便把牠用鍊固鎖在愛琴海。在這個爲詩人所讚美的風景幽美氣候溫和的島上,萊托娜產了她與周比特所生的兩個雙生子,阿波羅(Apollo)與狄愛娜(Diana),卽日與月的神。

阿波羅(一名福爾保斯 Pholbus,或名沙爾 Sol,海里奧斯 Helios,或辛西斯 Cynthius)是衆神中的最美麗者,是日神,是醫藥,音樂,詩歌,以及一切美術的神。他是九位司文藝的女神繆斯(Muse)們的領袖。這九位繆斯們是周比特與『記憶』的女神曼摩辛(Menmosyn)所生的女兒。雖然她們有時合唱,但却各有專司。克麗亞(Clio)是司歷史的繆斯，頭戴桂冠，手執書卷與尖筆，以備記載人與神的一切事。優脫卜(Euterpe)是司樂歌的女神，手執笛，戴着鮮花圈。賽麗亞(Thalia)是司喜劇與牧歌的繆斯，手執着牧童的杖與假面具，戴着野花做的冠。美爾鮑明(Melpomene)是司悲劇的繆斯，戴着金冠，手執短劍與帝王的杖。脫西庫(Terpsichore)是具輕捷之足的司跳舞的繆斯，手執七絃琴。愛萊圖(Erato)是司抒情詩的繆斯，手執一琴。波麗欣尼亞(Polyhymnia)是司讚歌的繆斯，卡麗奧卜(Calliope)是司敘事詩的繆斯，也戴着桂冠。烏萊尼亞(Urania)是司天文學的繆斯，手執着算具。

狄愛娜，是阿波羅的孿生姊妹，是月神，(一名辛西亞 Cynthia，福倍 Phoebe，賽倫 Selene，或阿底美斯 Artemis)是狩獵的神。她是美麗的女郎，穿着打獵的短衣，肩負一弓，腰懸一滿插着箭的箭袋，頭上有一新月。

周比特又與水氣的女神狄恩(Dione)戀愛，生了一個女兒委娜斯(Venus)

賽麗亞：司喜劇與牧歌的繆斯

優脫卜：司樂歌的繆斯

克麗亞：司歷史的繆斯

波麗欣尼亞：司讚歌的繆斯

脫西庫：司跳舞的繆斯

美爾鮑明：司悲劇的繆斯

（一名狄恩 Dione，阿弗洛狄特 Aphrodite 或西賽麗亞 Cytherea 一個司戀愛，美麗，歡笑與結婚的女神。但有些傳說，又以爲她不是周比特生的，而是從海中浪

委娜斯：司愛與美的女神

沫裏跳出來的。她與麥爾士戀愛，生了好幾個孩子，邱辟特(Cupid)（一名邱辟杜 Cupido，愛洛斯 Eros，或阿摩爾 Amor）是她的第二個孩子，成爲司愛之神。這個

孩子，不能長大始終是生着兩小翼的小嬰孩。委娜斯懼怕他的不健康，去問底美斯(Themis)，她答道：『戀愛沒有熱情不能長成。』委娜斯想了許多法去醫治他都無用，直到她又生出熱情之神安特洛斯(Anteros)時，邱辟特才長成而爲美貌的少年。但當他與他的弟弟分離時，他卻又變成嬰孩的形體，帶着愛淘氣的癖性。

委娜斯有許多從者，有四個美麗的荷萊(Horae)(卽四季)她們是周比特與正直的女神底美斯所生的產兒；又有三位仁慈(Charities)的女神，她們是周比特與優麗農(Eurgnome)所生的女兒；還有「愛的欲望」之神喜美洛斯(Himerus)，「愛的和協」之神波助斯(Pothos)，「愛的柔語」之神修特拉(Shadela)，及結婚之神喜曼(Hymen)。

周比特又與平原的女神美亞(Maia)戀愛，生了一個兒子莫考萊(Mercury)(一名合爾姆士 Hermes)，一個風神，神國的使者，雨神，商業之神，旅行者，牧童，及盜賊的保護者。他與人間的兒童不同；他一產生出來，便創造了一個琴。到了晚上，因腹餓，又偷偷的從他母親身邊跑開，到阿波羅的牧場裏，殺了兩隻牛吃；又藏了好幾隻牛在密林中；除了林中有了斷枝與落葉之外，別的痕跡全沒有。阿波羅發

莫考萊：風神與神國的使者

見了失牛之事，知道是他偷的，便把他從睡的搖籃裏，帶到亞靈辟斯山。他在衆神前，自認吃牛之事，以所作的那個琴，給阿波羅當做賠償，阿波羅大喜，也給他以一

根魔棒，他便常捧這魔棒在手裏．這段故事，也可以很有趣的拿自然現象來解釋；卽阿波羅有許多牛羊（雲），莫考萊（風）把他們吹開了，藏了起來，除留下斷枝與落葉外，沒有別的痕跡．

周比特與他的姊姊農業與文化的女神賽麗斯（Ceres）（一名狄美特Demeter）又生了一個女兒卜賽芳（Persephone），她是司草木的女神．柏魯圖把她强刦了去，做他的死國之后．賽麗斯經了許久的尋找，才知她在柏魯圖那里，便去要求周比特，把卜賽芳送回．周比特答應她，說卜賽芳在一年之中可以有六個月與她母親同住．於是，自後，每當卜賽芳由地下世界回到她母親那里時，人間便充滿生氣，綠色的草木，芬芳的花，與百鳥的鳴聲．卜賽芳一到她丈夫柏魯圖那里去時，人間便變了灰色，草也枯了，樹枝也變赤裸了，花也沒有了，鳥也不見了．

周比特又與人間的女兒西美爾（Semel）戀愛，生了一個兒子巴考士（Bacchus）（一名李保Liber，或狄奧尼沙士（Dionysus），他是酒神．

雅西娜（Athene）（一名美納娃 Minerva，或柏勒斯·雅西娜 Pallas Athene）也是周比特的女兒，但她的產生，在周比特的一切兒女中，卻算是最奇特的。有一天，周比特突然覺得頭痛，卽醫藥之神阿波羅也無法醫好他。周比特不能再忍受，便叫鐵匠弗爾甘拿了一柄斧頭，把他的頭劈開。雅西娜便從他父親的頭的裂縫中一跳而出，穿着盔甲，執着矛，唱着得勝的歌，亞靈辟斯的神國，自此增加了一位有力的神。她是和平的女神，是戰爭的衞護者，是極好的織工，是知慧的象徵，自她出世，一位愚頑的神名爲懵懂（Dulness）的，便永被驅逐出這個世界之外。

還有幾位非周比特的子系的神。委斯泰（Vesta）（一名海斯底亞 Hestia）是周比特的姊姊，是獨身的女神，是管理火及家中火爐的女神，是保衞人類的女神。她在羅馬時代，最爲人民所崇拜。盤（Pan）是希臘山林之神中的最著名者。他是風神莫考萊與林中女仙所生的兒子。他人身，羊足，羊尾，頭有角，在山林中到處遊行，會吹笛。在現代文學上，盤的名字較別的希臘的神似更爲作者所喜歡引用。

亞靈辟斯神國的主要諸神，佐周比特以宰制宇宙的，大約已盡於上面所述了.

三

宇宙已形成，神已各在其位，於是，且進而敍人類怎樣起源的故事.在希臘的神話裏，對此也有很有趣味的敍述.

當特登士族之盛時，兄妹們曾互相結婚；克魯納斯既娶了麗亞，伊卜脫斯(Iapetus)也娶了他哥哥奧西納斯(Oceanus)的女兒奧西尼特斯(Oceanides)，他們共生了四個孩子，其中的二人柏洛美沙士(Prometheus)(前思 Forethought)依辟美沙士(Epimethus)(後思 Afterthought)卽爲人類的創造者.

大地既被愛洛斯(Eros)植以草木，播以動物，他覺得還應該創造一種能夠保存而且享樂他們所受的生命的東西，於是他叫柏洛美沙士及依辟美沙士二人來幫忙；他們賜與已有的各種生物以各種賜品，如牙，如爪，如捷走的足，禦敵的角之類；然後更範土造人，使其形象似神；又叫愛洛斯給牠以生命，雅西娜給牠以靈魂．自此，大地上便有了人類．柏洛美沙士覺得他的工作很好，又想給牠以一種偉大的權力，別的生物所不能有的，使牠超出於萬物之上，使牠更近於神的完全．於是他想只有『火』才能使人類具有這個權力．但火是神們的特有物；柏洛美沙士知道他們決不肯給火與人類，便乘黑夜私入亞靈辟斯，偷了火給人類．人類立刻得了火的各種功用，而歌頌賜火與他們的柏洛美沙士．周比特知道了這事，憤怒不可遏，便把不幸的柏洛美沙士囚於高加索山之頂．過了許多，他才被一個人間的英雄赫克士(Hercules)所釋放．但偷火給人類者雖被罰，而人類自此快樂而且滿足；無飢寒，無痛苦，無疾病，無死亡．周比特很不高興，想用一個法子去責罰這得到天上的『火』的人種．他聚集衆神，創造了婦人，各給她以一種美，才並名之爲潘杜婭(Pandora)．他們把潘杜婭賜給依辟美沙士爲妻．他們很快樂的過了一時．後來使者莫考萊負了一個箱子，寄頓在他們家裏．潘杜婭堅欲開了那個箱子看，依辟美沙士不肯。潘杜娅竟私自把箱開了，從箱內飛出一切毒害人類的魔鬼，如各種的疾病，憂愁，及罪惡之類。他們是可怕的小的有棕色之翼的東西，被釋出箱外之後，立刻四散的飛到人間去，立刻便使幸福的人間變爲慘苦的。幸而在衆鬼之中，尚有一個善神，名爲希望的雜在其中。她的職任在醫治爲那些魔鬼所傷的創痕。因此，人間雖自此變爲憂鬱而可憐的，却尚有一線將來的幸福的曙光，熠熠的照耀于人間，不至使人類完全陷於失望。

世界漸漸充滿了人類。最初的人類生活是無比的快樂的；不耕而穫，無法律而治，後世稱之爲黃金時代。後來銀時代隨之而來，歲時分爲四季，人類必須耕種而食，已不如黃金時代的幸福。後來，到了黃銅時代。人間的生活更覺得艱苦。再後來，到了鐵時代，人類的情慾大縱，不復知敬神，終日自相殘殺，大地染滿了血，盜賊公行，殺人不禁。於是周比特大怒，使尼普頓掀起海波，暴風雨大作，地上洪水橫流，人類盡被溺死。全世界僅留有柏洛美沙士的兒子豆克龍(Deucalion)及他的妻子辟媺(Pyrrha)二人周比特因爲他們的善行，把他們留了下來。他們避水在山頂上。洪水退時，他們便走下山來，看見從前的繁華城市，如今一無人跡，覺得十分悽涼恐怖，忽聽有聲音說道：『從這里起，拾起你們母親的骨，向後拋擲。』豆克龍想了一想，便對辟拉說道：『大地是所有生物的母親，石塊大概是她的骨吧。』於是他們二人一邊走，一邊拾起石塊向後拋擲；豆克龍所拋的都變成男人，辟媺所拋的都變了女人。於是大地上便第二次有了人類。豆克龍與辟媺不久生了一個兒子，取名希臘(Hellen)，所有希臘民族就是以他的名字爲名的；而他的二個兒子愛奧洛斯(Æolus)與杜洛斯(Dorus)及他的二個孫子依安(Ion)與阿且斯(Achaeus)，便是愛奧連族，杜林族，依奧尼族及阿且安族的祖先。

四

人類既繁生在大地上，便有許多英傑的人出來，做許多値得記載的故事，而神與人之間，便也常發生了種種的關係。敘述這些英雄的故事與人神間的關係的故事，有許多是極有趣味的。特洛伊戰爭，及優萊賽斯的歷險，在荷馬一章裏已敍過，這里不再說。

周比特常到人間視察一切。有一天，他看見一個人間的美麗的女子名歐羅巴（Europa）的，便變成了一隻大白牛，走近歐羅巴的身旁；她喜歡牠的柔馴，便把野花做的花圈套在牠頭上；看牠前足跪了下去，便戲跨在牠身上。白牛立刻站了起來，向海而奔，負歐羅巴跳入波中而去；到了一個新地，卽今之以她的名爲名的歐羅巴洲的，把她放了下來，他自己也復了原形。他們共生了三個孩子。

她的大哥哥卡狄摩斯（Cadmus）出去尋他的妹妹，到了台爾菲（Delphi）問神巫，牠僅答道：『隨牛去，在她所息處住下。』他不得其解，仍向前走去。不久，他見了一牛，便隨牛走去；牛止於一個地方，卡狄摩斯也卽於此住下；此處卽爲他將來的都城名爲底比斯（Thebes）的。那時跟他同來的人，覺得口渴，便到泉邊去取水。卡狄摩斯見他們一去不回，覺得奇怪，便自己去看，原來他們都爲一巨龍所吞。卡狄摩斯拔出刀來，把龍殺死。有一個聲音對他說道：『把龍的牙埋在地下。』卡狄摩斯種了龍牙。不久，從每一龍牙所植處，都長出一個身披甲冑的巨漢。他們見了卡狄摩斯，正要向前鬭殺，忽有一個聲音說道，『向他們投石。』卡狄摩斯便拾起石塊，向他們拋去。他們以為是站在身旁的人拋的，於是便自相殘殺起來。幾分鐘後，他們只賸了五個人。卡狄摩斯止了他們的爭鬭。他們幫助他建立了底比斯。

周比特除了歐羅巴以外，還有好些人間的戀愛者，其中以酒神巴考士的母親西美爾為最得他的愛。他常從亞靈辟斯到西美爾那里去。約諾起了疑心，不久，便完全知道周比特與西美爾的關係。她變了西美爾老乳母的樣子，與她談話，要她請周比特穿了神之王的常裝，帶了衛仗同來，不要那樣的扮做凡人的樣子。並說，『他如果不肯，便是假裝的，不是真的神之王周比特。』西美爾為她的話所惑，當周比特來時，她便要求他穿了莊嚴的衣飾，帶了衛仗來。周比特最初不肯，經了她的再三懇說，後來只好答應了。他回到亞靈辟斯，穿飾起來，帶了最弱的雷霹，馳在電的白光上，向西美爾家裏來。西美爾是凡人，經不起這强烈的雷火，立刻倒地死了。周比特十分悲哀的跑近她的身邊；但他頭上的電火，把全屋燃着了，立刻使牠成爲灰燼；只由周比特手下救出他與西美爾所生的孩子巴考士。

巴考士少年時，卽被命爲酒與喧飲之神，一個半人半羊的神西里納斯(Silenus)爲他的教師，隨他漫遊世界各處。他乘一車，以野獸拖之，他的教師則騎驢隨在後面。他的車非常敞大，乘有許多男人女人，仙女，山澤之神等。他們都戴了長春籐做的花冠，飲酒，吃葡萄，跳舞，歡唱。他到一處便教人以釀酒之法；他的旅程，經過全部希臘，小亞細亞，甚且遠至印度等處。有一次，他的教師與衆相失，迷路到里底亞(Lydia)國王美達士(Midas)的宮殿裏去。美達士把他送回去。巴考士感謝國王，問他有什麽願望。美達士要求點金術，巴考士便以此賜給他。美達士滿心愉樂的回宮，立刻試他的點金術；什麽東西一被他手指所觸，便都變成了黃金。他合宮人預備一席盛大的宴席，請了許多的客。但是，凡他的手指所觸的，一切都變成了黃金;桌布成了黃金的,杯盤俱成了黃金的,所有菜肴與美酒也都變黃金的.他們餓了一頓.美達士欣悅之心,漸成憂鬱,他又跑到巴考士那里,要求解除了他的點金術,巴考士叫他到巴克圖洛(Pactolus)河那里去洗手,以解除點金術.美達士到了河邊,伸手入水,河沙爲他手所觸,都變了黃金.這就是現在河沙中有黃金之故.

有一天,巴考士坐在車上游行,遇見一個美麗的女郎,名爲阿麗安(Ariadne)的,獨自躺在沙岸上.她的情人底索士(Theseus)乘她睡時,棄之而去.她呼喚她情人,但是除了她自己的回聲之外,別無他人答應她.她搥胸落淚.這時巴考士的快樂之羣正經過這里.巴考士見了她,便跳下車來竭力安慰她.最後,她忘了她以前的情人,而與巴考士結婚.他們的婚禮極絢麗.新郎贈新娘以鑲有七粒明星的冠.但婚後不久,阿麗安便病死.巴考士把她常戴的這頂冠拋到空中,牠愈昇愈高,神們把牠固着在天空上,成了一個光明的星座,卽名爲阿麗安的冠.自此,巴考士消失了以前的歡樂之心,所有音樂,跳舞,與喧飲,他都不高興;直到周比特可憐他,把阿麗美從死國送回給他，又給她以永久的生命，他才重復快樂起來。

關於雅西娜，有二段很有趣的故事。當雅西娜產生不久，希臘來了一個菲尼幾人西克洛卜斯(Cecrops)，他在阿底加省建立一座美麗的城。衆神都想以他或她自己的名字名這座城。經了一度集議，大家都退出這個競爭，祇留有雅西娜與海神尼普頓二人。周比特宣稱：誰能創造人類最有用的東西，便將此城歸他或她保護。尼普頓擊地，地中生出一匹壯馬，而雅西娜則生出一株橄欖樹。她告訴他們以此樹的木材，果子，葉子，及枝杈都有用處，並說牠是和平與發達的符記。大家都決定橄欖樹較馬爲更有用。於是這城便以雅西娜之名，名之爲雅典，而她便成了這城的保護者。

雅西娜不惟是善於用刀劍，用知識，而且善於用織梭，能織成一切的紋彩。在希臘的古時，住有一位女郎，名爲阿娍慶(Arachne)；她美貌而且工於織，人間沒有一個人能够勝過她的技巧的。她誇道，在她手指下織出的東西，即與雅西娜所織的相比，也不能相下。她常常的這樣說。雅西娜聽見了，便假扮成一個老嫗，到阿拉慶家裏，與她談話，勸她謙抑些。但她還是誇口說，卽雅西娜與她賽織，她也不敢相讓。於是雅西娜復了原形，與她定比賽之約。她們沈默的各織他們的東西：阿拉慶織出歐羅巴的故事，白牛在海波中奔走，歐羅巴騎在牠背上，海風吹得她的頭髮與衣服向後飄拂；雅西娜則織出她與尼普尼比賽的事，羣神，馬，橄欖樹，以及一切都似乎栩栩欲活。工作完了，阿拉慶一看雅西娜的織物，便自覺失敗，以繩自縊死了。雅西娜把她變成蜘蛛，至今尙不停不息的在織着網。

關於阿波羅，也有下面的幾段有趣的故事。阿波羅與一個美麗的女郎柯綠尼斯(Coronis)戀愛。不久，柯綠尼斯又愛了他人。阿波羅有一鴉，知道此事，便飛去報告他。失望與妒忌，阿波羅匆匆的取了弓箭，放了一箭，射死了柯綠尼斯。她一死，阿波羅的戀情又熾起來，他用了種種方法去救活她，但都無用。他詛咒報告消息的烏鴉，自此烏鴉不復能言．他們二人曾生了一個兒子，名伊士克拉辟（Æscula-pius）阿波羅授他以醫術；久之，他的技術竟超過他的父親，能夠起死回生．周比特恐怕人類將移易畏敬他的心而去崇愛此醫師，於是用雷矢把伊士克拉辟打死．他留下二個兒子，也精於醫術；一個女兒名海琪亞（Hygeia），則爲視察人間的康健者．阿波羅見他愛子被殺，狂怒起來，洩憤在製造雷矢者賽克洛甫斯（Cyclopes）之身，將他殺死．周比特因此貶他到地上服役於人間的底賽萊（Thessaly）王阿狄美脫（Admetus）一年．阿狄美脫令他牧羊，待他很好．役期滿後，阿波羅報阿狄美脫以長生，但有一個條件，當他死期到時，須以一人代他死．阿狄美脫的妻子雅爾西斯底（Alcestie）願代他死．他對於她的犧牲，非常悲傷；後來，赫克士把她的靈魂從死神手裏奪回，使她復生．

阿波羅常到人間，驅除毒害，保護不幸者．有一次，他以他的金箭，射殺了一個爲害人間的大毒蛇辟松（Python）．他心裏很高興的回去，在路上見委娜斯之子邱辟特(Cupid)在那里嬉弄弓箭.阿波羅對他說道:『你這孩子,不要嬉弄你的弓箭.』邱辟特笑嘻嘻的答道:『你的箭射中別的東西,但我的箭卻要射中你.』於是他抽出兩枝箭來,一枝是激起愛情的,一枝是拒絕愛情的,以第一枝射中阿波羅的心,以第二枝射到河神僻納士(Peneus)

阿波羅:日神與司醫藥及美術的神

的女兒達芬(Daphne)的身中．阿波羅的心立刻便燃着了愛情的火，愛戀着達芬，但達芬卻無意於戀愛．她不想嫁人；許多求婚者都向她進行而都被她拒絕了．她父親常常對她說道：『女兒，你要為我找一個女壻，為我生一個外孫．』她的美麗的臉立刻紅了，兩臂抱着他父親的頭頸說道：『父親，我要如狄愛娜(Diana)一樣永遠不嫁人．』他父親答應了，但嘆道，『不過你自己的美麗的容貌，恐怕不能任你如此．』而現在，阿波羅又戀愛她，而想要得到她了．他看見她美髮披散在肩上，說道，『鬆散着已是如此的可愛了，不知梳理起來時將怎樣的好看呢!』他看她兩眼，如星一般的明亮；他看她的朱唇，而不以僅僅的看着牠為滿足，他讚美她的手，她的袒露至肩的臂膀，而在想像她的不能見到的肉體，以為更美．他跟在她後邊．她遁逃着，比風還要快．阿波羅一面追着，一面懇求着他說道，『站住吧，僻納士的女兒；我不是敵人，不要如羊之畏狼，鴿之畏鷹．我所求於你者是戀愛．我怕你因為我追逐你之故而被石絆倒了，跌傷了．請你跑慢些，而我也將追得慢些．我不是粗鄙的農夫．我的父親是周比特，我是阿波羅，知道一切現在與未來的事，是歌與琴的神．我的箭能直中鵠的，但是，唉！現在一枝比我的更利害的箭已射中我的心中了！我是藥醫之神，知道一切藥性．但是，唉！現在沒有一件藥能夠醫我的病！』達芬如不聽見他的話似的，仍然如飛的遁逃．卽在她飛跑時，他也覺得她的可愛．風吹着她的衣裳，她的鬆散的頭髮，在後飄揚着．他們如此的一前一後的跑着，如獵犬之追逐於野兎之後；他爲愛情而追，她因恐懼而逃．後來，漸漸的，阿波羅已將追上她了．他的呼吸已可接觸到她的頭上，她的頭髮也可飄拂在他臉上．她的力氣消失了，快要倒下了，她呼喚她的父親道：『救我，僻納士，把地開了掩蓋着我，不然，便變易了我這召禍的身體吧！』當她說了話，她的全身立刻起了變化：她的身成了樹幹；她的頭髮成了綠葉；她的手臂成了樹枝；她的足固着在地，成了樹根；她的臉成了樹頂，什麼都不是從前的婕芬，而僅留着她的美麗．阿波羅驚駭的站住了．他觸着樹幹，覺得肌肉還在幹內跳動．他抱着樹枝，向牠接吻，樹枝逃避了他的唇．

阿波羅說道：『你不能做我的妻子，你將要成爲我的樹，我將以你爲冠；我將飾你以我的琴與箭袋．我是永遠的青年，因此，你也將永遠的青綠，你的葉永不脫落．』變成了桂樹的達芬，低下牠的樹梢，如感謝他似的．這故事，是叙寫太陽對於露點的現象．阿波羅是日神，達芬是露水之神．太陽爲露點的美麗所惑，欲迫近牠；露點懼怕牠的熱烈的愛人，逃遁了，當太陽的熱息接觸着牠時，牠消滅了，僅留一綠點在她消滅去的那個地方．

阿波羅與繆斯們既常常相見，於是便與其中的一個繆斯，卡麗奧卜，發生了戀愛．她時常做詩給他．他們生了一個兒子奧菲士(Orpheus)；他得到他父親的音樂與詩歌的天才．他的歌聲，感動了一切．他與優麗狄士 (Eurydice) 戀愛，爲她歌唱，爲她奏樂．不久，優麗狄士在林中爲毒蛇所嚙死．奧菲士非常悲痛，到亞靈辟斯去求周比特，請把優麗狄士救回．周比特允許他到地獄去尋找他的妻子．地獄之門，有一個三頭的猛狗守望着．奧菲士以他的琴聲，馴服這猛狗，牠才許他入門．在以前沒有一個活人曾到過地獄．他走到死國之王柏魯圖的座前，懇求他許優麗狄士復生．柏魯圖允許他的要求，但警告他說，在未出地獄之前，不能向他妻子臉上注視．於是他們走出了地獄．正將離開地獄時，他忘了柏魯圖的囑咐，看了他妻子一眼．而優麗狄士的形體便突然的在他眼前消失了．他什麼希望都沒有了，孤寂的向林中走去，奏他的悲悼之歌，祇有林中的綠樹，涼風，野獸在聽他．有一天，幾個酒徒在林中追着了他，要求他奏一曲歡樂之歌，使他們跳舞．現在的奧菲士除了哀歌外，還有別的什麼樂聲從他琴裏彈奏出呢．於是衆酒徒大怒，把他肢解了，投到河裏．他的唇吻，還在微呼『優麗狄士』之名．這個善歌者留在世界上只有一個琴，衆神把這琴位置在天上做一個星宿，而以奧菲士之名名之．

阿波羅又與一美麗的仙女克麗曼（Clymene）戀愛，生了一個孩子法頓(Phaeton)．每當清晨，太陽昇於水平線上時，克麗曼便指點給她兒子看，告訴他說，他父親阿波羅又坐車出來了．法頓聽慣了關於他父親的美麗而有權力的話，便常在遊伴面前誇說他們要求顯出他的『神裔』的證明，不然便閉口不要再誇說．法頓連忙回到他母親那里要求指點他到父親所在的地方去．克麗曼告訴他一直向東去．他見了阿波羅，告訴一切故事，並要求他父親給他以明證．阿波羅答應了他的要求，他便要他父親借『日車』給他坐一天．阿波羅堅執不肯，因爲這『日車』只有他自己才能駕御．法頓求之不已．阿波羅只得允許第二天『日車』起程時．阿波羅放法頓在車上，叮囑他要謹愼駕御．最初，法頓尙謹守他父親的話，後來他驅馳得更快起來，竟至迷失了路．『日車』如此的迫近了大地，所有植物都灼枯了，河泉都乾得見底，煙焰從地上生起，所經過的地方的人民也都被灼得黑了．法頓現在覺得恐怖了，速速的把『日車』遠離了大地，立刻又使大地感得寒冷．人民大聲呼籲．周比特聽見了呼聲，又看見這種情形，立刻大怒，拿起雷矢，向法頓射去．法頓立刻從『日車』中墮到河中死了．他母親哭他極哀．他的三個姊妹也在河邊哭泣；神們可憐他們，把他們變爲白楊樹．他的一個摯友，常常沒入河中找出他的零肢殘體，而把牠們掩埋了．神們把他變成了白鷗．至今尙浮游水面，常常探頭水中，繼續他的悲哀的尋找．

關於狄愛娜也有幾則很有趣的故事．有一天晚上，狄愛娜靜悄悄的驅着『月車』走着．突然，她把馬韁勒住了；因爲她看見山坡上有一個美麗的牧童睡着，他的臉被月的柔光照着更顯得秀美．狄愛娜心跳着，觀望他許久然後輕輕的跳下車，走到他身邊，靜靜的彎身下去在牧童微張着的唇上，輕輕的接了一個吻．這少年名安狄美恩(Endymion)，被吻而醒，他以睡眼詫奇的望着這美麗的幻景．狄愛娜被他一望，立刻匆匆的跳上車走了．安狄美恩從地上跳起來，擦着他的睡眼；但他以爲近在身邊的明月，這時卻正浮游在靑色的天空上．他以爲這時不過是一個夢，一個甜蜜的夢，於是又躺下去睡，想能再夢見第二天晚上他又躺在那個地方，狄愛娜又來與他甜蜜的接了一個吻．如此的，每夜當月的銀白光的光明，照着他的臉時，狄愛娜必停車一會，走到他身邊，匆匆的接了一個吻去。後來，狄愛娜想到這少年的美貌，將因苦作老年之故而變老醜，便設法使他永遠的睡着，且把他藏在一個山洞裏，夜夜凝視他的美容而與他接一次溫柔的吻。（安狄美恩是夕陽的象徵。）

狄愛娜不止愛安狄美恩一人，她也曾把她的戀情傾注在別一凡人名奧里恩的身上。這個少年，終日與他的愛狗在森林中遊獵。有一天，他在密蔭中，看見狄愛娜的一班侍女，阿底拉斯（Atlas）的女兒們，所謂七個女星（Pleiades）的；他欲與這些美貌的女郎們說話；她們轉身逃去，變了七個白鴿飛上天去，在天上又變成一個含有七粒明星的星宿，即所謂『七女星』的。奧里恩悵然失望。後來他又與齊亞斯（Chios）國王之女美洛卜（Merope）相愛。她父親要他先做出幾樁英雄的事跡，然後才肯把女兒嫁他。奧里恩因此想祕密的把美洛卜帶出宮外，這計劃爲國王所知，便把他兩眼弄瞎，不許他再與美洛卜接近。他盲目而且失望的在各處慢游．後來到了西克洛甫(Cyclopes)們住的山洞，有一個西克洛甫指導他把眼弄得重明了．此後，他便又快快活活的山林中打獵了．狄愛娜在林中遇見了他，與他同獵，他們漸漸的相愛了．阿波羅很不高興她的行爲，便請與她同車，要她射一個在海中浮沉的黑點，以驗她的射技．狄愛娜彎弓射中這黑點；牠立刻沉了下去；原來這黑點便是奧狄恩的頭，他這時正在海中沐浴．狄愛娜知道她的錯誤，哭泣甚哀，立誓永不忘他，且把他與他的愛狗西里奧斯(Sirius)都變爲天上的星宿．

委娜斯初與弗爾甘結婚，不久，又棄了他，而與麥爾士戀愛，生了愛神邱辟特．但她的愛情，並不完全給了麥爾士．她對人間的少年阿杜尼斯(Adonis)，也發生一段愛情的故事．阿杜尼斯是勇敢的獵者；他的冒險的行爲，常常使委娜斯驚嚇．她要求他不要冒險打獵，而與她留在一處．阿杜尼斯笑着，跑開了，又去打獵去了．有一天，他猛急的追逐一隻野猪．野猪被迫得發狂，回身向他猛攻．他被傷而死，委娜斯急急的從叢莽中奔到他身旁.荊棘刺破她的皮膚,她的血滴在沿途的白玫瑰花上.她看見阿杜尼斯屍已冰冷,便放聲大哭,一切山中、水中的仙女,神與人,以及一切的自然界都爲她哭聲所感動,而哀悼這少年的死.委娜斯的悲哀,與日俱深.她到亞靈辟斯要求周比特把阿杜尼斯從死國送回給她.周比特答應了她的要求,而普魯圖卻堅持不肯釋放他的屬民.後來,經過調停,他答應阿杜尼斯可以有六個月回到世上,與委娜斯同處.於是當早春之時,阿杜尼斯從地下回到人間,百花便盛開着,禽鳥歌唱着,以歡迎他;當阿杜尼斯要回到地下去時,那冬天——兇猛的野猪——便來殺死他,而萬物也爲之悲悼無歡.

委娜斯之子邱辟特與美麗的女郎賽克(Psyche)戀愛的故事,是神與人的關係間的最甜蜜的故事之一.賽克是她衆姊姊中的最少的一個.她的異常的美貌與可愛,竟使她父親的人民,稱之爲『美的女神,』而欲以崇敬她代替崇拜委娜斯．委娜斯聞之大怒，叫她的兒子邱辟特去殺死她．邱辟特帶了他的弓箭並毒藥，於夜裏靜悄悄的走到賽克所住的宮殿，走進她所睡的房間．他走進這美麗的女郎睡着的牀邊，彎下身去，想把毒藥毒死她．一線月光，照在她臉上，顯出她的無比的可愛．邱辟特喫驚的一退，他自己的一根愛情的箭因此刺進他的玫瑰色的肉裏．他深印她的美麗的影像在心上，輕輕的退出來，誓不加害這無辜而美麗的女郎．委娜斯見此計失敗，又想出種種方法，使賽克受種種的痛苦，使她不知生命的快樂．於是賽克要自殺，跑到一塊懸岩邊上，想跳下去．邱辟特知道她母親所做的一切事；這時正偸偷的跟在賽克後邊，一見她跳下懸岩，便叫西風（Zephyrus）在他柔和而强固的手臂間，把賽克帶到一個遠島上去．她被置在一個美麗的花園中．到了夜間，邱辟特來了，他向賽克表白他的愛忱．賽克雖不見他的人，但聽他的柔和的聲音，覺得很快活，便答應與他相愛．邱辟特囑咐她不要問他的姓名，不要看他的面貌；如果她不聽他的話，他便要被迫的離開她而永不回來了．他們終夜的在一處，但當東方將白時，邱辟特便告別而去．賽克終日的想望她的神祕的情人．到了夜的陰影幕蓋了一切時，邱辟特便又來了．後來，賽克告訴邱辟特說她要再見她的兩個姊姊．他躊躇了一會，才允許了她．第二天，賽克突然遇見了她的兩個姊姊．她們長談了許久．賽克把前後的事都告訴了她們．但她們本來妒忌她的美麗，現在聽她訴說她的戀愛，看見她居住的奢華，益覺得嫉恨，立志要打碎她的幸福．於是她們告訴她說，她的愛人必是一個巨怪，不然，白晝何以不敢見她？又說她如一不小心，他也許會吞了她；並勸她藏一燈一刀在房裏，偷偷的當他睡時點燈看他一下；如他果是巨怪，便用刀把他殺了．她們說完了話，便告辭回家．她們爲賽克所訴說的故事所惑，希望也能得如她一樣的情人，如她一樣的奢華的居處．她們各各秘密的走到懸崖邊上，踴身跳下，希望也被西風帶去，而不料——她們竟就此跌死了．這里，賽克惑於她姊姊們的話，心裏疑惑而痛苦．邱辟特那夜又來了．她等他熟睡時，輕輕的起來點亮了燈，一手握住了刀．燈光照在邱辟特臉上，原來是一個美少年．牠的心快活而驕傲，她的燈傾倒了一下，灼熱的燈油，落了一滴在邱辟特赤裸的肩上．他痛得醒了，看見這情形，立刻知道了一切，握取他的弓箭，便從窗中飛出去，說道：『別了！沒有忠實便沒有愛情，而你的忠實現在是死了！別了！我永不再來了！』於是他在空中消失了．外面暴風雨大作，可憐的賽克失望而且驚怕．第二天，所有宮殿與花園也都不見．她第二次想投河自殺．河神把她帶上岸，他的女兒水仙們，把她救活．她於是漫遊各處，尋找邱辟特，訪問一切遇到的人，如水仙們，盤及西麗斯．西麗斯指點她到委娜斯那里去服役．賽克勤敏服役．委娜斯故意給她許多艱苦的事做．賽克有一切禽獸昆蟲的幫助，什麽能做得很好．最後委娜斯差她到地獄裏去取一個匣子．西風保護她平安的走到地獄，取了匣子回來．她在路上把匣子私開了，睡神從匣中跳出，捉住賽克，使她倒臥在路旁．邱辟特正經過那里，見了她，想起她的愛情與所受的痛苦，便抓了睡神，迫牠再入匣中；並吻了賽克一下，使她醒來．於是他們手牽手的飛到亞靈辟斯，邱辟特對衆神介紹他的新婦。委娜斯自此也忘了前仇，歡迎她爲兒媳。

五

古代的人，不惟崇敬天上的衆神，而且崇敬人間的英雄。希臘神話中的人間英雄赫克士，波索士，底索士諸人，其故事也與衆神的故事同樣的流傳在許多代的人民的口中。

赫克士(Hercules)(一名赫拉克士 Heracles 或阿爾西特士 Alcides)。是周比特與人間的一個國王之女雅爾克曼(Alcmene)所生的兒子。當他出生時，神后約諾便想殺害他。她使兩條毒蛇去殺這睡在搖籃裏的嬰孩。小赫克士兩手緊捉住兩蛇的頸部，生生的把牠們縊死。這是他的神力的第一次的使用。約諾知道不能再害他，便決定要他冒歷許多險，一生不得平安與快樂。赫克士幼時，受教育於一個半人半馬的良好教師。他教赫克士使用各種武器，從事各種競技。當他教育完畢時，便到世界上去找幸福。在路上遇見兩個美婦人，善神與惡神。每個人都要作他的保護人赫克士選了善神。後來他與底比斯國王的女兒美格娜（Megara）結婚，生下三個孩子。但神后約諾不願意見他過平安愉快的生活，她使赫克士得了瘋狂之病，在迷亂中殺了他的孩子與妻子。他又回復意識，覺得非常悲苦；決意到山中去靜修。不久，神的使者莫考萊奉諸神的決議，叫他到亞歌斯（Argos）國王優萊索士（Eurystheus）那裏，服役十二個月。當赫克士知道他是被送到優萊索士當奴隸，他的理性幾乎又迷失了，到處無目的的漫遊，後來知道無法與命運抵抗，才回到優萊索士那裏去。優萊索士要他完成了十二件巨大工作，才肯放他自由。第一件工作是去殺一傷害人畜無算的巨獅。他追獅到獅穴，握住牠的頸部，如他在嬰孩時握兩巨蛇一樣，把牠縊死；然後把獅皮剝下，披在身上。第二件工作是去殺七頭蛇系特拉（Hydra）。赫克士把蛇頭斬去，卻又從斬處伸出一頭來；於是他叫一個同伴用烙鐵把斬處煬焦，這蛇才被殺死。他把蛇血去浸箭頭，這血一輕觸傷處，立可死人。第三件工作是去捉一隻金角銅足的鹿。這鹿如疾風似的跑着，一直追到北方，才把牠捉到．第四件工作是去殺一隻野猪．他不幸把他從前的教師誤殺了；羣神憐他的無辜，使他成爲天上星宿之一．第五件工作是把阿琴斯王的大牛廐的汚穢洗干淨了．赫克士把廐旁的一條溪流，移流到廐中，而把牠冲洗干淨了，然後又把這溪流回復原位．第六件工作是獲住一隻發狂的牛．第七件工作是將突里斯（Thrace）王的身體給他自己所畜的羣馬吃了．突里斯王養了幾隻馬而以人肉給牠們吃；殘害了不少的過往客人．赫克士卽以其人之道，治其人之身，然後把這些馬牽了回來．第八件工作是取到系波麗特（Hippolyte）的寶帶．優莱索士的女兒聽見阿莫遜（Amazons）國女王系波麗特有一寶帶，想取得牠．赫克士被差到這可怕的喜戰鬬的婦人國，去取寶帶，途中經歷了好些險阻．他向系波麗特請求這寶帶，這女王請他住在宮中，且開一個宴會．約諾幻變了一個阿莫遜，散布謠言，說赫克士是借取寶帶爲名而來騙她們的女王．國人立刻圍攻赫克士．但他最後終於得到那寶帶而回．第九件工作是用毒箭射殺了一羣可怖的銅爪鷙鳥．第十件工作是驅了巨人格里恩斯（Geryones）的神牛回來．在途中又殺了一個偷牛的巨人．第十一件工作是去取得夜明星或西方之神的女兒們的金蘋果．這個冒險的故事是赫克士這些故事中最有趣味的．赫克士不知道這些金蘋果放在什麽地方．經了許多旅程與訪問，才知道這些金蘋果在非洲的一個花園的樹上，樹下有一巨龍，在那裏日夜守護着．但這座花園在非洲的那一個地方呢？又沒有人能够告訴他．他在一路上遇了許多艱險，見了許多奇景．他遇見依梨達納（Eridanus）河的仙女們，她們告訴他去問海老人尼留士（Nereus）．赫克士乘尼留士躺在海邊睡時捉住了他．這海老人變了許多怪形：如蛇，如獅，如大樹，如可怕的大鳥，以求脫逃．赫克士始終不放他．海老人不得已告訴他去尋那偷火給人類而被周比特鎖在高加索山上的波洛美沙士．赫克士到了高加索山，釋放了波洛美沙士的囚禁．波洛美沙士指導赫克士到他兄弟阿底拉斯那裏去說，他一定知道金蘋果的所在．於是赫克士立刻去尋阿底拉斯；在路上殺了地的兒子安脫士(Antæus)。他看見阿底拉斯以肩承負天空；告訴他一切。阿底拉斯說道：「我知道金蘋果之所在，我可以代你去取來，衹要你肯代我承負天空一刻時。」赫克士答應了他。於是他承負了天空而阿底拉斯去取金蘋果。這巨人殺了大龍，取了金蘋果回來。他不想再做這擔天的勞苦而疲倦的工作；他對赫克士道：「你繼續承負

阿底拉斯：以肩承擔負天空的巨人

着天空吧。我爲你把金蘋果送給優萊索士。』赫克士騙阿底拉斯道：『可以的，但請你先替我把天空承負一下，我要在肩頭上墊些東西。』阿底拉斯放下金蘋果，重復肩承了天空。赫克士拾起金蘋果就動身向歸途走去，任阿底拉斯在後面喊叫。第十二件工作是把守望地獄的三個頭的狗，緊緊縛住了，帶到世界上來。這真是極難的事！但赫克士也終於把牠完成了。

　　十二件工作都已完成，赫克士於是復得到自由。他在各處漫遊，做了好些善事；又把阿狄美脫的妻子從死神手裏奪了回來。後來，他因怒殺了一個人，又被衆神罰他到里底亞女王恩菲爾 (Omphale) 那裏去服役。他戀愛了恩菲爾，但衆神不久又釋他自由。他又到各處漫遊，遇見了奧紐斯 (Oeneus) 的女兒狄安尼婭 (Deianeira)，二人互相戀愛着。但狄安尼婭已由他父親許婚給河神阿且勞斯 (Achelous)。於是赫克士與阿且勞斯開始爭鬭。阿且勞斯能够自由幻變；最後他變了一隻大牛，用角向赫克士衝去。赫克士捉住了牛的雙角，把牠折斷了。勝利終於屬之赫克士，於是他與狄安尼婭結婚，二人一同到各處漫遊。他們遇到一條河，無法過去。有一個半人半馬的怪物，名尼沙士（Nessus）的，說他可以負狄安尼婭過河。但尼沙士並不是真心相助。他一遊到對岸，便負了狄安尼婭如飛的跑去。狄安尼婭的喊聲，引起赫克士的注意，他這時正遊泳過對岸來，便拉開弓向尼沙士射了一支毒箭。尼沙士倒地死了，將死時，他把長袍脫下給狄安尼婭，並在袍上漬些傷處的血。他對她說道：『如果你發現赫克士有新的情人，把這件衣服給他穿，可以使你與他的舊情重復燃起。』時間一年一年的過去。赫克士常常離開狄恩尼婭去幫助被壓迫與受苦難者。他離別的時間雖有長有短，而歸來時對狄恩尼婭總與前一樣的相愛。最後，他因事回到優來索士宮庭，與以前曾相愛的依奧爾（Iole）相見；舊時感情又重溫熱起來。一天一天的依戀在她身邊，不肯回去。狄恩尼婭聽見了關於這事的謠言，心裏很妒恨。後來她聽見赫克士與依奧爾同歸，便想起尼沙士贈她的長袍，叫人把這袍送給赫克士。他一穿上這袍，尼沙士的毒血，便侵入他身中，使他痛苦難忍而死．他將死時，命他朋友把他火化了．周比特把他的靈魂帶到亞靈辟斯，並賜美麗的『青春的女神』系璧（Hebe）與他結婚．（赫克士的故事，也是自然現象的象徵．他是日；他生於阿格斯——光明的意義，——爲天空——加比特——與黎明——雅爾克曼所生的兒子，在嬰孩時，卽縊死黑暗的蛇．終生勞苦，永不停息．在他途次，完成了十二件工作；這十二件工作，或指黃道十二宮，或指一年的十二月，或指白晝的十二時．而波索士與底索士的故事也有同樣的意義．）

波索士（Perseus）是周比特與阿格斯王阿克里索（Acrisius）的女兒達娜（Danae）所生的兒子．阿克里索只有達娜一個女兒，非常的愛她．但當一個神巫預言他將爲他的外孫所殺之後，他便十分憂懼．他築了一座銅塔，把她囚禁於塔內．他以爲現在可以使她永不會生子了．但天上的周比特卻悅達娜的美貌，從窗中來與她相戀．他們生了波索士．阿克里索聽見了外孫生出的消息，又十分恐慌起來．他把他們母子二人，放在箱內，棄之海中．達娜緊抱她的嬰孩在胸前，垂泣禱天．他們爲一人所救，住在西里福斯(Seriphus)島．金髮的波索士在此長大．後來這裏的國王波里狄克(Polydectes)見達娜的美麗，欲迫娶她．達娜不肯，波索士也宣言決不讓人奪他母親．於是波里狄克設計叫波索士去取米杜薩(Medusa)的頭顱．米杜薩是三郭甘(Gorgons)之一．她的二個姊姊的容貌很醜，而米杜薩卻極美麗．她們所住的是陽光不到之區．米杜薩要求雅西娜許她到美麗的日光所照的南方去．雅西娜不許．於是米杜薩怨恨，以爲雅西娜自己不美，所以不許美麗的她到日光中．雅西娜大怒，立刻把米杜薩的美髮變成了長蛇，並說，誰要一看她的美麗的臉，便要化爲石像．這時．衆神聽見波索士要去殺她，便各贈他以神奇之物，以助他成功．柏魯圖借他一項神盔，戴起來人不能見他，莫考萊借他那雙有翼的飛履；雅西娜借他那面光明如鏡的盾．（在另一傳說上，說，波索士這三件東西是從守金蘋果的三位女仙系絲辟麗們（The Hesperides）那裏得來的）波索士如此的裝束了，飛到三人而僅有一眼一齒的老婦人們那裏，奪到那僅有的一眼一齒，迫她們說出到米杜薩住的地方的途程；她們只得告訴了他。於是波索士飛到郭甘們住的地方，極謹慎的走近熟睡的米杜薩的身邊。他不敢正視米杜薩的臉，借鏡似的盾面以映視一切，迅速的斬下米杜薩的頭。然後迅急的飛回家。米杜薩的血，滴在非洲的沙漠上的，變成害人的爬蟲，滴在海中的，海王尼普頓把牠變成著名的飛馬辟格沙斯（Pegasus）。在他歸途上，也有許多冒險。他看見阿底拉斯以肩承天，他臉色灰白，因永久擔負這巨大的重量，覺得疲勞而且憂鬱。他知道波索士斬了米杜薩的頭，便求他把這頭給他一看，使他化了石，以免永久受苦。於是波索士取出米杜薩頭給他看，而他便化了石，變成了現在的高聳雲中的阿底拉斯山。波索士又向前進，到了海邊，看見了一個美麗的少女被鎖繫在石上。這少女是公主安狄洛美達（Andromeda）；因爲她母親卡西奧璧（Cassiopeia）自誇其貌勝於海上的仙女，於是海中出來一個大海怪，在各處吞食人畜．神巫言，須以安狄洛美達給牠吞食了，才不會再蹂躪人民．卡西奧璧只得把她女兒送給海怪．當波索士看見她，海怪已爬近岸來，將把安狄洛美達吞去．於是波索士急速的飛了下來，把海怪殺死了．全國的人都歡呼以祝波索士．卡西奧璧便以安狄洛美達嫁給波索士．他們二人同回西里福斯島，這時國王

波索士：他帶着米杜薩的頭

迫達娜益甚。波索士回來，聽他母親一訴說，便大怒，帶了米杜薩的頭到宮庭裏去，把惡君臣們都化了石像。後來達娜便帶了兒與媳同回本國。那時，她父親的皇位，已爲他人所篡取。波索士把叛人驅去，從囚禁中把他外祖父救出。有一天，他戲擲鐵環，這鐵環竟誤落他外祖父的頭上把他殺死。神巫之言竟見驗了！波索士悲傷他自己的行爲，不忍統治他外祖父的國，便與別國的國王交換王位。當他死時，衆神把他和他的妻子安狄洛美達及岳母卡西奧璧都變成了天上的星宿。

底索士(Theseus)是雅典王愛琴士(Aegens)之子。當愛琴士少年時，曾航海到特洛辛(Troezene)，與一個美麗的公主愛斯妣(Aethra)結婚。他們生了底索士之後，愛琴士忽因要事匆匆回國。他把他的劍與履藏在一塊巨石之下，並對愛斯妣說，當兒子長大能移動這巨石，取出劍履時，便告訴他到雅典去。時間過得很快，底索士已至成人時了；他母親叫他移動巨石，取出劍履；當他把劍履取出時，他母親便告訴他前事，叫他到雅典去尋父。底索士立刻出發了。在途程中，他做了許多驚人的偉績。最初，他遇見天上鐵匠弗爾甘之子巨人辟里弗底（Periphetes）；他執一巨棒，常打殺過往的旅客。底索士把他殺了，取了他的巨棒。到了科林斯（Corinth），他又遇見二次險阻。第一次遇見混名爲『屈松者』的惡漢西尼斯（Sinis）；他常把松樹之頂彎到地面，叫旅客幫助他執一下，同時卻突然把彎松放鬆了，旅客便被松樹彈到空中，生生的跌死了。底索士聽見此事，便設計把西尼斯捉住，卽以他施於旅客的方法施於其身。第二次遇見巨盜史克龍（Sciron）；他常强令旅客在一條海邊的狹路上爲他濯足。當旅客俯身爲他濯足時，他便出不意把旅客踢下海去飼一巨鱉。底索士亦早聞其事。當他過此時，便取刀與這强盜爭鬥，强迫這强盜爲他濯足，亦出不意把這殘害旅客者踢下海去飼鱉。此後，他又殺了一個喜角力的惡人色克安（Cercyon），及一個殘酷的巨人柏魯克拉士（Procrustes）。柏魯克拉士見旅客過時，必請其入屋；屋內有長短二床；旅客身長者必使之臥於短牀，截去其肢體以就牀；旅客身短者則使之臥於長牀，强把他肢體拉長以就牀．底索士乘其不意，捉住他，使他並嘗這長短兩牀的痛苦，除了旅客的大害．最後他還經過幾次冒險，才到達雅典．當他至雅典時，聽見他父親愛琴士又娶了一個巫女美達(Medea)爲妻．他匆匆的到了王宮．美達知道他是愛琴士的子，恐怕要奪了她將來的兒子的王位，便傾了一杯毒酒，要國王送給這旅客吃．國王正捧杯，一眼見底索士懸的劍上有他自己的名字，立刻知道是他的兒子．二人互相擁抱，毒酒被碰倒地下，殺了一狗．美達見惡計不就，底索士已爲國王所識，便駕了她的魔龍車，一去不回．底索士回雅典不久，忽聞見全城中有許多哭聲．他問了人民，才知道以前雅典曾被克里底(Crete)戰敗，約定每年須送七男七女到克里底，以供牛頭人身的巨怪米諾妥(Minotaur)的食料．這巨怪米諾妥常爲害民間，克里底人以爲是神所遣，不敢加害．乃使著名的建築師底德洛斯(Daedalus)建造了一座迷樓，以安放米諾妥．這迷樓建得極工巧，使入者永不得出．卽建築此迷樓的底德洛斯與他的兒子伊卡洛斯(Icarus)也試了好幾天而不能走出。於是底德洛斯爲他及他的兒子各造兩翼，附在臂上，飛了出去。他兒子因飛得太高，太近於日，那膠結羽毛的蠟，被熱而溶，遂跌落海中而被溺死。他所溺死之海，後人卽名之爲伊卡林海(Icarian)。(另一傳說，謂底德洛斯建了迷樓之後，因得罪於國王，遂造了飛翼，與其子同飛出克里底國境之外。其子因高飛溺死。)而米諾妥自被囚入迷樓後，克里底人時時仍須以人畜與之爲食料。所以他們當戰勝了雅典，便訂有那個規定。當時底索士聽了人民的訴說，決意要自列於那十四個爲犧牲的男女之中，與他們同到克里底，除去此害。他父親愛琴士勸他不聽，便與他約定，如平安回來時，船上須掛白帆。底索士到了克里底，美麗的公主阿麗安(Ariadne)很可憐他，便私自走到獄中，給他以一球線，一把刀，告訴他縛線的一端於迷樓的門口，線球置在手中，行時一路放線，以後便可循線出迷樓。底索士謝了她。第二天，他們十四人都被放進迷樓。底索士如阿麗安所教，一路走進，一路放線。迷樓中有許多

伊卡洛斯：他以飛得太高，膠翼之蠟為日所融，跌入海中溺死。（Lord Leighton 作）

白骨，都是爲米諾妥的犧牲的。他們走了不遠，便遇見了米諾妥。底索士奮力殺了牠。他們一同循線走出迷樓。阿麗安已在船上等候他同歸雅典。船於中途停在一個美麗的島上。阿麗安上岸去遊散；躺在草地上睡着了。這時底索士對她已厭倦，便開船棄她而去。她醒來，不見船，大哭，爲酒神巴考士所見，極力安慰她。（他們的戀愛故事，上面已敍過。）底索士這個行爲，後來也得到相當的責罰。他在歸途，忘了掛白帆。愛琴士日在海岸上觀望，見歸船不掛白帆，以爲底索士已死。便從岩上自投於海中；後人也以他的名字名這個海爲愛琴海（Aegean）。底索士知道他父親爲他而死，覺得非常悲哀，便又出去漫遊，以忘他的愁苦。他到了以前赫克士取到寶帶的阿莫遜國，帶了女王系波麗特同回，生了一個孩子。阿莫遜國人因爲他騙去女王，興師來攻。在戰場裏，系波麗亞中了一箭，倒在底索士臂間死了。此後，底索士又經過了好些憂患，最後變成嚴肅而專制，國人迫他退位，把他放逐到一個島上；島王聽了雅典人的吩咐，把他推到海中溺死。不久，雅典人又想到他的好處，爲他建築一著名之廟.

六

迦遜,奧特甫,亞泰冷他,別萊洛芳諸人的故事,在希臘神話中,也是極有趣味的.

迦遜(Jason)是底賽萊(Thessaly)王阿遜(Aeson)與他的王后雅爾西美特(Alcimede)的兒子.阿遜的王位被他的兄弟柏利亞(Pelias)奪去,他只得與雅爾西美特逃到僻鄉去隱避,一面把他的兒子迦遜交給一個半人半馬的神去受教育.迦遜的武技學得極精.他的教師便告訴他叔篡奪王位的事.迦遜立刻要去爲父親復仇.在路上,他幫助一個老婦人渡河,而這婦人卻是神后約諾假裝的.於是約諾便做了他的保護者.他到了王宮,要求他叔叔柏利亞退位.柏利亞設計開一大宴會,在宴時叫樂工奏唱菲里克沙士(Phryxus)與希麗(Helle)的故事;他們是兄妹二人,爲要逃避後母的虐待,同騎一隻有翼金毛羊,飛到柯爾齊斯(Colchis),

當飛到海面時，希麗覺得害怕，手握不住羊毛，便跌落海中溺死。自此，這部分的海便名爲希麗斯幫(Hellespont)。但他的哥哥菲里克沙士卻平安飛到柯爾齊斯。他殺了羊祭神，而把羊的金色懸掛在一株樹上，叫一巨龍日夜守望着。到了現在，這金羊毛還懸掛在那裏，等待一個勇士殺了龍去取得牠。這故事十分引起迦遜的熱情，柏利亞又假意的嘆曰：『可惜現在沒有英雄，能把這金羊毛取來。』於是迦遜從座上跳起來道：『我可以去取。』柏利亞以爲他這一去，必定不回來，自己的王位便可永保，心裏覺得很高興。迦遜先到約諾廟裏去問一個神巫——一株會說話的橡樹，——這橡樹叫他斬下牠的一個大枝，雕成船頭。這船頭可以引船直向柯爾齊斯駛去。這船又是雅西娜做成的，駛行得極快。於是迦遜名此船爲亞各(Argo)，邀請許多勇士，如赫克士，波索士等諸人同去。途中，常常登岸，常常有冒險的事。有一次，赫克士和一個少年名希拉士(Hylas)的，到林中伐木做新槳；他命希拉士到溪間去汲水。當希拉士彎身取水時，水中的仙女們看見了他，愛悅他的美麗.便把他拖下水去.赫克士等他同伴不來,去尋也尋不到,覺得很悲傷,便取路回家,不與迦遜同去.其他的冒險甚多,不能悉記.最後到了柯爾齊斯,國王阿特士(Aeetes)不欲他取去這寶貴的金羊毛,說道,『你欲取金羊毛,必須先馴服了兩隻噴火的巨牛,然後用牛去種龍齒,叫龍齒生出巨人,再把這巨人殺死.』迦遜得了國王的女兒美狄亞(Medea)的幫助,一切都如國王所言實行了.於是他殺了龍,取了金羊毛,與美狄亞同歸.阿特士聽見了這個消息,十分着急,尤其因為美狄亞

希拉士與水中的仙女

把他的少兒子也帶走了;於是他招集了一班水手,坐船去追迦遜他們;不久,竟被追上.美狄亞急把她弟弟殺了,將肢體拋落海中,阿特士忙着去拾他兒子的死骸,才被他們逃走了.他們回到本國,柏利亞知道勢力不敵,只得退位.迦遜復卽王位,美狄亞以魔術使他復變爲少年.柏利亞的兩個女兒,亦使他們的父親復變爲少年,求美狄亞授她們以方法,不料施行不愼,竟因此殺了柏利亞.此後,他們過了好久快樂的生活.後來因迦遜別有所愛,美狄亞妒怒不已,竟殺了他的情人和她自己的兒子,乘龍車走了.迦遜不久亦死.(這故事的意義是指希臘的第一次商業的航行,迦遜所取回的金羊毛,是東方無比的財寶的象徵.)

美麗的亞泰冷他(Atalanta)是阿卡狄亞(Arcadia)國王的女兒;她父親希望得男,而竟生女,覺得非常憤怒,便把她棄於荒山中.有一母熊乳養她至大.她因此成了最捷足的獵者.這時,卡里頓(Calydon)國大祭衆神,獨忘了祭獵神狄愛娜,她便使一個大野豬爲害於國內.女王雅爾底亞(Althaea)招集勇士,去殺這個野豬.亞泰冷他應招而來,與許多壯士同去殺豬,她射中了那豬,國王的兒子美里格(Meleager)乘機把牠殺了.他把這豬的皮歸於亞泰冷他,他的兩個舅父不服.美里格憑一時的憤怒,殺了兩個舅父.女王雅爾底亞聽見她兩個兄弟爲她兒子所殺,大怒,想復仇.以前,當美里格生時,命運曾說他的壽命與一根在火爐中燃燒的木棒同久.雅爾底亞急忙把這木棒從爐中取出,保存起來.現在,憤怒之極,便把這木棒取出,投入爐中,燒爲灰燼;同時,美里格卽在歸途中暴卒.雅爾底亞悲傷不已,也自殺而死.

亞泰冷他自獵豬後,就回到她父親那裏,他因爲這

亞泰冷他的賽跑

時還沒有兒子，竟待她十分仁愛．有許多少年，都要向亞泰冷他求婚．亞泰冷他道：『先與我競走，勝者娶我，如敗則須償以死．』許多少年，因此而死．最後，有一個美貌的少年名美拉尼恩(Milanion)（一名希波曼士 Hippomenes）的，得了委娜斯的保護，並從她那裏得了三個金蘋果，走來要與亞泰冷他賽跑．她很快的追過了他，但他急急的投她以一個金蘋果；她因俯身去拾，便被他追過．如此的三次，美拉尼恩竟得到勝利，而娶了她．但這個幸福的新郎，卻忘了酬謝委娜斯，於是她把他們夫妻變成了一對獅子，去駕地神西璧爾(Cybele)的車．

奧特甫(Œdipus)是底比斯國王萊士(Laius)與他的后約卡士泰(Jocasta)的兒子．神預言他將殺父娶母，使國大亂．萊士於是大恐，叫一個侍臣把這嬰兒帶到山中殺死．這侍臣僅把他棄於林中，並不殺他．一個牧羊人聽見他的哭聲，把他帶到科林斯，國王波里卜士(Polybus)正苦無子，便以他爲己子，名他爲奧特甫．後來，他長大了；因一個醉人說他非國王之子，跑去問他母親，又吞吐不肯告訴，便到台爾菲去問神巫。神巫說他將殺父娶母，使國大亂。於是奧特甫非常悲傷，立志漫遊各處，永不再回科林斯見他父母，以免巫言的實現。後來，他在路上遇見一個老人坐着車走來，車前的衞士叫他讓路，他不肯，因此爭鬥起來，把他們連車上的老人都殺死了。他不知這老人卽是他自己父親萊士。他這時正從底比斯要到台爾菲去問神巫以事。於是奧特甫懶懶的向前走去。他走到底比斯，城中正十分紛亂的說國王及全部衞士，都在路上給一班强盜殺死了。奧特甫並不疑心他所殺的老人卽爲底比斯王。百姓們又訴說，有一個獅身、鳥翼、婦人面的巨怪，名史芬克斯(Sphinx)的，站在大路上，出一個難謎問過往的人，有不能答或誤答的，牠就把他們吞食了，不知已吞了多少人進去。正在這時，奧特甫又聽見王宮的使者到處的傳說：『誰能除去史芬克斯，王后就下嫁給他。』奧特甫因爲神巫之言，已把自己的性命看得很輕，便跑到史芬克斯那裏去。牠問道：『告訴我，早上有四隻足，中午有兩隻足，夜間有三隻足的動物是什麽？』奧特甫答道：『是人。當他幼時，以手足爬行，壯時，以兩足走，老時則用一拐杖。』史芬克斯見答得對，想飛走，但奧特甫以刀迫牠走到懸岩邊，牠跌到岩下死了。當奧特甫回城中時，便娶了他母親約卡士泰，即了底比斯的王位；他們生了四個孩子，二男二女。過了許多幸福的生活，底比斯忽生大疫。奧特甫叫人去問台爾菲的神巫，他答道，『只有把殺前王的人捉住，大疫才能止。』使者四處去搜求罪人。不久，集了許多證據，知道殺前王的就是奧特甫，而那個以前把嬰孩帶到山中的侍臣，也自認並未將他殺死。於是一切事都明白了。奧特甫竟如神巫所言，殺父娶母，使國大亂。約卡士泰聽見這事，自殺而死。奧特甫也失望的把自己的眼弄瞎了。他孤寂的、悲傷的、和他的女兒安特宮（Antigone）同離了底比斯，到各處漫遊。現在還愛他的只有安特宮一人。後來，他進入森林中，叫他女兒回去。雷電交作，大風狂吼，他們再到這森林尋找奧特甫時，他已不見，大家都以爲他已被帶入地獄，受應得的刑罰去了。

別萊洛芳(Bellerophon)是科林斯王西西福士(Sisyphus)的孫子；他因在林中打獵，誤殺了他的兄弟因此逃避到阿格斯王柏洛脫(Proetus)那裏去。柏洛脫的后安特亞(Anteia)戀愛了他，但他以國王待他極厚，不忍與她相愛。於是安特亞大怒，向柏洛脫說了他許多壞話。柏洛脫不肯自己殺他，便使他持一信到里西亞(Lycia)王依奥拔特(Iobates)那裏，叫依奥拔特殺這持信者。依奥拔特款待了別萊洛芳好幾天。最後，別萊洛芳才想起那封信來，於是把信送給依奥拔特。他看完了信，非常躊躇；他不忍取這客人的生命，便叫別萊洛芳去殺一個可怕的獅頭、羊身、龍尾的怪物齊米拉(Chimaera)。別萊洛芳得了雅西娜的保護，騎上米杜薩的血所化的飛馬辟格沙斯殺了齊米拉而回。國王又叫他去攻擊那喜戰的婦人們——阿摩遜人——也得勝而回。依奥拔特知道不能再傷害他，便把他的女兒嫁給別萊洛芳。別萊洛芳最後是平安而且快樂了。但他因常騎着飛馬，覺得已非凡人,可與不朽的神同在,便於一日,騎了辟格沙斯,要飛到亞靈辟斯去.周比特使一牛蝱叮咬辟格沙斯,這馬跳躍不定,便把別萊洛芳從馬上顛了下來,跌瞎了兩眼.

七

在希臘神話中,還有好幾篇戀愛的故事,其感人也不下於「邱辟特與賽克」及那些英雄的故事.

愛神委娜斯爲少年男女所最崇拜者;她喜歡看見美麗而眞誠的情人的結合,他喜歡幫助那些熱戀的情人,除去他們向愛之路走去的阻礙.如可愛的女郎希洛(Hero)與勇敢美麗的少年林特(Leander)的結合,卽爲其一例.希洛的父母,把她奉獻於委娜斯,做她的寺殿裏的女尼.他們把她住在海上一個孤寂的塔中.與她爲伴者僅有一老乳母.她的美麗,一天一天的增加,她的美名,遠播於各處.少年林特心中燃着要見這可愛的女尼的熱望,從他本鄉跑到希洛所住的地方.這時，這個地方正舉行委娜斯的大祭典禮．林特走入殿中，看見希洛的莫可形容的美麗，益覺得心旌搖搖．委娜斯命邱辟特向他們二人各射了一枝愛情的箭．林特得了委娜斯的助力，便向希洛表白他的愛，要求希洛答他，不然，他便要去死．希洛告訴他以她所住的地方，並許他夜間到塔裏去．夜來了，黑暗覆蓋了大地；林特踴身入海，遊泳到塔下，希洛燃火炬在塔口待他．他到了東方黎明時，二人便分離開．如此的，快樂的經過了夏天，沒有一個人覺察出他們的關係．到了一個冬日的清晨，風浪甚大，希洛叫他不要回去，省得夜間再冒險．但林特笑了一笑，答應她夜裏再來．海上的波濤到了夜間，更見兇惡，希洛燃了火炬等待她的情人．林特不顧危險，踴身入海，終於溺死在海中．而希洛的火炬爲風所滅，又去燃了起來，直等到東方明亮，還不見林特到來．後來，她看見了林特的屍身在塔下海波上浮泛着，便立刻也踴身跳入海中，與他同死了．

辟拉摩士（Pyramus）與底士白（Thisbe）的戀愛故事，也與希洛與林特的有同樣的悲慘．他們是鄰居，同住在巴比倫．他們很快活的同在一處嬉游．後來，因爲兩家父母口角，便不許他們相見，不許他們談話．他們常常嘆氣，委娜斯給他們以助力，使兩家的隔牆，有了一個小洞，他們可以由此洞互相看望、談話、親吻．後來，他們約好一天，在城門外一株白桑樹下相會．底士白先到，但不見她的情人；她正在詫異，忽聞身邊叢莽中有沙沙的聲響．她以爲辟拉摩士故意躲藏在那裏，正想高聲喚他，忽見一隻巨獅從那裏撲出．底士白驚得半死．把面紗除下，如飛的逃去．獅子把面紗捉到口中，扯得粉碎，然後徐徐的回到森林中去．不久，辟拉摩士匆匆的跑來；他不見底士白，只見地上巨獅足跡及破碎的面紗，以爲底士白一定被獅所殺，便拔出刀來，自刺其心而死．幾分鐘後，底士白又輕輕的走來，看獅子已否走開，不料忽見辟拉摩士直僵僵的躺在樹下，她自己的面紗覆在他的唇上，他胸中插有一把刀．她立刻明白了一切，驚呼一聲，走近他身邊，拔出陷在他胸中的刀，向她自己胸前一刺，也倒在地上死了。桑椹的顏色本是白的，後成爲紅色者，卽因被辟拉摩士及底士白二人的血所染之故。

柏洛克麗絲(Procris)與西發洛士(Cephalus)的故事，也很可使人感傷。西發洛士是一個獵者，娶了服侍狄愛娜的一個仙女柏洛克麗絲，她帶來一隻獵狗與一根百發百中的鏢鎗。他們很快活的生活在一起。後來『黎明的女神』依奧絲(Eos)想戀愛西發洛士而沒有成功。她妒忌柏洛克麗絲，要打斷她的幸福。當炎夏的中午，西發洛士常擇在蔭涼之地坐着，召呼一陣涼颸來吹散他的炎熱。依奧絲知道他的這個習慣，便跑去對柏洛克麗絲說，她丈夫有了一個情人，常於中午在樹蔭相會。柏洛克麗絲信了她的謊話，便匆匆的到她丈夫那裏去。這時，正是中午，她藏在附近的叢林中，西發洛士照常的叫道：『可愛的涼颸，請來罷！』柏洛克麗士以爲他真的在呼喚他的情人，便暈倒在地。西發洛士見叢林突然沙沙的作響，以爲是野獸，便把鏢槍擲去，正擲中她的胸前；她哀叫一聲而死．西發洛士立刻知道自己是錯了，便跑到她身邊，在她最後一息未絕之前，解釋一切給她聽．柏洛克麗絲知道她丈夫的全個心仍然是她的，便微笑的死去．

愛歌(Echo)與那西沙士(Narcissus)的故事，也是一件悲哀的戀愛故事．愛歌是一個可愛而喜談話的仙女．她遇見美麗的那西沙士在林中打獵，一見便深深的愛他，但那西沙士卻並不理會她．她十分失望，禱求委娜斯懲罰這狠心的少年．自此，她終日悲鬱，惟求速死，遠離她的同伴而漫遊於山林中．她的身體漸

柏洛克麗絲的死 (Piero Di Cosimo 作)

漸因憂愁而消滅，惟餘美麗的聲音在那裏。衆神以她不自尊，罰她居於山岩及蔭僻處，複述她耳中所聽見的最後的聲音，以儆其他的仙女。但委娜斯卻很可憐她，沒有忘掉她的最後的禱告。她設法去懲罰那西沙士。有一天，那西沙士打了好久的獵，到一個淸澈無比的池裏去飲水。他跪下去，彎身向水面，豫備喝水，忽見水底有一個極美麗的臉向他注視，他以爲一定是一個仙女從水底向他看，伸手想去捉住她。但當他的手觸到水面，那仙女便不見了。他又縮回手，靜靜的等候她的復

愛歌與那西沙士 (J. W. Waterhouse 作)

出水一澄靜，仙女的注望他的雙眼又可看見他屈身向水面，仙女的頭也全部可以看見。他開口向她說話，仙女的紅唇也微微的開闔，不過聽不見語聲。他伸出兩臂，水中也有白如雪的雙臂向他伸來。他又想去抱她。水面一被觸動，她又迅速的消失去了。如此的重復了好幾次，到了夜間，那西沙士還守在池裏。他在夜影裏向池中觀望，她也還在那裏觀望他。如此的，不飲，不食，不睡，終日夜在池邊守望，一直到了死，並不疑惑水中所見的仙女，卽是他自己的影。愛歌的仇報復了。但衆神很可憐他的美麗的屍身，便把他變成了與他同名的花。此花至今尙盛殖於美麗明澄的池邊，牠的影很淸晰的反映在池面上。

辟格麥里恩(Pygmalion)與他的石像加娣他(Galatea)的戀愛故事，卻與上面的幾段故事都不同，牠有一個喜劇的結局。辟格麥里恩是西卜洛斯(Cyprus)的國王，一個極著名的雕刻家。他的所有閑暇的時候，都費在雕刻神像上。有一天，他忽想雕一個美麗的婦人像．這石像雕成後，極爲美麗，竟使這個雕刻家熱烈的喜愛她．他爲她取名爲加嫩他，並求委娜斯賜她以生命，做他的妻子．辟格麥里恩本是一個固執的獨身主義者，常常宣言不結婚．現在，委娜斯見他忽然肯娶親，便很高興，決意答應他的請求．有一天，當辟格麥里恩抱着這石像在胸前時，他的熱氣傳入石像的冰冷的胸；當他與她接吻時，她的冷唇忽變和柔而溫熱起來，她的雪白的兩頰，忽有紅潤之色出現，她的肺部有了呼吸，全身也有了紅血．石像活了！辟格麥里恩心裏因喜悅而急跳．過了不久，他與加嫩他便結了婚．

在上面冗長的敘述裏，已把希臘的許多重要神話約略的寫出了；當我寫時，也不禁爲牠的那些永久美麗的故事所緊緊的吸引住．以前的許多詩人及藝術家，已屢屢的把牠的血液，注入他們的作品的最內部了，以後的許多詩人及藝術家必仍將屢屢的回顧到這些故事，而把他們作爲最好的題材．人類一日覺得生命的負擔與神秘，他們便將一日不滅在人類的記憶與感情裏．

參考書目

一　寓言時代，一名神話的美麗(The Age of Fable, or Beauties of Mythology)　蒲爾芬契(Thomas Bulfinch)著　鄧特(Dent)公司出版的萬人叢書(Everyman's Library)之一。

二　英國文學裏的希臘神話(The Classic Myths in English Literature)　格萊(Charles Mills Gayley)著　波士頓的格林公司(Green & Co.)出版。此書根據於蒲爾芬契的寓言時代，而搜集了許多有價值的附註，如學者對於各種神話的解釋，以及詩人、畫家、及雕刻家對於那些的應用之類。

三　古希臘羅馬的神話與傳說(The Myths and Legends of Ancient Greece and Rome)　白林士(E. M. Berens)著　白拉吉公司(Blakie & Co.)出版。

四　希臘與羅馬的傳說(Legends of Greece and Rome)　科甫弗(Grace H. Kupfer)著　哈拉甫公司(G. G. Harrap & Co.)出版。這是一部給兒童讀的很有趣味的書。

五　著名的希臘神話(Favourite Greek Myths)　希特(Lilian Stoughton Hyde)著，出版公

司同上此書亦爲兒童的讀物。

六希臘羅馬的神話他們的故事意義與啟源 (The Myths of Greece and Rome: Their Stories, Signification, and Origin) 哥爾保 (H. A. Guerber) 著，出版公司同上。

七希臘與羅馬的神話 (Greek and Roman Mythology) 史透定 (H. Steuding) 著，鄧特公司出版的 "The Temple Cyclopædic Primers" 之一。

八古希臘的神話與傳說 (The Muses' Pageant: Myths and Legends of Ancient Greece) 何與孫 (W. M. L. Hutchinson) 述，共三冊，鄧特公司出版的萬人叢書之一。第一冊爲關於諸神的神話，第二冊爲關於英雄的神話，第三冊爲底比斯的傳說。

九英國文學的外來影響 (The Foreign Debt of English Literature) 吐甲 (T. G. Tucker) 著，佐治倍爾公司 (George Bell & Sons)出版。

十名著辭典 (A Classical Dictionary)，萊卜里爾 (Lempriere) 著，佐治路特萊格公司 (George Routledge & Sons, Ltd.) 出版。

十一．希臘神話　譯述者不署名．商務印書館出版的說部叢書初集之一．此書爲中國的唯一的關於希臘神話的書籍，但牠的敍述卻不很詳確．

第五章　東方的聖經

第五章　東方的聖經

一

每一個宗教，都有牠的聖經．——大約都是讚歌、傳說、神學的推論，及禮拜儀式的指示等的總集．基督教的聖經與世界上別的聖經有一個很奇怪的不同之點．基督教可以說是西部世界——歐洲與美洲——的宗教，但牠的聖經卻是從東方傳到西方的．現在所敘的東方的聖經則不然，他們的大部分都是到現在還在所產生的本地被人民所崇敬着的．喬答摩及梭洛阿斯特(Zoroaster)的著作，雖不是如此，而也只傳播隣近的諸國．世界的智慧都從東方出來而存留於東方本地的智慧，卻沒有那流傳於西方的智慧之蓬勃有生氣．東方的聖經的來源，大部分都是極古遠的，有時且是生活在許多時代的許多人的著作的偶然的總集；只有可蘭經（Koran）與西克人（Sikhs）的格蘭斯（Granth）是例外。

二

東方聖經中最爲古遠的是印度婆羅門（Bramans）的吠陀（Vedas）。印度人占印度半島上全人口的百分之七十。他們的一部分是從阿利安族流傳下來的。希馬拉耶山是阿利安族的搖籃；當世界史的初期，一部分的阿利安族越希馬拉耶山而西，現在的歐洲的各大民族，如臘丁民族，條頓民族，克爾底（Celtic）民族，與史坎德那維亞民族等，全都是這一支阿利安族的遺裔；另有一部分的阿利安族則越希馬拉耶山而南，成爲印度民族。當這一支阿利安族南遷時，印度半島已有很多的人民住在那裏。阿利安族帶來他們自己的宗教與他們自己的文化。他們與印度的土人同居的結果，是種族的混雜；但阿利安族卻自居於最高的、貴族的地位，創立了階級制度，且發展了一個奇異而且幾乎不可思議的宗教，所謂印度教(Hinduism)就是這個奇異的宗教的共同的總名，共包含有二萬三千不同的神，幾乎每個鄉村都有他們自己的特異的崇拜的神。這個印度教，即四千年前阿利安族從北方帶來的婆羅門教的殘餘。

大多數的宗教，都是由一個教主創造出來的，如基督教爲耶穌所創，佛教爲喬答摩所創之類。至於印度教與婆羅門教則不然，他們不能追溯到一個偉大的教師。純正的婆羅門教，宣稱有一個無所不包的精靈，名爲婆羅馬(Brahma)的存在，他是一切有生之物的原始的原因與終極的目的。所以在牠的最初，婆羅門教是與回教一樣，爲絕對的一神教的。但於信仰一個抽象的無所不包的神之外，又發生一個第二信仰，承認三個大神的存在，每一個大神代表絕對的權力的一方面。這些大神是婆羅馬，創造者，委西奴(Vishnu)，保存者，及西瓦(Siva)，破壞者。據一個印度的傳說所稱，最初的婆羅馬，創造了原始的水，在水中放了一粒種子，那種子變成了一個金蛋。創造者的婆羅馬，即由這個金蛋中產生出來。他出世之後，便把這金蛋的兩個半殼，創造了天與地。據另一個傳說，又以爲婆羅馬是從委西奴神身中長出的一朵蓮花中產生出來的。創造者婆羅馬的形象常以爲是具有四頭四手的有鬚的人。他一手執着王杖，表示權力，一手執着一卷紙，代表印度的聖經吠陀，一手執着一瓶印度的聖河，恆河的水，又一手則執着一串念珠，代表祈禱。但婆羅馬雖是婆羅門教與印度教的三個大神之一，卻不是一

婆羅馬：創造者

個通俗的神，在全印度，他的寺殿僅有四所，他所有的信徒，還遠不如純粹的地方的神之多。

印度社會制度的最大特點是階級的制度——一種宗教的創造。他們的社會，原來分爲四個階級，一爲婆羅門(Brahmins)即僧侶，一爲剎帝利(Kshatryas)即武士，一爲毘舍(Vaisyas)，即地主工商及農民，一爲首陀(Sudras)，即奴隸，如樵夫，汲水者之類。從許多年代以來，這四個階級，又分爲百數十的小階級，但婆羅門的一個階級，(他們的名字從婆羅門神那裏得來的)卻始終維持其最高的

委西奴：保存者

地位。婆羅門不像其他的禁慾的僧侶與牧師，他們是結婚的，但祇在他們自己的階級裏互通婚媾，所以他們比別的印度人更爲是純粹的阿利安人種。

在現在的印度鄉村所崇信的宗教裏，（他們崇奉獸形的神，禮儀極複雜，禱詞極歧異，）原始的婆羅門教已存在得很少了，除了信仰靈魂轉生之說，及卡馬（Karma）的教訓，以爲經過了在許多輪迴中的許多經歷，（輪迴的次數，以行爲的善惡而定）之後，靈魂最後便從個體中解放了，復與無所不包的神婆羅馬合而爲一。這個教訓，換一句話說，就是每個人的靈魂都是如婆羅馬一樣的，無始亦

西瓦：破壞者

無終，每個人生存的情況，都是他在前生的行爲的結果。

印度雖然經過喬答摩的佛教的宣傳，經過回教徒的有力的壓迫，經過基督教徒的熱忱的傳道，而婆羅門教與印度教的勢力在那裏並不稍衰。婆羅門至今仍爲印度人民的教師，仍爲他們的習慣與禮儀的守護者。婆羅門至今仍能默誦吠陀(Vedas)中的文字，這些文字在他們的祖先幾千年前卽已在諷誦着。當吠陀最後被寫在紙上時，他們是用桑斯克里底(Sanscrit)文寫的；這個文字現在已成一種死文字，其與今日印度言語的關係，正如古時臘丁文之與意大利語言。但吠陀雖然早已被寫在紙上，而虔敬的婆羅門仍然是把他們默記在心上，因爲牠是寫着：『那些販賣吠陀的人，與那些鈔寫吠陀的人，與那些沾穢吠陀的人，他們都將到地獄去。』

『吠陀』這個字的意思是『智識。』吠陀共包括四部頌詩與祈禱詩的書，四部解釋頌詩與祈禱詩的啓源與意義的散文集，及兩部禮儀的與哲學的討論的總集.四部頌詩與祈禱詩集的名稱是里克(Rich)賽門(Saman)葉迦斯(Yajus)及阿薩文(Atharvan)；四部散文集總名爲婆羅門那(Brahmanas)卽分附於這四部頌詩與祈禱詩集之後.兩部禮儀的及哲學的討論集,則名爲阿蘭耶迦(Aranyakas)及優盤尼沙曇(Upanishads)；阿蘭耶迦大部分討論更奧祕的儀禮的,優盤尼沙曇則大部分是討論宇宙的問題與人的宗教的目的.吠陀的著作的確實時代,不易決定,但他們顯然是許多不同時代的許多詩人的作品.里克吠陀中的頌詩是最古,至少是三千年以上的作品大約較聖經的最古的書還早三百餘年,但他們所記載的宗教信仰卻更爲古遠,——大約是在阿利安族仍住在希馬拉耶高原時,在他們沒有西去與南遷時所卽已具有的.

三

佛教與婆羅門教不同,牠是有一個創造者的；這個創造者名喬答摩(Gautama)(卽釋迦摩尼)他是一個印度人.但佛教雖然是婆羅門教的一種理想的發展，而在現在的印度，佛教徒卻極少．佛教與婆羅門教之關係，有如基督教之與猶太教，或新教之與舊教．現代的佛教徒，五分之四是中國人，其他大部分是住在日本，高麗，西藏，暹羅與錫蘭等處．

喬答摩生於彭加爾（Bengal）的北方，其生活時代，約在紀元前六百年至五百年間，他的家庭是屬於印度的治者階級的．他很富裕，而且很美貌，娶了一個美麗的妻子，生了一個孩子，但他的和平而安易的生活，卻使他不能堪．當他二十九歲的時候，他離了家庭．帶了一個僕人．走了不久，他又叫那僕人帶了馬匹與刀回家，自己一個人穿了乞丐的破碎的衣服．他與一班學者同住在一個洞內許久後來，經過了長久的寂寞的默思，然後出來宣傳他的教義，在皮那爾（Benares）城，得了好些信徒．喬答摩是世界歷史上的最偉大的人物之一，——寂靜，自己犧牲，具有靈感的．他死後，他的教訓在信徒口中複述着．到了許多年後，這些訓言才被寫在紙上，名為辟塔加士（The Pitakas or Baskets）．辟塔加士是用柏利（Pali）文，即

印度人平常用的口語寫的.辟塔加士的內容是佛教徒的教言的解釋,他們包括鬼的故事,散文的箴言,各種的解

喬答摩

釋與規約,以及祈禱詩與頌詩.喬答摩是一個平民主義者,他主張一切衆生皆平等,反抗階級的分別,反抗當時的階級制度.他以爲世間的一切苦惱,皆有自私心及貪慾而起.凡貧富貴賤男女,若能杜邪慾,脫離一切,便都能於未來世,同受無量

福、婆羅門以獻祭品爲敬神贖罪之道，喬答摩則只言悔過禱拜而已。婆羅門殺牲以祭神，喬答摩則以殺牲爲戒；且懷疑婆羅門的聖書吠陀。因此，佛教徒在印度便常受婆羅門教徒的驅迫；雖然佛教有一個時期在印度很興盛，但後來終於爲婆羅門所迫，僅傳播於東方，而在本國幾至於全無勢力。

四

喬答摩以外，別的一個東方宗教的大師是梭洛阿斯特(Zoroaster)。他的確實的生活時代，我們不能知道，有的人以爲他生在紀元前一千年，有的人以爲他是與喬答摩同時的。他以爲在萬物之初，有兩個神，一個是站在光與生命方面的，是法律、秩序、與真理的創造者；一個是站在黑暗與死方面的，是一切罪惡的創造者。這兩個神於人的靈魂中從事永久的爭鬥，而梭洛阿斯特則預言善神之將得最後的勝利。相傳梭洛阿斯特著作了二十部書，寫在一萬二千張的牛皮上。許多他的教訓，據說是包含在波西人(Parsees)的聖書桑阿委斯塔(The Zend-Avesta)

之內．雖然這部書的編著時代約在紀元後二百五十年至六百年之間，但其確實的時期卻不能斷定．

馬拉伯山(Malabar Hill)的最高處，(此山在彭拜〔Bombay〕的城外)有許多塔在那里，塔有二十五呎高；在這些塔上，波西人把他們已死的人的屍體，放在上面，供鷙鷹的食糧，以免沾瀆土地．波西人的宗教，禁止屍體的火化與土葬．波西人在現在世界上是一個很小的民族，是梭洛阿斯特的宗教的唯一的信仰者；他們在一千二百年前，被阿刺伯人逐出於波斯，此後遂定居於印度．好幾世紀以前，梭洛

彭拜的一座波西人的沈默之塔

阿斯特教曾有數十萬的信徒住在西至底格里斯河東至印度斯河(Indus)北至客斯賓海(Caspian Sea)南至波斯灣與印度洋的大平原上。關於他們的聖經桑、阿委斯塔有一點很有趣味，即在現在的世界上已沒有第二部存在的書是用與牠同樣的文字寫的。桑、阿委斯塔包含五個部分。第一部分是祈禱詩與頌詩的禮式；第二部分也是一部關於禮式的書；第三部分包含傳說與箴訓；第四部分是詩歌與祈禱詩；第五部分是祈禱詩。

桑、阿委斯塔的性質，在下面的一段文字中可見一斑：

『對於仇敵，爲公道而戰，對於朋友，以衆友所贊許的對待他。對於懷惡意的人，不要與他衝突，也不要用任何法子去惱怒他。對於貪婪的人，不要與他合股，也不要信任他做首領。對於不名譽的人，不要與他聯絡。對於無知識的人，不要與他同盟及聯合。對於愚蠢的人，不要與他辯論。對於酒醉的人，不要與他同路走。對於壞癖氣的人，不要向他借債……

『你不要以世界上任何幸福自恃，因爲世界上的幸福如雨天的時候的片雲……

「你不要以多珍寶與財富自恃因爲到了結局時，你必須離棄了你所有的……

「你不要以有偉大的親戚與種族自恃；因爲到了結局時，你的依靠是你自己的行爲。

「你不要以生命自恃；因爲死最後要到你身上來而那可毀滅的部分要倒在土上的」

五

回教的始創者是莫哈默德(Mohammed)；他們的聖書是可蘭經(The Koran)。莫哈默德是世界歷史上最偉大的人物之一。他生於紀元後五百七十年。他在幼年是一個牧童，後來到了一個富家的寡婦那里當僕人，在他二十五歲的時候，他娶了這寡婦爲妻。他經過很痛苦的精神上的懷疑與爭鬥。在他那個時候，西里亞(Syria)已有好些基督教的禮拜堂與許多猶太人的殖民地，莫哈默德必定曾把他們的宗教與他自己的人民的無知的信仰比較了一過。當他出來宣傳時，年已四十；他以爲人間只有一個眞神，人死後必以他的行爲，得罰或受賞。他的運命也與別的宗教改革者一樣，受了許多人的嫉視，他不得不於午夜的時候，從米加

(Mecca)逃到美地那(Medina)。這一次的逃亡，回教徒以爲是莫哈默德生平大事件之一。他在米加得了許多信徒，他與異己者戰爭，得了許多次的勝利。當他在六十二歲死時，他已成了阿拉伯全部的主人了。他死後三年，卽在紀元後六百三十五年，回教的聖書，可蘭經第一次被搜集起來，成爲一書。搜集者是阿皮、白客(Abu Bekar)，他採集了許多的寫在紙上的斷片文字，與莫哈默德的同伴與使徒的記憶，成爲可蘭經。

回教徒的根本信仰是世間只有一個神；莫哈默德與他的後繼者，持這個教義，以教訓崇拜星辰的阿拉伯人，信異教的波斯人，崇信偶像的印度人，與無一定信仰的土耳其人。現在回教徒的數目，較羅馬教爲尤多；住在印度之內已有六千二百五十萬人。可蘭經告人信仰一個上帝，「除了阿拉(Allah)沒有別的神」，信仰上帝的天使，信仰上帝的書可蘭，信仰先知。回教徒視莫哈默德爲『顯示世界創造的意志』的工具；他們極端的信仰可蘭，當牠爲行爲的指導，絕不對牠發生疑問.地獄的景像,可蘭中描寫得很詳細.地獄共有七層;第一層爲不好的回教徒而設,經過多少時間的刑罰,可以釋放.第二層爲猶太人而設,第三層爲基督教徒而設,最下的地獄則爲僞善的人而設.他們的天國,則描寫得極爲美麗;牠的美麗直超出於想像的夢境之外,所有愉心悅目的東西天國裏一切都有——珠寶、與寶石,快樂的樹結着凡人所永不曾見的果實,潺湲的川流,或容載着水,或容載着白乳,或容載着酒,(酒在這個世界是禁止的,在天國裏卻不禁止,)或容載着蜜.

建築於非洲的最古的清眞寺 (The Mosque of Sidi Okba)

天使唱着歌，其快樂非凡人所能想像。尤其足以愉悅的是晨夕與上帝相對。但女人卻不能進這天國。可蘭並告訴人相信魔神(Genii)與天使的存在。所謂魔神的性質，我們可以從天方夜譚的許多故事裏看得出。可蘭又要人每天在規定的時間祈禱五次，並鼓勵人朝拜聖地米加。牠禁止飲酒、賭博、剝取重利與食幾種的肉。牠允許多妻制度的存在，離婚也很容易。

『可蘭』這個字是『應讀的書』的意思，全書共分一百十四章，每章又分成許多短節。可蘭的古本有七種，兩種在米地那出版，一種在米加出版，一種在古法(Cufa)出版，一種在巴斯拉(Basra)出版，還有一種則在西里亞出版。第七種被稱爲通行本。據說每一種本子都包有七萬七千六百三十九個字，三十二萬三千〇十五個字母。可蘭是用散文寫的，牠的文字是最純潔的阿拉伯文。我們現在可以無疑的說，可蘭的作者是莫哈默德他自己；但回教徒則相信可蘭的第一稿本是莫哈默德受之於上帝的。此書先被寫在無限大的板上；後來天使格皮萊爾(Gabriel)取了寫在紙上的一個鈔本，顯示給莫哈默德，在二十三年之中，陸續的顯示出來，或在米加，或在米地亞。

可蘭在十七及十八世紀間，被譯成臘丁文與法文。法文譯本之一，又在一六四九年被轉譯成英文。佐治、賽爾(George Sale)的著名的英譯本，則第一次出現於一七三四年。可蘭經中的許多話，可以循跡在聖經(Bible)中找出，且回教徒雖與基督教徒常爲激烈的爭戰，而可蘭卻以阿伯拉罕，摩西及耶穌爲最可崇敬的先知。

可蘭裏關於『上帝』的性質的說明，可於下面所引的一段中得之：

『東與西都是屬於上帝的；所以無論你向那一方向祈禱，都是禱着上帝；因爲上帝是無所不在的、無所不知的。所有在天上的與在地上的都是屬於他的；一切都爲他所有，他是天與地的創造者。

『呵，眞誠的信仰者呀，忍耐的求助，並且祈禱着；因爲上帝是向於忍耐的人的。

『上帝是無邊的，聰明的。他以聰明給與他所喜歡的人；適受到上帝所給聰明的人，得到許多好處；但除了心的聰明以外，別的都不足算．無論你所給的施捨，無論你所起的罰咒，上帝都確實的知道牠；但那不敬上帝的卻不會有人去幫助他們．如果你使你的施捨表現出來，那是好的；但如果你藏蓋了他們，把他們給窮人，這於你更有好處，將償贖你的罪：上帝知道你所做的事」．

六

猶太人的聖經是塔爾摩特（The Talmud）．塔爾摩特的重要在於牠在現在仍是住於西歐以及世界各處的大羣的猶太人的有力的指導．塔爾摩特是早時的聖經討論的文字與各時代一生專力研究聖經的人的註釋的一個總集．牠是一部民事與刑事、人與神、的法律的百科全書．但牠不僅僅是一部法律的書；牠記載一千餘年的猶太人民的國民生活的思想；所有他們的口頭的傳說，都以愛戀的熱誠謹愼的收集而且保存在牠的眞樸裏．對於熱誠的猶太人，宗教的倫理與禮儀兩方面有一種密切的關係，這個事實，給塔爾摩特以牠的興趣與重要．

塔爾摩特的完成，費了三百年以上的時間．這部書開始編著於紀元後第四世紀之初直至第六世紀之末才告成．塔爾摩特分為兩部分．第一部分名為米希那（Mishna）．是依據舊約的法律判決案的一個總集．第二部分名為奇馬拉（Gemara）．米希那是用考克（Stanley Cook）所謂『一種後期的希伯萊的文學方式』寫成的．奇馬拉是用阿拉米克文（Aramaic）寫成的，這個文字就是新約的大部分的原稿所用的文字．

下面是從塔爾摩特中取來的一段寓言：

『有一次，一個縣城的縣長差他的僕人到市場裏去買魚．當他到了市場時，看見所有的魚，都已賣完，只有一尾魚還沒有賣去，而這尾魚有一個猶太的裁縫正在要買．縣長的僕人說道，『我要給你一個金買這魚』裁縫匠說道，『『我給你兩個金．』縣長的僕人於是表白他的意思，說要給三個金來買這尾魚，但裁縫匠要買這尾魚，他說，即使不得不付十個金去買這尾魚的話，他也是不願失去牠的．縣長的僕人於是回家去，很怒的把這情形告訴給他主人聽．縣長差人叫了裁縫匠來，當裁縫匠來時，他問道：

「你是什麼職業的？」

「一個裁縫匠先生，」這人回答道。

「那末，你什麼能够出怎樣大的一個價錢去買一尾魚，且怎麼敢出比我僕人出的更大的價錢去買牠，以侮辱我的尊嚴呢？」

裁縫匠答道：「我明天要禁食，我想今天吃了魚，才有氣力如此做。即便用十個金去買牠，我也不願失了牠。」

「明天怎麼會比別天不同呢？」縣長問道。

「您怎麼會比別的人不同呢？」裁縫匠回答道。

「因爲國王任命我做這個官。」

裁縫匠答道：「那末，衆王之王也指定這一天比別天更爲神聖，因爲在這一天，你們希望上帝將恕免我們的罪過。」

縣長說道：「如果事情是如此，那末你是不錯的。」這以色列人便和平的回去了。

所以，如果一個人志願服從上帝，沒有東西可以阻止牠的完成。在這一天，上帝命令他的孩子們禁食，但他們必須前一天吃東西，強健他們的身體去服從他。這是一個人的義務，去虔潔他自己的身體與靈魂為這個偉大日子的來臨。他須預備好，無論在何時，以悔改與善行為他的伴侶，進到可怕的面前。」

七

格蘭斯(Granth)是西克人(Sikhs)的聖書，包含西克教的精神的與道德的教訓。西克人尊稱此書為阿地、格蘭斯、薩希(Adi Granth Sahib)，這個名稱常常應用在第五古魯(Guru)阿將(Arjan)所編的那部格蘭斯；牠裏面包含西克教的始創者古魯那那克(Guru Nanak)的著作，與他的後繼者的幾個古魯的作品，印度諸聖如猶地夫(Jaidev)，客比爾(Kabir)諸人的頌詩，回教聖人法里特(Farid)的詩歌以及其他第九古魯的作品也常包含在這本阿地、格蘭斯裏面。此外還有第二部格蘭斯，為西克人在一千七百三十四年所編的，通常名為『第十古魯的格蘭斯』牠沒有阿地、格蘭斯的同樣的威權。

這兩部格蘭斯都是用幾種不同的文字寫出的。阿地、格蘭斯的大部分是用潘酌比(Punjabi)語及印度語的古文寫的，但又參合些柏拉克里底(Prakrit)波斯(Persian)馬拉底(Mahratti)及古拉底(Gujrati)的文字，第十古魯的格蘭斯則用古舊而最艱難的印度語寫出。

格蘭斯裏的頌詩的排列，不依作者的次序，而依音韻的次序。阿地、格蘭斯共有這種音韻三十一個。

西克教是反對印度教與回教的；他們的教徒是一神教徒，相信上帝只有一個，反對印度教的偶像崇拜。他們以爲在上帝的眼中，一切人類皆是平等的；所以又反對婆羅門，反對印度的階級。在格蘭斯裏，西克人的飲酒與吸煙都是被禁止的。他們又反對印度教的婦人殉夫的風俗——雖然有些西克人後來受了印度教的感化，而染有這種殘忍的風習。西克人的身體都很强健，他們並不禁止食肉；

他們都是很勇敢的武士，常忠於爲他們的統治者英國人服役。在歐戰時，他們也顯出很好的成績。

參考書目

一　回教(Mohammedanism)　麥各里偓斯教授(Prof. D. S. Margoliouth)著，家庭大學叢書(Home University Library)之一，威廉與諾格特(Williams & Norgate)公司出版。

二　佛教(Buddhism)　大衞士夫人(Mrs. Rhys Davids)著，家庭大學叢書之一，威廉與諾格特公司出版。

三　印度教(Hinduism)　巴那特(Dr. L. D. Barnett)著，古代與近代的宗教叢書("Religions Ancient and Modern" Series)之，君士脫卜爾公司(Constable)出版。

四　約翰、慕萊(John Murry)公司曾出版了一種很有用的叢書，名東方的知慧("The Wisdom of the East" Series)，其中有婆羅門的智識(Brahma-Knowledge, an Outline of the Philosophy of the Vedanta)(巴那特 L. D. Barnett 著)，梭洛阿斯特的教訓與波斯宗教的哲學(The Teachings of Zoroaster and the Philosophy of the Persia Religion)（客柏狄亞 S. A. Kapadia 著）以及關於佛教，道教及孔子的書．

五．握克斯福大學出版部（The Oxford University Press）也出版了一種重要的叢書，名『東方的聖經』(The Sacred Books of the East)，譯者都爲各專門的學者，編輯者爲摩勞(Max Müller)．

六．菲力特里克瓦痕公司（Frederick Warne, & Co.）出版了可蘭經與泰爾摩特（Talmud）的英文譯本．

七．中譯的關於佛教的書籍極多，最著名的出版處爲：金陵刻經處，醫學書局及商務印書館．

八．可蘭經也有中文的譯本．

第六章　印度的史詩

第六章　印度的史詩

一

印度的史詩馬哈巴拉泰（Mahabharata）與拉馬耶那（Ramayana）是兩篇世界最古的文學作品，是印度的人民的文學聖書，是他們的一切人，自兒童以至成年，自家中的忙碌的主婦以至旅遊的行人，都崇敬的喜悅的不息的頌讀着的書。印度的聖書吠陀其影響所及，不過是一部分的知識階級，遠不如馬哈巴拉泰及拉馬耶那之爲一切人所誦讀。平常的人都能舉出他們當中的英雄的姓名，都能背誦他們的詩句，講述他們的故事，驚駭於他們的英雄的冒險，悲歎於他們的婦人與壯者之阨運，喜悅於他們的主人翁之得最後的成功與勝利，不知有許多男女的兒童在印度是喜歡着拉馬(Rama)與賽泰(Sita),而以他們爲將來的模範的.在事實上說來,這兩篇史詩實可算是最幻變奇異的,在文學藝術上說來,他們又是可驚異的精鍊的,在篇幅上說來,他們又是世界上的所有的史詩中的最長的.馬哈巴拉泰共分爲十八篇,包含詩句二十餘萬行,其篇幅八倍於本書前述之希臘二大史詩依利亞特與奧特賽的合計;拉馬耶那略短,共分爲七篇,包含詩句二萬五千行.他們都是世界文學中最偉大的作品本書前已敍及希臘的大史詩依利亞特及奧特賽,對此二大著作,自不能不更有所述——雖然在影響上講,依利亞特及奧特賽爲世界的,而馬哈巴拉泰及拉馬耶那的最大多數的讀者至今未出於印度的境外.

馬哈巴拉泰與拉馬耶那的出產之地不同,其內容亦歧異.馬哈巴拉泰產出於西部印度,而拉馬耶那則產生於東部印度.馬哈巴拉泰敍潘度斯(Pandavas)與卡洛斯(Kurus)兩族戰爭的故事,而拉馬耶那則敍一位英雄拉馬的冒險故事,其事實較馬哈巴拉泰爲更簡明，更浪漫的；因爲在馬哈巴拉泰之中，其連續的故事，常爲冗長的別的故事及冗長的哲理的討論所間斷。

馬哈巴拉泰產生的時代較拉馬耶那爲古遠。牠的作者相傳以爲是吠陀的編者委沙(Vyasa)，然在實際上，與其說是一個詩人的著作，不如說是一個時代的文學的結果。大約最初的時候，其中的不同的事跡與情節都各爲起訖，爲人民所唱所誦，到了後來纔漸漸的融合成一片，成爲如此偉大的一部作品，而被寫在紙上。

拉馬耶那的作者，相傳是瓦爾米基(Valmiki)，然而這個瓦爾米基的偉大名字也與希臘的荷馬一樣，同爲不可知的一個虛無飄渺的詩人；即便實有瓦爾米基的一個詩人，此大著作也未必爲其個人的創作，因拉馬耶那包含了不少的民間傳說與宗教制度的描寫，決非個人所能寫出的。大約牠也與馬哈巴拉泰一樣，是由無數不同的詩篇融合而爲一的。牠的產生時代大約略略後於馬哈巴拉泰。

有許多人讀了這篇拉馬耶那，如果他們是已讀過希臘的依利亞特的便都會覺得有些詫奇：依利亞特以海倫的被擄而興師而圍城，而拉馬耶那也以賽泰的被擄而興師而圍城，其結構與事跡之相同，幾令相信爲一個故事的轉變。有人解釋，以爲依利亞特也許是依據於拉馬耶那的，但有人則以爲，與其說依利亞特之依託拉馬耶那，不如說二者之源皆在於阿利安族未南遷及未西遷之時民間所流傳的傳說裏之爲當。我們也以後說爲比較可信。

在後代，雖然印度還產出了不少的史詩，但都不大有注意的價值，他們都脫離不了馬哈巴拉泰及拉馬耶那的範圍，所以這裏不說。

下面略敍馬哈巴拉泰及拉馬耶那兩篇史詩的重要的經過。讀者對於他們，想必可引起很濃厚的興趣。

二

馬哈巴拉泰的經過事實如下：

印度的兩個皇家要請一個教師，教導他們的兒子們以各種武技。有一天，那一班小孩子都在樹林中游戲，他們的球落到古井中去了。他們想了許多方法，都不能把球由井中取出來。正當孩子們焦急懊惱之際，他們看見一個婆羅門坐在近旁休息。孩子們圍住了他，叫道，『嗄，婆羅門！能否告訴我們以取球的方法？』那個婆羅門微笑道，『怎麽，你們不會取麽？如果你們答應給我一頓飯吃，我不僅能把你們的球拾起，還能把我現在擲在井中的一個戒指拾起來，只要用幾根草。』說時，他脫下自己的戒指，擲入井中。一個孩子叫道，『婆羅門，如果你真能拾起球和戒指，我們可以使你生活富裕。』於是那個婆羅門隨手在近旁拔起一把長草，他把一根草向井中擲去，草如一根針似的直貫穿於球中，然後又擲了一根草，恰好穿在第一根草上。如此，繼續的擲去，成了一根草繩把球引出井外。孩子們的興趣現在集中於婆羅門的技藝上，連球也忘了，同聲叫道；『嗄，婆羅門！再把戒指拾起來！』特洛那(Drona)——這個婆羅門的名字——拿起他的弓，從箭袋中取出一枝箭，向井中射去，這枝箭飛回他的手中，帶上了那個戒指。孩子們又驚又喜，問道：『我們能爲你做什麼事呢？』特洛那說道：『去告訴你們的保護人拜喜馬(Bhishma)說，特洛那在這裏。』孫子們飛快的跑回家，告訴拜喜馬以一切的經過，拜喜馬知道特洛那是大聖巴拉特瓦爵(Bhradwaja)的兒子。巴拉特瓦爵居於恆河發源地近旁的山中，其住處成爲偉大學問的中心，又聽人傳說特洛那自他父親死後，又苦心研求學會了神奇的武技，於是決定聘請特洛那爲教師，教導孩子們。他問起特洛那到這裏之由來；原來特洛那娶了親，生了一個孩子，因爲他孩子的需要，他纔第一次感覺到他的窮苦，想去尋找他幼年的同學。那時，他的最親密的朋友是特魯巴達(Drupada)現在已做了盤察拉斯(Panchalas)的國王。他便去尋這國王，訴說他的窮苦。但特魯巴達以今昔地位的不同，竟不招待他。於是特洛那大怒，想得到幾個學生，以爲報仇之地。因此拜喜馬的邀請，使他十分喜歡。當他做了皇子們的教師不久，有一天，他聚了他的生徒，要求他們答應一件事，就是，當他們的技術練成時，須爲他做一件心中所欲做的事所有的皇子都沉默不言僅其中的一個潘度瓦斯（Pandavas）家的第三子阿琪那（Arjuna）誠摯的設誓說，他願爲先生效勞從此以後，特洛那特別的喜歡阿琪那，阿琪那也特別的專心學習武術．特洛那所教的生徒愈多，所有卡洛斯（Kurus）及潘度瓦斯二皇家的子弟；都成了他的生徒．從別處來的皇子也有不少．其中有一個生徒名爲的卡爾那（Karna）的，爲一個皇家園人的繼子，他的真實的家世，沒有人知道．他與阿琪那很早的就互相競爭，互相反對，常立於卡洛斯的兄弟們的一方面，以反對潘度瓦斯的兄弟們．

在向特洛那求學的生徒中，來了一個非阿利安種的屬於低階級的皇子依卡拉夫耶（Ekelavya）但特洛那卻不肯收留他，因爲恐怕這低階級的領袖將專心學技，超越過阿利安族的諸皇子而盡得他們的軍事學的秘密．於是依卡拉夫耶辭了回去，到森林中，用泥土造了一座特洛那的像，向牠跪拜，敬牠爲師，日日在

依卡拉夫耶學射

像旁專心學射，最後遂成了國中極著名的弓箭手．後來，皇子們在森林看見他的神技，且羨且妒，因問他以他的教師的名字．他道：『也是特洛那！』特洛那知道了這事，偕了阿琪那同去訪尋依卡拉夫耶．依卡拉夫耶見了特洛那，立刻施了禮，合掌而立，待他的命令．特洛那道：『英雄！如果你真是我的生徒，那末，請你拿出先生的束修來！』依卡拉夫耶欣然的說道：『什麼都給你，請你說！』特洛那道：『我要你右手的大拇指．』依卡拉夫耶毫不思索的割下他自己的右手的大拇指，放在特洛那的足下．但當特洛那回去後，依卡拉夫耶又去拿起弓箭練習，而他的射箭的能力竟已完全沒有了，因爲他的右手的大拇指已割去．於是在國中能武術的人中遂無能與這一班高階級的皇子相並肩的．

在潘度瓦斯的諸皇子中，第一皇子猶狄希蘇拉(Yudhishthira)最善於車戰，習爲軍官，第二皇子拜摩(Bhima)最善於用棒鎚，雙生的兩個皇子那古拉(Nakula)及薩海地瓦(Sahadeva)則最善於馬戰及用刀．卡洛斯的皇子特里奧海那

(Duryodhana) 則與拜摩相同，最善於用棒鎚．特洛那自己的兒子阿喜瓦賽曼(Ashvatthaman)則最善於戰術至於潘度瓦斯的第三皇子阿琪那，則無所不精，一切都超出於他們，有智謀，富戰略，且善用各種的武器，常爲諸皇子的領袖．有一天，特洛那想一個法子試驗他們的武技，他把一隻假鳥放在一株樹頂上，對他的生徒們說道：『拿起你們的弓箭，以鳥爲鵠．聽我一下令，卽放箭射斷鳥頸．一個個的試．』最初，叫猶狄希蘇拉來，問道：『你看見樹頂的鳥麼？看見樹麼？看見我麼？看見你的兄弟們麼？』猶狄希蘇拉道：『都看見的．』連問了三次，都是如此答覆，於是，特洛那道：『那末，你先站開．』其他的皇子，一個個都問過，一個個的答語都與猶狄希蘇拉一樣，只有阿琪那最後試，最後的答道：『不，先生，我只看見樹頂的鳥，且只看見牠的頭，此外，並不看見樹，也不看見你，也不看見兄弟們！』特洛那快樂的說道，『你射！』於是阿琪那一箭射去，鳥頭果落．過了幾時，特洛那見諸皇子的武技已成，請於國王特里泰勒特拉(Dhritarashtra)，擇日開一比武會．國王答應了.比武的那一天,一切人都到場,卡洛斯諸子的母親以及潘度斯諸子的母親肯泰(Kunti)也來了.白髮的教師特洛那全身穿了白衣看過去如明月之在於皎潔無雲的天空上.他們先試了馬戰,車戰,與刀戰.以後拜摩與特里奧海那二人比武;他們二人的兇猛的爭鬥,激起了許多觀者的情感,有的表同情於拜摩,有的表同情於特里奧海那.特洛那急止了他們的比賽因爲恐怕引起了真的戰爭.最後,阿琪那出來展試他的武技,正在他的展試完畢時,武場門外走進一個人來,即皇家圉人之子卡爾那.潘度斯的母親一見他,覺得很害怕,因爲他乃是她未與她的丈夫潘度(Pandu)結婚時所生的兒子,久已棄去的,他的父親乃是一個神,即太陽.這時,卡爾那也要求加入比賽,他因大家不知其身世,只知其爲圉人之繼子,故不允加入皇子的比賽之中.但卡洛斯的諸子擁衞他,立刻擁立他爲一個小國的王;他與特里奧海那及他的兄弟們遂成了永久的朋友.不久,太陽西沉,比武亦告終止.

現在，特洛那要向皇子們收取先生的束脩了．他把所有的生徒集合在一起，說道：『去把盤察拉斯國王特魯相達在戰爭中捉了來見我，這是我做你們教師的唯一報酬．』皇子們集了車馬，向盤察拉國都而去．先是卡洛斯的兄弟們去與盤察拉斯國王特魯柏達戰鬥，他們雖有神勇的卡爾那的幫助，但不能得勝．後來潘度斯的兄弟們出來向特魯柏達進戰．大力的拜摩執着棒鎚爲先驅，開始去殺死特魯柏達的許多象，阿琪那則獨自向特魯柏達而進．斬斷他的旗桿，跳下自己的車，捉住國王特魯柏達，如一隻大水鳥之啄住一隻水蛇．他們全體遂帶了特魯柏達回到他們的國裏，去見先生特洛那．特洛那向特魯柏達說道：『我現在之愛你，還不殊於我們當日爲兒童時．你願我們爲朋友如前麼？』於是他釋放了特魯柏達回國．他的復仇已成功了！但特魯柏達則深恥之．他回國後，到各處專心拜禱，欲生一子，爲他復此仇．

諸皇子戰勝特魯柏達一年後，國王特里泰勒特拉意欲選立潘度斯的長子猶狄希蘇拉爲皇位的承繼者，因爲這皇位原是猶狄希蘇拉的父親潘度的，現在盲目國王特里泰勒特拉應該將皇位還給猶狄希蘇拉，而不能傳之於他的兒子們，——即卡洛斯的皇子們。但潘度斯皇子們，這時正向各地攻略，得了無數的財寶，以實於皇庫。特里奧海那從孩提時即已嫉忌潘度斯的諸兄弟，這時，更覺得妒火如燒，即他的父親國王特里泰勒特拉，也覺得很妒忌起來，於是特里奧海那便勸他父親尋一個機會以驅去潘度斯的諸兄弟。國王於是祕密的授意於一部分的臣子，常常讚美皮那士城（Benares）的美麗弘壯。潘度瓦斯的諸兄弟及其他皇子，爲他們的話所動，說他們兄弟很想去看看這美麗弘壯的皮那士城。國王乘機慈愛的向他們兄弟說道：『那末去，你們兄弟五個人在一起，且同到皮那士住幾時，並帶了應分得的財寶同去。』隔不到幾天，五位皇子便偕了他們的母親肯泰同赴皮那士城。在他們未動身之前，特里奧海那先差了一位友人到皮那士預備迎接五位皇子，佈設殺害他們的計劃。這友人受委託造了一所極易着火的弘麗的宮殿，給他們住，他自己也住在裏面，裝作一個看守者，等有機會便去放火。原來這座宮殿全是用松膠造成的。但在朝中，潘度斯兄弟們也不是沒有聰明的參議者；他們有一位爲他們通消息，設計謀的老友，名委杜拉（Vidura），雖然生在卑賤的階級，卻是一位正直之神。他警告五位皇子要小心防備。當松膠之屋已造成，皇子們方住在裏面時，他立刻從都城差了一個最好的泥水匠，到皮那士城，爲皇子們掘了一條地道，爲失火時逃避出宮之用。過了一年，潘度斯的兄弟們見那位特里奧海那派來喬裝看守者的人已完全疏忽於防備，便思量了一個脫身的方法，預備離開皮那士。有一夜，肯泰舉行了一個大宴會，宴散後，夜如死的沈寂，大風開始吹颳，拜摩輕輕的出來，先把看守人的房子點着了，然後各處點火。拜摩背負母親，兩肩各夾兩個兄弟，由地道中逃進森林，皮那士城的百姓們終天看着宮殿在燒。第二天發現一個窮婦人與五個孩子的骨骸，以爲卽潘度瓦斯的母子們；他們責備看守者，但他也已被燒死在內。國王及卡洛斯的皇子們得到這個消息，非常喜歡。同時潘度瓦斯的兄弟們已逃到恆河邊，這裏，杜委拉已爲他們預備了一隻船渡過對岸。他們假裝爲沿門求乞的學者，大家都以爲他們是婆羅門。

當潘度瓦斯的兄弟們喬裝爲婆羅門隱住在某處時，盤察拉斯國王特魯柏達正爲他美麗的女兒特綠巴戴(Draupadt)求壻。當他爲特洛那的生徒門所擒辱時，他私自希望着他的女兒能嫁給阿琪那。現在，假裝婆羅門的阿琪那及他的兄弟們聽見這個消息，果然偕了母親，同到盤察拉斯的都城來。特魯柏達造了一個極大的弓，懸了一隻戒指在極高的地方，宣言誰能用這弓射穿戒指，即可得美麗的特綠巴戴爲妻。許多國王都來了，即特里奧海那也偕了他的最好的朋友卡爾那同來。許多人都不能拉動這個弓。卡爾那走了上來，已把弓拉得彎曲了，但公主特綠巴戴卻叫道：『我不要這團夫的兒子爲夫！』卡爾那苦笑着，放了弓箭，仰首望望太陽，退了去。國王及皇子們都失敗了，最後上來了假裝婆羅門的阿琪那！沒有人認識他的真相；他把弓拉得滿滿的，連射了五箭，都穿戒指。許多婆羅門喜躍大呼．猶狄希蘇拉恐怕被人認出，偕了兩個小的兄弟先退出，祇留下阿琪那及拜摩在場．特魯柏達許這少年婆羅門爲壻，特綠巴戴沉默的認他爲夫．全場的空氣如夏天黑雲之瀰漫於天空一樣，頃刻變了，國王們與皇子們都惱怒起來，他們取了武器向特魯柏達衝去，阿琪那舉了弓，拜摩拔起了一株大樹當兵器，以保護他．大力的拜摩的這個舉動，使他們驚嚇得退回一下．惡戰了一會，兩方面又講和了．阿琪那與拜摩偕了新婦同到母親那裏去．她看見新婦特綠巴戴，慈愛的互相擁抱着．

這個時候，有兩個客人來看潘度瓦斯的兄弟們．這二人是克里希那（Krishna）與他的弟弟．他們是潘度瓦斯皇子們的表兄弟，也是二個皇子；在會場中，他們卽已認出喬裝的阿琪那及他的兄弟們了．他恭祝他們逃出松膠之宮，又賀他們得新婦．國王特魯巴達知道他的壻就是阿琪那，覺得喜歡無已，而且覺得驕傲，現在他什麼人也不怕了．潘度瓦斯的兄弟們尚生存的消息傳播得極快，卡洛斯的兄弟們及他們的父親都已知道.他們召集了一班親臣,商量此事,卡爾那主張戰爭,有的人主張散避,但他們的保護者拜喜馬及教師特洛那,正直之神杜委拉反對他們的主張,堅持着:招潘度瓦斯的兄弟們回國,給他們以他們所應得的一半的國土.國王特里泰勒特拉只得聽從拜喜馬他們的主張,遣使去邀潘度瓦斯諸皇子回國.於是猶狄希蘇拉遂同了他的母親及他的兄弟們.偕了新婦同回他們的故鄉.國王告訴他們,爲避免同族的再起紛爭,他要分給他們兄弟以一半國土.但所給於他們兄弟的卻是荒蕪的土地.他們服從了國王的命令,很快樂的到他們自己的新國土裏去.以他們的能力,他們的勤懇,建築了一座新城,其美麗與弘壯在人間無可比者.國內的政治平允而清明,各地都和平而且發達,而且快樂.現在,猶狄希蘇里預備要舉行登極典禮了.舉行到典禮的日期,他尊他的忠誠的朋友克里希那爲首席,有一個客人希蘇配拉 (Shishupala) 起來反對,以爲克里希那是年最長的麼?是他們的先生麼?是他們的最好的連盟者麼?是他們的尊愛的保護者麼都不是的!那末,爲什麼獨以他爲首席呢?猶狄希蘇拉及拜摩憤憤的生氣;拜喜馬平靜的立了起來,說這個希蘇配拉的歷史.他說,希蘇配拉是一個國王的兒子,生出時,有三隻眼四隻手臂.一落地卽如驢子似的到處亂走,他們很害怕,想棄了這個孩子,有一個聲音在空中說道:『不要怕,這孩子毁滅的時候還沒有到.殺他的人乃是把他抱在膝上時,他的多餘的眼與手臂卽刻消失去的一個.』有一天,那位少年皇子克里希那,就是現在的首席,同他的兄弟到這個地方,國王要求他抱這個孩子;這個孩子在他膝上時立刻消失去他的多餘的一眼與二臂.國王求他一件事,卽當這孩子違抗他時,請恕了他.克里希那說可以的,卽這個孩子以後侵犯他一百次,他都可以恕他,但一百次以外,則不能.這個孩子,希蘇配拉現在長大了,現在又來侵犯克里希那,這是他的結局的時候到了.希蘇配拉聽了拜喜馬的話,大怒,執刀欲鬬.這一次是第一百零一次的對於克里希那的侵犯,希蘇配拉遂應預言而死.

典禮過後，卡洛斯家的特里奧海那還留在潘度瓦斯的宮殿裏做客人。他看見水晶做的地板，以爲是水池，投下衣服去洗，卽刻發現他自己的錯誤。第二天，他走到一個水池邊，還以爲也是水晶的地板，便走下水去，弄得一身都濕了。什麼東西都使他感痛苦。水晶的門開在那裏，他卻誤認爲關着，關着的，他卻誤認爲開着。寶石鑲的牆，弘壯的大廳，一切都使他妒忌而煩惱。他歸家後，與他惡友商量，設了一個巧計，以毀壞幸福的潘度瓦斯的兄弟們。他知道他們是極守信實的，又知道他們是不大會賭博的，於是要求他父親國王特里泰勒特拉召了潘度瓦斯的兄弟們到國都來賭博。猶狄希蘇拉偕他的兄弟們應召而來。自然他們是賭不勝那賭棍。於是他們失去了無數的財寶，最後，竟以他的國爲賭，也輸了，以他自己，他兄弟們及特綠巴戴爲賭，也輸了，於是他們成了特里奧海那的奴隸。但國王很懼怕紛爭的再現，釋赦了他們全體，給還他們以國土。特里奧海那心中憤極，又向他父親懇訴。於是潘度瓦斯的兄弟在歸家的半路上，再被國王召回再賭，結果，又輸盡

阿琪那遇見大神

了一切東西．他們被罰居於森林中十二年，不能進城市，如進城市，當再罰居森林十二年．他們沉默的到放逐的地方去，顯然的在他們的臉上有可怖的復仇的光．猶狄希蘇拉明白他們兄弟與卡洛斯的兄弟們的將來，必將以戰爭決他們的幸福．在潘度瓦斯的兄弟們的放逐期中，特里奧海那已取得了皇位的繼承者與財寶，所有他們的朋友都已輸忠於他．特洛那及他的生徒們，尤其是卡爾那，如當戰爭時，必決定爲特里奧海那之友，而與潘度瓦斯家爲敵．卽拜喜馬也成了卡洛斯家的人了！不久，有一個聖者到森林中來，要他們中的一人，到喜馬拉耶山去見大神．阿琪那受了這個使命，走到喜馬拉耶山，大神幻化了一個獵夫，與他相見；大神賜給他以一張神弓，世間的人無能與他對敵的．

十二年的放逐期間過去了，潘度瓦斯的兄弟再出現於他們的朋友們中．他們在連盟國中開了一個大會議．國王特里泰勒特拉聽見了這事，遣一個使臣以空言安慰他們，表示好意，但不說起歸還他們的土地與財寶的事．猶狄希蘇拉的答語是『歸還我們的國土，不然，則請預備戰鬬！』現在事實是很明白的，潘度瓦斯的兄弟們與卡洛斯的兄弟們除了戰爭以外，沒有別的路走了，戰雲黑暗而濃密的懸掛於兩家的屋上。特里奧海那把指揮卡洛斯的軍隊的權奏給他們的保護人拜喜馬；卡爾那則等到拜喜馬死後再出來。潘度瓦斯的軍隊則受指揮於盤察拉斯的親王，即國王特魯柏達之弟特利希塔杜那（Dhrishtadugmna）。恆河的平原上，擁擠着全身甲冑的國王們，皇子們，以及無數的象，無數的戰車，無數的步兵，看來正如明月方升時的大洋一樣。潘度瓦斯的軍隊集中於盤察拉斯的國都，向戰地出發。在未戰之前，阿琪那聲言不願與他的親愛的保護者，師長及同胞們戰爭。克里希那說了一段極著名的話，（名爲 The Bhagavad Gita） 以鼓勵他們；這個 "Gita" （即歌，）現在成了全印度的『福音書』。太陽方升於東方，兩方大軍已面對面的站着，整齊而且嚴肅，如兩座大城，角聲一吹，戰事開始，人衆湧動，如大洋之波濤的起伏，如一陣颶風之掃過森林。兵士們互相撲擊，大聲呼喊，塵土飛迷天空，血液染漬地上。潘度瓦斯與卡洛斯兩家如為魔鬼所憑，力戰不已。父與子，師與徒，兄弟與兄弟，各不相認。大象以牙相攻，羣馬委死於地，大車碎於地上。刀槍之光閃耀，密密的箭雨四射。拜喜馬在戰事最密處，穿着白甲，坐着白車，如滿月在無雲之天上，指揮着卡洛斯的軍隊。夜色籠罩了一切，兩軍方纔罷戰。第二天清晨，戰事又開始。一天一天的過去，到了第九天，潘度瓦斯的兄弟們知道拜喜馬不死，卡洛斯軍決難打敗，但阿琪那悲切的不忍見他幼時的親愛的保護人死於他們的手中。到了第二天，即戰事開始後的第十天，拜喜馬受了重傷而死。卡洛斯軍的指揮權歸到他們的教師特洛那的手中，卡洛斯軍在特洛那指揮之下，與在拜喜馬指揮之下一樣，連連的得勝利。他的戰略極為精密；他欲生擒潘度瓦斯家之王猶狄希蘇拉。在潘度瓦斯軍方面的戰略也在集中攻擊特洛那個人；阿琪那的希望則願生獲他最親愛的先生。有一天，拜摩殺死了一隻與他兒子同名阿喜瓦賽曼的象，叫道：『阿希瓦賽曼死了！阿喜瓦賽曼死了！』特洛那以為是他兒子被殺死，心中悲傷不已，不能作戰，遂為潘度瓦斯軍所乘，頭落於地。於是卡洛斯軍的指揮權又落於卡爾那的身上。卡爾那與他的從童時卽相仇的阿琪那相見，兩個英雄俱出死力相鬥，有類乎依里亞特中的赫克託與阿且里斯的相鬥。結果，卡爾那死於阿琪那之手，正如赫克託之死於阿且里斯的手中。卡爾那死後二天，戰事的勝負已分明，潘度瓦斯軍已占了優勢，但特里奧海那還不灰心，還要決一死戰。結果他也死了。最後的勝利遂歸於潘度瓦斯軍，而為他們仇敵的少年學友則俱已死亡淨盡。於是十八日的大戰遂告終結；卡洛斯家的諸兄弟，如日中之燈已永永熄滅。潘度瓦斯家的諸兄弟遂得了全國國土，居其所應居的皇位。

馬哈巴拉泰至此尚未完篇，此後尚繼續的敍述：潘度瓦斯家的五個兄弟們統治了全印度帝國三十六年，然後他們知道他們的終局到了，傳位於他們的後繼者而出外游歷。——走向死國的游歷。他們走到喜馬拉耶山峯上，跳了下去，獨有猶狄希蘇拉昇上天去，他們的四個兄弟及特綠巴戴都跌落峯下而死。猶狄希蘇拉游歷了天國與地獄，受了衆神的各種試驗；後來，他的四個兄弟及特綠巴戴也都到了天上，與猶狄希蘇拉同受快樂與光榮。

三

馬哈巴拉泰敍兩家的戰爭，拉馬耶那則敍一個英雄名爲拉馬者的冒險的故事。牠的重要的經過如下：

古時，有一座壯麗的大城，名爲『永勝』在這國中的一切人都正直而快樂，誠信而知足，有學問而知敬神。他們的國王名達沙拉賽（Dasharatha），是人中之聖，羣星中之月。他一切都滿足，獨沒有一個兒子以傳繼他的皇位。有一次，他遂舉行一個最大的祭禮——馬祭，向羣神求子。他的三個妻子知道這事都很快活，臉色如早春之蓮花。這時，天上的衆神正受他的祭奉；他們集合在一起，告訴創造者婆羅馬說：『一個惡魔名萊瓦那（Ravana）的，極壓迫我們，但我們總十分的忍受，因爲你曾允許他不被神及一切魔鬼所殺。但他現在的無禮，已出於我們的所能忍受的範圍以外．請你設法毀滅了他！』大神婆羅馬答道：『只有凡人才能殺死這惡魔．』正在這時，大神委西奴來了，羣神遂求他投生爲人，以殺惡魔萊瓦那．於是委西奴遂化身爲四，投生於世，以國王達沙拉賽爲他們的父親．達沙拉賽祭神後不久，三個妻子遂都有孕，生了四個兒子，一名拉馬（Rama）一名白拉泰（Bharata），一名拉克希曼那（Lakshmana），一名沙特洛那（Satrughna）．同時，羣神又創造了許多强大的猴子，勇敢，聰明，敏捷，不易被殺死，爲委西奴戰惡魔的幫助．四個孩子到了成人，勇敢與道德都超越衆人之上．拉馬尤爲他父親及百姓們所愛．他知道吠陀，明象、馬、車諸戰術．在諸兄弟中，拉克希曼那與他尤相愛，如影之隨形，他始終跟隨在拉馬的左右．如此，拉馬到了十六歲．

現在，有一個名爲委希弗米特拉（Vishvamitra）的隱士，來求國王達沙拉賽，請拉馬去爲他驅除兩個魔鬼．這兩個魔鬼得了萊瓦那的幫助，繼續的擾亂他的祭典，褻瀆他的聖火．拉馬與拉克希曼那遂偕了委希弗米特拉同到他那里去．

國王甚不安心他兒子，但委希弗米特拉保證拉馬必得勝利而歸。這是拉馬的成人的，戀愛的，及爭鬥的開始。萬物都喜歡看見拉馬。涼颸扇拂拉馬的臉，花朵如陣雨似的從天上落在他們身上。他們到了目的地，委希弗米特拉遂偕祭師們開始祭祀；怪形的魔鬼們如雨雲之蔽天的，衝了下來。拉馬把兩個惡魔斫傷了，把其他惡魔殺死了；受傷的逃遁去了。祭禮過後，拉馬問委希弗米特拉還有什麼事要

拉馬之結婚

做的.他說道:『人中的虎呀!請和我同到約那卡(Janaka)那里,看他的大祭與他的大弓吧!』國王約那卡的大弓,是一件神物,沒有一個神與魔與人能夠用牠的.許多國王與皇子都來試拉過牠,但是沒有一個不是失敗而去.國王約那卡歡迎這個隱士及拉馬兄弟.他們二人在衆人中行走,如獅、如象、如神.第二天,約那卡請他們兄弟去看大弓,先對他們說道:『我有一個女兒賽泰(Sita),不是人類生的,乃是當我耕地時,從犂痕中跳出的.如果誰能彎動那個大弓,我當卽以賽泰給他爲妻.』於是大弓放在八輪車上,以五百個大漢拖車出來.拉馬試去彎這大弓,很容易的把牠彎曲過來.後來,大弓折斷爲二,聲如雷轟,如地震,觀者都震駭不已.於是約那卡把賽泰許給拉馬爲妻,並遣人去邀國王達沙拉賽來參預他兒子的婚禮,同時,又把他的第二三四個女兒都給了拉馬的三個兄弟爲妻.他們偕了新婦們隨他們父親回國,天空把花朵散在他們身上.樂聲隱隱可聞.

現在,達沙拉賽做了許多年國王,覺得厭倦,要把王位傳給拉馬.大臣與皇子們都贊成他的意見．拉馬如明月之在淸明繁星的秋空，從衆人中出來受他父親的訓示．達沙拉賽說道：『孩子，我明天就要立你爲太子了』．全夜，都城街上都擁擠着，語言如大洋的波濤的嘯號．每個人都喜歡看見明天拉馬立爲太子典禮．這個時候，拉馬的兄弟白拉泰的母親開吉耶（Kaikeyi）正在受她惡乳母的教唆．惡乳母道：『拉馬要爲太子了！爲什麼你的兒子白拉泰不爲太子？現在，快想一個法子挽回此事，救你自己，救白拉泰，救我！』但開吉耶不爲所動，她也是喜歡看見拉馬爲太子的．但惡乳母用了許多話激動她的好榮心與妒嫉心，最後，她便真的生了氣，說道：『今天拉馬必須放逐出國，白拉泰必須爲太子！但你有法子完成我的這個志願麽？』惡乳母便提起她與國王以前的一件故事．國王達沙拉賽嘗與魔鬼大戰，受重傷臥於地上，幸得開吉耶救了他，把他治好．當時，他曾允許給她兩個願，『現在，』老乳母說道，『可以向他請求這兩個願了．就是白拉泰的爲太子與拉馬的放逐．』於是美麗的開吉耶的心如繁星之天空爲黑雲所蔽，向達沙拉賽請求以前所許的兩個願．達沙拉賽說，『必實行你的所願的！』她便禱告諸神諸生物以爲證，又說起以前的事．現在，他如鹿之陷於獵人的圍中，莫知所措．她要求道：『第一願是把拉馬放逐到森林中十四年．第二願是立白拉泰爲太子．』達沙拉賽震駭而且悲哀，說道：『唉，你要使我發狂了！我怎麼能一天不看見拉馬呢？』但他卻不能不守信實．第二天，拉馬朝見他父親，達沙拉賽的心沈了下去，悲痛的微語道；『拉馬！拉馬！』拉馬不知何事，見他父親的悲鬱，心裏也極憂沈．便問開吉耶道，『父親今天爲什麼如此呢？』開吉耶便毫不羞恥的把事情告訴他，要他到森林中住十四年．拉馬對此不憂不怒，說道，『當如你所願的做去．但我只憂愁父親的悲苦．現在，快叫人去請白拉泰來，我不管他願不願，卽要到森林中去了．』於是他到宮中，別了他自己的母親，偕他妻子賽泰及兄弟拉克希曼那同到被放逐的森林中去．達沙拉賽見他最愛的兒子走了，向開吉耶怒視，誓言不再與她同住，他說道，『只有拉馬的母親那里，是我所欲久住的．』拉馬走了以後，都城中一切人都覺得憂苦.到了第五天,達沙拉賽死了,因爲悲哀拉馬的放逐而死了!白拉泰被使者召到都城,他知道父親已死,十分悲傷,又知道拉馬被逐,更是難過.他對他母親說道:『母親,你完全不明白我!你不知道我是怎樣的愛拉馬!拉馬王位是拉馬的,我決不願意卽位!我要到森林中尋回拉馬!』達沙拉賽的葬禮已過,大臣們請白拉泰卽位,但他拒絕了;他叫他們預備車馬,同去迎接拉馬回來.走了幾天,到了拉馬所隱居的森林了.他單身去見拉馬,哭着求他回國卽位.拉馬道:『父母叫我住在森林裏,我怎麼能回去呢?請你不要責怒母親開吉耶,服從是我們兒子的天職.』任是白拉泰如何勸請,拉馬都不答應,大臣們說了許多話,他也不肯聽,於是白拉泰不得已的誓道:『在這十四年中,我代你攝行國政.如果十四年後你不回來,我便用火自燒死.』這個計劃,拉馬同意了.他抱着白拉泰說道:『不要同開吉耶生氣,孝敬她如初;這是我和賽泰所禱求的.』白拉泰及大臣們遂回朝,置拉馬的金拖鞋於座上,自己則代他攝行國政,如大臣們一樣.

現在，拉馬要遷居了；這有兩個原因，第一，許多羣的魔鬼，因爲嫉忌拉馬，常出來煩擾這里的隱士們，第二，都城的人常來見他．於是他同賽泰及拉克希曼那遷到遠處，進入最深的森林中，如太陽之爲一堆的黑雲所蔽隱．他在這座森林中，受隱士們的歡迎，做他們的保護，爲他們戰殺魔鬼．如此，他們在森林中居了十年．有的時候住在這個隱士家，有的時候，住在那個隱士家．有一次，一個兇惡的魔鬼捉住了賽泰，要把她擒去，但拉馬與拉克希曼那出死力殺了他．又有一次，他遇見一個大鷹名約太左(Jatagu)，他是拉馬父親的朋友，他答應幫助拉馬．當拉馬兄弟出外時，他將保護賽泰．最後，他住到一個地方，河岸上生着開滿花朵的樹，禽鳥浮於水面，麋鹿遊於林中，孔雀郭郭的鳴着，山上都是嘉樹、異花、美草．拉馬在此建了一座竹屋，大鷹約太左也來與他們同住．他們現在覺得很滿足，如天上的神．一個女魔名沙柏娜克（Surpanakha）是萊瓦那的妹妹，她看見拉馬，喜歡他，但拉馬拒絕了她．她又要求爲拉克希曼那的妻，但他也拒絕了她．於是她想殺死賽泰以洩憤．

拉克希曼那捉住了她，割去了她的耳鼻。她奔了回來，紅血滴滴的，遇見了她的兄弟卡拉（Khara），即萊瓦那的少弟。卡拉知道了她的不幸，立刻大怒，差了十四個惡魔去殺拉馬兄弟及賽泰，把他們的血帶給沙柏娜克喝。但拉馬把這十四個惡魔都射殺了。於是卡拉更是憤怒，自己帶了一萬四千的可怕的殘勇的惡鬼，去殺拉馬們。拉馬把賽泰及拉克希曼那藏在密洞中，他自己一個人去敵這一班的惡鬼。所有在空中在天上的神與鬼都來觀戰。惡鬼們如海洋，如黑雲，把千萬兵器齊向拉馬刺去。林中之神驚駭而逃。拉馬堅定的立在那里，用他的弓箭，把所有一萬四千的惡鬼都殺死了，然後與卡拉面對面的惡戰一會；他們之戰，如獅與象之戰。最後，拉馬又把卡拉殺死了。羣神大喜，撒花在拉馬身上。賽泰與拉克希曼那也從石洞中走出。萊瓦那聽見了這個消息，大怒；帶這個消息的人又勸萊瓦那把賽泰擒來。他便叫有智謀的墨萊蔡（Maricha）去做這事。但墨萊蔡勸他不要爲此不可能的事。萊瓦那受勸而止。萊瓦那有十隻頭，二十隻手臂，他坐在金座上如熊熊的火一般．他身上留着許多傷痕．都是與羣神戰爭的餘跡．他不能爲神或鬼或鳥或蛇所殺死．他常破壞婆羅門的祭禮，奪取別人的妻．他住的地方是蘭克(Lanka)城．現在，他的妹妹沙柏娜克又去見他了．她把傷痕給他看，激動他爲她及卡拉報仇，又勸他去捉賽泰來爲妻．這一次，他決定要去與拉馬爲敵了．他迫了墨萊蔡同去．墨萊蔡變了一隻金鹿，在拉馬竹屋左近出現．這鹿的美麗真是無比！賽泰

墨萊蔡之死

見這鹿，便極喜歡，要求拉馬去獵取牠來。拉馬也爲這鹿的美所惑，雖然拉克希曼那警告他說，『這鹿也許是魔鬼幻化的，』但拉馬堅欲追牠，答道，『那是更好，我正要殺牠。請你守着賽泰，與約太左在一起。』這鹿時現時隱，時近時遠，以誘引拉馬遠出。後來，拉馬倦息於樹蔭下，這鹿又出現在左近。拉馬一箭射去，把牠射死。墨萊蔡臨死時，現出原形，假裝拉馬的聲音叫道：『賽泰，拉克希曼那！』賽泰聽見這呼聲，强迫拉克希曼那去助拉馬。他一走開，萊瓦那便幻形爲乞丐，持砵走近賽泰，要求賽泰做他的妻，棄了竹屋與他同住在宮殿中。賽泰驚駭怒罵。萊瓦那遂現出原形，把她捉住了，跳入他的金車中，飛上天空。賽泰高叫道：『樹呀，鹿呀，鳥呀，林神呀，請你們告訴拉馬說，我已被萊瓦那捉去了。』她看見大鷹約太左在一株樹上，便求他救助。約太左從睡夢中醒來，看見萊瓦那與賽泰，便向萊瓦那說道，『快放還賽泰，我在此決不讓你把她竊走。』於是他們在天空中大戰，後來，這鳥王受傷落地死了。萊瓦那遂如此的把賽泰竊去了。自然界都爲她悲哀：蓮花萎謝了，太陽暗了，山泉嗚咽如哭，小鹿爲之流涕，林神也都驚駭；但創造之主婆羅馬在天上卻笑道：『我們現在的工作要成功了.』因爲他見萊瓦那已走上死路.萊瓦那的車經過山峯時，賽泰看見有五個大猴在那些，她投下她的珠飾給他們，想求他們帶給拉馬.他們到了蘭克城.萊瓦那把賽泰放置於內宮，看守極嚴密，一面又差奸細去偵探拉馬的動

萊瓦那與大鷹約太左爭鬥

作。然後他到賽泰那里，把他的宮殿、財寶、御苑給她看，懇求她爲妻，但賽泰臉躲着他，沈默不言的哭着。他再迫她，她便誓說，他必死於拉馬之手，惡鬼之國必全滅。於是萊瓦那大怒，叫幾個極兇惡的鬼來負看守賽泰之責，要他們或用武力，或用誘惑，把她靈魂裂碎。溫柔的賽泰便這樣的居於蘭克城，如牝鹿之在於羣犬中。

拉馬射死了墨萊蔡回來，在路上遇見拉克希曼那，同回家中，但賽泰已不在這里了。他們到處的尋找，石洞，森林，都尋找過了，卻不見有賽泰的影跡。拉馬以爲必定是什麽魔鬼爲報復卡拉之仇，而把她喫去了。但後來，他們走到大鷹約太左落地的所在。約太左還未死，他徽聲的告訴拉馬以一切的經過，並叫拉馬到萊瓦那那里去找賽泰，說完了話，他便死去了。拉馬悲苦約太左的死，憤痛賽泰的被竊，立刻同拉克希曼那去救賽泰。在路上，他們遇見了一個可怕的惡魔，把他殺死了。這惡魔臨死時很快活，因爲他乃被一個隱士咒禁爲惡魔之形的，拉馬殺了他，他纔自由。於是他們用柴把他的屍身燒了，他在葬火中昇到天空，坐在車內，對拉馬說道，「你要到里夏墨客山（Rishyamukha）去找大猴蘇格里瓦（Sugriva）及他的四個同伴的幫助，如此，纔能殺死萊瓦那，救回賽泰。」於是他以手指示拉馬以里夏墨客山的方向，漸昇上天空不見。拉馬與拉克希曼那遂到了里夏墨客山。大猴蘇格里瓦是被他殘惡的兄弟委里（Vali）逐出家庭的，他的妻子也被占去。他見有兩個人帶了兵器去找他，以爲是委里派來的奸細，不敢出見，先差哈納曼（Hanuman）喬裝隱士，出與他們相見。他們告訴哈納曼以求助的意思。這時，蘇格里瓦亦正欲求人幫助復仇，遂與拉馬成爲好友，相約互助。猴子們又說起賽泰擲下珠飾給他們的事。拉馬見了珠飾，十分悲哀。於是拉馬助了蘇格里瓦打敗了委里，使他復爲猴國之王。四個月的雨季過去了，天色清朗，水流平靜，蘇格里瓦遂發令召集猴軍，猴軍從遠而至，由石洞，由森林，由東，由西，由喜馬拉耶山，或由他處，全世界的猴子，都畢集於蘇格里瓦之前。他遂令他們受拉馬的號令，等候出發攻萊那瓦。但拉馬以至蘇格里瓦都不過僅聞萊那瓦之名，卻不知道他的住處，或把賽泰藏於何處．於是蘇格里瓦便令猴軍四向去探尋，在一個月之內必須尋到但他們信託全軍還不如信託哈納曼個人之深．哈納曼是風神之子，有他父親的能力與迅捷，勇敢而且機警．拉馬把一隻戒指交給哈納曼，叫他見到賽泰時，以此爲信．哈納曼率了一部分的猴子，向南去探尋．一個月過去了，向東，向西，向北探尋的猴子們都回來了，

拉馬把戒指交哈納曼叫他送給賽泰

都說沒有，獨有向南的爲哈納曼所統率的一隊未回．哈納曼率諸猴到處尋找，都不見賽泰．最後到了大海邊岸，海波洶湧，猴子們眼望着海，無法可想．一個月之後，哈納曼遇見了大鷹桑巴底 (Sampati)，他是約太左的兄弟，猴子告訴他以約太左的死耗．他便說道，『我看見賽泰被萊瓦那捉去，萊瓦那就住在蘭克，由此渡過海約有百里．我希望他們能救得賽泰，殺死害我兄弟的人．』於是哈納曼飛渡過海到了蘭克城．他乘黑夜進城，走到萊瓦那宮旁的山頂上．現在，月輪皎潔的高懸於碧空，如一隻白鵠浮渡天海．他看見宮中的許多人，他一處一處都尋過，但不見賽泰．到了萊瓦那所住的地方，也不見她，最後，他纔看見一個女人被囚禁於一個屋內，他知道，這一定是賽泰了，又見她爲萊瓦那所迫．萊瓦那去後，他便出來與她說話，以戒指爲信；她知道拉馬近狀，十分喜歡，但當哈納曼要把她負出宮外，與她同回拉馬那里時，她卻不肯允許．一因，她怕惡魔們追來，二因，她除了拉馬，不欲接觸第二人身體，三因，她願救她與滅萊瓦那的光榮屬之於拉馬．她說道：『請快叫拉馬來救我！』於是給哈納曼以信物，並他們二人的祕語，使拉馬相信哈納曼確已見到她。哈納曼在此還不以已見賽泰爲滿足，他毀滅了許多樹林，殺了許多人，最後，被縛到萊瓦那面前。他勸萊瓦那放了賽泰，以救自己的性命。萊瓦那大怒，把哈納曼的尾縛了浸油的棉花，把火引着，然後放了他回去。賽泰知道了這事，求火不要燒灼了哈納曼，因此，他的尾便不覺得熱痛。他飛行空中，在蘭克城以熊熊的尾四處放火，殺了無數的魔鬼，燒倒了一半的宮殿與房屋，於是把尾放入海中，浸滅了火，飛了回去。到了對岸，加入猴羣，告訴他們以一切經過。個個猴子都喜歡得跳起來。於是他們回到都城。哈納曼安慰拉馬，並給他以賽泰的信物與言語。沈憂的拉馬便轉爲快活。蘇格里瓦發令猴軍全體出發到蘭克城去。他們到了海岸，但不知怎樣能渡過海。同時萊瓦那的兄弟委希沙那(Vibhishana)因爲勸他送還賽泰不聽，便率四個從者投入拉馬軍中。拉馬允許他，待萊瓦那死後，即立他爲蘭克的王。他告訴他們說，要渡海，只有去問海神。拉馬去問海神。海神道：猴中有一個名那拉(Nala)的，有大力，能築橋。於是那拉率領羣猴造橋渡海。橋至第五日而成，拉馬等率了猴軍過橋，包圍了蘭克城。兩方戰事極烈，土地震動着，雲端落着紅血。在此戰中，拉馬與拉克希曼那都受了傷，幸得治愈了。萊瓦那令了許多兇猛的戰士出戰，多被拉馬等所殺。兩方戰士的血如一條河流。熊王張巴文(Jambavan)也加入拉馬之軍，但受了重傷。哈納曼到乳洋(Milky Ocean)去求仙草，把所有死的傷的自己這方面的戰士都醫活了。最後，萊瓦那自己出戰了。他與拉馬力戰，如兩獅之死鬥。拉馬斫去了萊瓦那的一個頭，但他從斫處又生出一個頭來。然後，拉馬知道平常的兵器，不能殺死他。便取出大神婆羅馬給他的武器去殺萊瓦那。這魔王便應羣神的所願，死在拉馬的手中。自此，世界便再和平了，羣神與人類都不再被惡魔所擾了；空氣清鮮而且光明，太陽明亮的射照在人與魔的戰場上。委希沙那成了蘭克城之主，衆魔的王。拉馬與賽泰至此方重復聚首。羣神降臨於地上，訓教拉馬，允他以一個願，拉馬道，『我願猴子之戰死者都復生，』於是他們便都復生了，如從睡夢中醒來。羣神又要拉馬回國登王位。拉馬遂偕同賽泰及拉克希曼那動身回國，並偕了魔王委希沙那，猴王蘇格里瓦等同行，猴軍與熊軍也都隨了去。他們到了國都正是拉馬被放逐後的十四年又五日。白拉泰這時已隱居於別處。拉馬遣哈納曼去請白拉泰回來。哈納曼告訴他以拉馬的一切的經過。白拉泰大喜，立刻回到

拉馬的歸來

都城見他兄弟拉馬.他把國政交還拉馬.拉馬與賽泰登了王位.其登極的典禮,弘偉無比,熊王,猴王,魔王都爲拉馬執職事.拉馬把財寶分賜給一切効勞於他的人,自蘇格里瓦以至熊軍,猴軍,無不有賞賜.不久,他們都告辭回家.拉馬公正而偉大,他在王位時,人民壽至千歲,風雨以時,無疾病,無攻戰,無野獸之侵襲,一切人都快樂而且安居.

拉馬在位一萬年.他在位時,曾判決了好幾件事,拉馬耶那裏都記載着.後來,拉馬聽見人民們說,賽泰曾在萊瓦那宮中住過,爲不潔之婦人,於是他不得已而使拉克希曼那把賽泰送到恆河過岸去住.而他自己卻十分悲哀.她在那里遇見拉馬耶那的作者隱士瓦爾米基,卽住在瓦爾米基家裏.不久,賽泰在此爲拉馬生了兩個雙生子.瓦爾米基作了拉馬耶那,叫拉馬的兩個孩子唱着.拉馬聽見這歌,想起了賽泰,卽遣人請了賽泰來.她隨了瓦爾米基同來.瓦爾米基訴說賽泰的無辜,並使拉馬認知他的兩個雙生子.這時,賽泰的結局已到,她出於土,這時要復歸於土了。土中聳起一個神座，土地伸出她的臂，歡迎賽泰，置她於神座之上，然後神座又沈沒入土中，賽泰不見了。拉馬低首悲苦，全世界似乎都空虛了。大神婆羅馬向他顯示，說『拉馬！你不要悲苦，你須記着你的前身乃是委西奴！你卽將在天上與賽泰相見。現在，讓瓦那米基唱完了拉馬耶那。』於是拉馬與他三個兄弟復合而爲大神委西奴，升到天上，羣神向他頂禮，快樂的歡迎他。

拉馬耶那便如此的告終止了。『沒有兒子的，讀了拉馬的一詩卽可得子。讀牠或聽牠在誦讀的，一切罪惡都將洗淨。背誦拉馬耶那的，可得豐富的牛羣與金的賜品。讀拉馬耶那的，將得長生，將同他的子與孫在這個世界並在天上受榮譽。』印度人帶着如此的信念去誦讀拉馬耶那，於是這世界大史詩的拉馬耶那在他們看來，乃非文學作品，而爲具有無上的威權的聖書。

參考書目

一．印度人與佛教徒的神話(Myths of the Hindus and Buddhists) 尼委地泰及柯馬拉史瓦美(Nivedita and Coomaraswamy)合著，倫敦，佐治哈甫公司(George G. Harrap & Co., London)出版。

二印度文學史(A Literary History of India) 法拉曹(R. W. Frazer)著，文學史叢書(The Library of Literary History)之一，倫敦菲蕭恩文公司(F. Fisher Unwin, Ltd.)出版，初版在一八九八年。

三印度文學史(History of Indian Literature) 韋鮑(Albrecht Weber)著，原文為德文，由約翰，曼痕(John Mann)等譯為英文，為特魯甫納東方叢書(Trübner's Oriental Series)之一，倫敦克甘保羅，特林契特魯甫納公司(Kegan Paul, Trench, Trübner & Co.)出版。英譯本在一八七八年初版。

四桑斯克里底文學史(A History of Sanskrit Literature) 麥克杜那(Arthur A. Macdonell)著，倫敦海涅曼(Heinemann)公司出版，一九〇〇年初版。

五印度神話、宗教、地理、歷史及文學的名著字典(Classical Dictionary of Hindu Mythoogy and Religion, Geography, History and Literature) 杜遜(J. Dowson)著，亦爲特魯甫納東方叢書之一，出版公司同上。

六、世界文學綱要(Handbook of Universal Literature) 蒲泰(Anne C. Lynch Botta)著，美國波斯頓的霍夫登米弗林公司(Houghton Mifflin & Co.)出版，一八八四年初版。

七、世界文學(Literature of the World: An Introductory Study) 李卻特遜及奧文(W. L. Richardson & Jesse M. Owen)合著，波斯頓琪痕公司(Ginn & Co.)出版。

八、印度的語言與文學(Hindu Language and Literature) 謝里格爾(Schlegel)著，出版公司未詳。

九、桑斯克里底文學史(History of Sanskrit Literature) 馬克思、穆勞(Max Müller)著，出版公司未詳。

十、各種百科全書中亦都有關於馬哈巴拉泰及拉馬耶那的記述。

十一、馬哈巴拉泰及拉馬耶那除了在印度有幾種今文的譯本以外——原文爲桑斯克里底文，即

印度的古文所寫——世界各國都還不曾有過完全的譯本英文中僅有幾段的譯文

第七章　詩經與楚辭

第七章　詩經與楚辭

一

我們開始敘述中國的文學，覺得有一件事很奇怪；中國在她的文學史的第一章，乃與前述的希臘與印度不同，中國無依里亞特與奧特賽，無馬哈巴拉泰與拉馬耶那，乃至並無一篇較依里亞特諸大史詩簡短的劣下的足以表現中國古代的國民性與國民生活與偉大的人物的文學作品。中國古代的人物，足以供構成史詩的資料的，當然不在少數，卻僅能成爲簡樸如人名地名字典的編年史與敘事極簡捷的史記的本紀或列傳中的人名，而終於不能有一篇大史詩出現。我們不能相信，當古代的時候，中國的各地，乃絕對的沒有產生過敘述大英雄的，國民代表的偉大事蹟的簡短的民歌；但其所以不能將那許多零片集合融治而爲一篇大史詩以遺留給我們者，其最大原因恐在於那時沒有偉大天才的詩人如所謂荷馬，瓦爾米基之流以集合之融冶之；而其一小部分的原因則在於中國的大學者如孔丘，墨翟之流，僅知汲汲於救治當時的政治上社會上道德上的弊端，而完全忽略了國民的文學資料的保存的重要。因此，我們的在古代的許多民間傳說，乃終於漸漸的爲時代所掃除所泯滅而一無痕跡可尋了。這眞是我們的一種極大的損失！

我們現在所能得到的中國古代的偉大的文學作品，只有兩部：一部是詩經，一部是楚辭。這兩部大作品，部是公元前第三四世紀後（商之中葉）至公元前第一世紀（漢中葉）的出產物；詩經大約是公元前第三四世紀至公元前第六世紀的中國北部的民間詩歌的總集，（詩經內容甚雜，但以民間詩歌爲最多）楚辭大約是公元前第三世紀至第一世紀的中國南部的作品的總集，其中亦有一部分是「非南方人」所倣作的。除了這兩部作品以外，古代的中國文學中，沒有什麽更重要的更偉大的作品了。雖然有幾篇作品，可以追溯到公元前二十五六世紀左右，如吳越春秋所載之彈歌，「斷竹續竹飛土逐肉」，相傳以爲是黃帝時作，又如帝王世紀所載之擊壤歌，尙書大傳所載之卿雲歌三章，相傳以爲堯、舜時作之類，雖我們不能說其僞跡如明人所作之皇娥歌、白帝子歌之明顯，然其眞實之時代我們卻決不能斷定能較詩經更早至一二世紀以前。記載這些詩歌的書本不甚可靠，也許其時代較詩經爲更後。且此種作品，俱爲不甚重要之零片，在文學史上俱無甚價値可言，自上古以至秦，除詩經與楚辭外，合眞僞的詩歌而並計之，（其實大部分是僞的）其總數不過百篇，只能集成極薄的一小本。所以我們論中國的古代文學，舍詩經與楚辭以外，直尋不出什麽更重要的更偉大的文學作品出來。且這兩部不朽之作，在中國文學史上都有過極偉大極久遠的影響。

二

詩經在孔子、孟子時代的前後，對於一般政治家文人等等，卽已具有如舊約、新約及荷馬的二大史詩之對於基督教徒與希臘作家一樣的莫大的威權。政治家往往引詩經中的一二詩句以爲辯論諷諫的根據，論文家及傳道者亦常引用詩經中的一二詩句以爲宣傳或討論的證助；有的時候，許多人也常常諷誦詩經的一二詩句以自抒敍其心意。

晉師從齊師入自丘輿，擊馬陘。齊侯使賓媚人賂以紀甗，玉磬與地；……晉人不可，曰：『必以蕭同叔子爲質，而使齊之封內盡東其畝。』對曰：『蕭同叔子，寡君之母也。若以匹敵，則亦晉君之母也。吾子布大命於諸侯，而曰必質其母以爲信，其若王命何！且是以不孝令也。詩曰：「孝子不匱，永錫爾類。」若以不孝令於諸侯，其無乃非德類也乎？先王疆理天下物土之宜而布其利，故詩曰：「我疆我理，南東其畝。」今吾子疆理諸侯，而曰盡東其畝而已。唯吾子戎車是利，無顧土宜，其無乃非先王之命也乎！……今吾子求合諸侯，以逞無疆之欲。詩曰：「布政優優，百祿是遒。」子實不優，而棄百祿，諸侯何害焉！……』晉人許之。（左傳）

孔子——詩經的編定者

孟子見梁惠王，王立於沼上，顧鴻雁麋鹿，曰：『賢者亦樂此乎？』孟子對曰：『賢者而後樂此，不賢者雖有此不樂也。詩云：「經始靈台，經之營之；庶民攻之，不日成之。經始勿亟，庶民子來。王在靈囿，麀鹿攸伏，麀鹿濯濯，白鳥鶴鶴。王在靈沼，於牣魚躍。」文王以民力爲台爲沼，而民歡樂之，謂其台曰靈台，謂其沼曰靈沼，樂其有麋鹿魚鼈。古之人與民偕樂，故能樂也。』（孟子）

『宋玉因其友以見於楚襄王，襄王待之無以異。宋玉讓其友。友曰：……婦人因媒而嫁，不因媒而親。子之事王，未耳，何怨於我！』宋玉曰：『不然。昔者齊有良兔曰東郭㕙，蓋一旦而走五百里。於是齊有良狗曰韓盧，亦一旦而走五百里。使之遙見而指屬，則雖韓盧不及衆兔之塵；若躡迹而縱緤，則雖東郭㕙亦不能離。今子之屬臣也，躡迹而縱緤與？遙見而指屬與？詩曰：「將安將樂，棄我如遺。」此之謂也。』

其友人曰：『僕人有過，僕人有過！』（新序）

孔子曰：『昔者周公事文王，行無專制，事無由己——可謂子矣。武王崩，成王幼，周公承文武之業，履天子之位……可謂能武矣。成王壯，周公致政，北面而事之……可謂臣矣。故一人之身能三變者，所以應時也。詩曰：「左之左之，君子宜之；右之右之，君子有之。」』（韓詩外傳）

像這種的例子，在左傳國語以至其他諸古書中，到處皆是．由這個地方，我們可以看出詩經的勢力，在那些時候是如何的盛大！到了漢以後，詩經成了『中國聖經』之一，其威權自然是永遠維持下去．

就文學史上看來，詩經的影響亦極大，漢至六朝的作家，除了楚辭以外，所受到的影響最深的就算是詩經了．自韋孟的諷諫詩，在鄒詩，東方朔的誡子詩，韋玄成的自劾詩，戒子孫詩，唐山夫人的安世房中歌，傅毅的迪志詩，仲長統的述志詩，曹植的元會，應詔，責躬，乃至陶潛的停雲，時運，榮木，無不顯著的受有詩經裏的詩篇的風格的感化．不過，自此以後，詩經成了聖經，其地位益高，文人學士都不敢以文學作品看待牠，於是詩經的文學上的真價與光煥，乃被傳統的崇敬的觀念所掩埋，而牠的在文學上的影響便也漸漸的微弱了．

詩經裏的詩歌，共有三百零五篇；據相傳之說，尚有南陔，白華等六篇笙歌，有其義而亡其辭．（此說可信否，待後討論．）此三百餘篇的詩歌，分為風，雅，頌三種．

風有十五，雅有小雅大雅，頌有周，魯，商三頌。現在據毛詩的本子，將其前後的次序列表如下：

類	別	篇數	篇名舉例
國風 凡十五	周南	十一篇	關雎，葛覃，卷耳等。
	召南	十四篇	鵲巢，草蟲，野有死麕等。
	邶	十九篇	柏舟，燕燕，終風等。
	鄘	十篇	牆有茨，桑中，相鼠等。
	衛	十篇	淇奧，碩人，伯兮等。
	王	十篇	黍離，君子于役，葛藟等。

國風. 共一百六十篇.

鄭	二十一篇	將仲子，子衿，出其東門等.
齊	十一篇	雞鳴，東方未明，南山等.
魏	七篇	園有桃，葛屨，陟岵，伐檀等.
唐	十二篇	蟋蟀，山有樞，揚之水等.
秦	十篇	車鄰，蒹葭，黃鳥，無衣等.
陳	十篇	東門之楊，月出，澤陂等.
檜	四篇	羔裘，素冠等.
曹	四篇	蜉蝣，鳲鳩等.

雅　凡大小二雅．共一

小雅　凡小雅．共七十四篇．

豳	七篇	七月，鴟鴞，伐柯等．
鹿鳴之什	十篇	鹿鳴，四牡，常棣，採薇等．
南有嘉魚之什	十篇	南有嘉魚，湛露，車攻等．
鴻鴈之什	十篇	鴻鴈，黃鳥，無羊等．
節南山之什	十篇	節南山，正月，十月，小弁等．
谷風之什	十篇	谷風，蓼莪，小明，楚茨等．
甫田之什	十篇	甫田，大田，青蠅，賓之初筵等．
魚藻之什	十四篇	魚藻，采菽，都人士，白華等．

百〇五篇.			
大雅 凡大雅三十一篇.	文王之什	十篇	文王,大明,緜,靈台等.
	生民之什	十篇	生民,旣醉,民勞,板等.
	蕩之什	十一篇	蕩,抑,烝民,江漢等.
頌 凡周魯商三頌.共四十篇.			
周頌 凡周頌三十一篇.	清廟之什	十篇	清廟,維天,天作,思文等.
	臣工之什	十篇	臣工,振鷺,豐年,武等.
	閔予小子之什	十一篇	閔予小子,小毖,良耜,絲衣等.
魯頌	駉之什	四篇	駉,有駜,泮水及閟宮.
商頌		五篇	那,烈祖,玄鳥,長發及殷武.

這個次序，究竟可靠不可靠呢？所謂風，雅，頌，之意義如何呢？風，雅，頌，之分，竟究恰當與否呢？這都是我們現在所要研究的。

據傳統的解釋家的意見，以爲：『風，風也，歌也，……上以風化下，下以風刺上。至於王道衰，禮義廢，政教失，國異政，家殊俗，而變風變雅作矣。……雅者，正也，言王政之所由廢興也，政有小大，故有小雅焉，有大雅焉。頌者美盛德之形容，以其成功告於神明者也』（詩序）他們的這種意見是很可笑的；因爲他們承認關雎，麟之趾以及其他『二南』中諸詩篇，爲受王者之教化，而其他的大部分國風之詩篇則爲刺上的譏時的；於是『二南』中的情詩，便被他們派爲后妃之德，其他國風中的同樣的情詩卻被他們說成『刺好色』了。其實『二南』中的詩與邶，衞，鄭，陳諸風中的詩其性質極近，並無所謂『教化』與『譏刺』的區別在裏面的。他們的雅頌的解釋，也極不清楚。

推翻他們的傳說的附會的解釋的，是鄭樵的『樂以詩爲本，詩以聲爲用，八音六律，爲之羽翼耳。仲尼編詩爲燕享祀之時用以歌而非用以說義也」之說。（見通志樂略，他的六經奧論亦暢發是說）鄭樵以爲古之詩，卽今之辭曲，都是可歌的，「仲尼……列十五國風以明風土之音不同，分大小二雅以明朝廷之音有間，陳，周，魯，商三頌之音所以侑祭也。定南陔，白華，華黍，崇邱，由庚，由儀六笙之音，所以叶歌也。得詩而得聲者三百篇，……得詩而不得聲者則置之，謂之逸詩，……有譜無辭，所以六詩在三百篇中，但存名耳。」這種解釋，自然較漢儒已進了一步，且在古書中也有了不少的證據。但詩經中的所有的詩，果皆有譜乎？果皆可以入樂乎？這是一個很大的疑問。且詩之分風，雅，頌，果爲樂聲不同之故乎？他說，「仲尼編詩，爲燕享祀之時用以歌而非用以說義也。」實則孔子固常言：「不學詩，無以言。」「小子，何莫學夫詩！詩，可以興，可以觀，可以羣，可以怨，邇之事父，遠之事君，多識於鳥獸草木之名。」「誦詩三百，授之以政，不達，使於四方，不能專對，雖多，亦奚以爲！」可見孔子對於詩之觀念，恰與鄭樵所猜度者不同，他固不專以詩爲燕享祀之用，而乃在明瞭詩之情緒，詩之意義以至於詩中的鳥獸草木之名，以爲應世之用。

據我的直覺的見解，詩經中的大部分的詩歌，在當時固然是可以歌唱的，可以入樂的，但如幾個無名詩人的創作，如無羊如正月如十月如雨無正（俱在小雅）都是抒寫當時的政治的衰壞，（如正月等）及描寫羊牛與牧人的情境的（如無羊）都是一時間的情緒的產品，決非依譜而歌的，也決無人採取他們以入樂的。（詩經中入樂的詩與非入樂的詩，似有顯然的區別，細看可以知道）所以說全部詩經的詩篇當時都是有譜的樂歌，理由實極牽强。

至於風，雅，頌，的區別，我個人覺得這也是很無聊很勉强的舉動，就現在的詩經看來，此種分別早已混亂而不能分別，『雅』爲朝廷之歌，而其中卻雜有不少的民歌在內，如小雅的杕杜與魏風的陟岵，一言征夫之苦一言行役之苦，如小雅的菁菁者莪，都人士，裳裳者華，及隰桑諸詩，與國風中的草蟲，采葛，風雨，晨風諸詩置之一處，直是毫無差別！如白華，如谷風，也都是極好的民歌；「頌」中都是祭祀神明之歌，似無將所有的頌神詩都歸入「頌」內，而不料許多的頌神詩，如小雅中的楚茨，信南山，甫田，大田，如大雅中之鳧鷖卻又不列於「頌」中而列於「雅」中。似此混雜無序的地方，全部詩經中不知有多少，現在不過略舉幾個例而已。這種混雜無序的編集，不是因爲編定詩經的無識，便是因爲漢儒的竄亂。我以爲「漢儒竄亂」的假定，似更爲可信，因編定詩經者，當他分別風，雅，頌時，必定有個標準在，決不至於以應歸於「頌」的詩而歸之於「雅」，或把應歸於「雅」的詩而歸之於「風」。漢儒之竄亂古書，與他們之誤解古書，是最昭顯的事實；所以一部詩經如非經過他們的竄亂，其次序斷不至於紛亂無序到如此地步。不知今古來許多說詩經的人，怎麼都只知辯解詩義或釋明「風」「雅」「頌」之意義，卻沒有一個人能夠注目到這一層。

現在，我們研究詩經卻非衝破這層迷障不可了！我們應該勇敢的從詩篇的本身，區分他們的性質。我們必要知道詩經的內容原是極複雜的，「風」「雅」「頌」

的三個大別本，不足以區分全部詩經的詩篇。所以我們不僅以打破現在的詩經的次序而把他們整齊的歸之於「風」「雅」「頌」三大類之中。且更應進一步而把「風」「雅」「頌」的類大別打破，而另定出一種新的更好的次序來。

我現在依我個人的臆見，姑把全部詩經中的詩，歸納之右列的幾個範圍之內：

詩經
- 一、詩人的創作——（正月，十月，節南山，嵩高，烝民等。）
- 二、民間歌謠
  - （1）戀歌（靜女，中谷，將仲子等。）
  - （2）結婚歌（關雎，桃夭，鵲巢等。）
  - （3）悼歌及頌賀歌（蓼莪，麟之趾，螽斯等。）
  - （4）農歌（七月，甫田，大田，行葦，既醉等。）
  - （5）其他。
- （1）宗廟樂歌（下武，文王等。）

三、貴族樂歌
(2)頌神樂歌或禱歌(思文，雲漢，訪落等)．
(3)宴會歌(庭燎，鹿鳴，伐木等)．
(4)田獵歌(車攻，吉日等)．
(5)戰事歌(常武等)．
(6)其他．

詩人的創作，在詩經中並不多，衞宏的詩序所敘的某詩爲某人所作的話，幾乎完全靠不住．在我們所認爲詩人所創作的許多詩篇中，大概都是無名的詩人所作的，只有一小部分，我們從他們的詩句中，知道了作者的姓名，如小雅的節南山言『家父作誦，以究王訩』，大雅的崧高蒸民俱言『吉甫作誦』之類．此外我們從尚書，左傳以及漢人所著的書裏，也可以知道幾個詩人的姓名，但這種記載，卻都是不甚可靠的．不過在許多詩篇中，那一篇是詩人的創作，我們約略可以知道而已．在這些創作中，有幾篇是極好的詩，如：

『冬日烈烈，飄風發發。民莫不穀，我獨何害！……………匪鶉匪鳶，翰飛戾天；匪鱣匪鮪，潛逃于淵。』（小雅四月）

『彼何人斯？其爲飄風！胡不自北？胡不自南？胡逝我梁，祇攪我心！』（小雅，何人斯）

『予羽譙譙，予尾翛翛。予室翹翹，風雨所漂搖。予維音嘵嘵。』（豳，鴟鴞）

之類都是很美的，很能表白出作者的真懇的情緒的。

民間歌謠都是流傳於大多數孺婦農工之口中，而無作者的名氏的。其中最占多數的是戀歌；這些戀歌真是詞美而婉，情真而迫切，在中國的一切文學中，他們可占到極高的地位。如：

『東門之楊，其葉牂牂，昏以爲期，明星煌煌。

東門之楊，其葉肺肺。昏以爲期，明星晢晢。』（陳風，東門之楊）

『十畝之間兮，桑者閑閑兮，行與子還兮。

十畝之外兮，桑者泄泄兮，行與子逝兮。』（魏國，十畝之間）

『青青子衿，悠悠我心。縱我不往，子寧不嗣音？

『青青子佩，悠悠我思。縱我不往，子寧不來。

挑兮達兮，在城闕兮。一日不見，如三月兮。』（鄭風，子衿。）

『自伯之東，首如飛蓬。豈無膏沐，誰適爲容？……』（衞風，伯兮。）

隨意舉幾首出來，我們已覺得他們都是不易見的最好的戀歌了。「結婚歌」在詩經中也有好些首，如關雎，鵲巢，桃夭之類，我們看：『桃之夭夭，灼灼其華。之子于歸，宜其室家。』（周南，桃夭）『參差荇菜，左右采之。窈窕淑女，琴瑟友之。參差荇菜，左右芼之。窈窕淑女，鐘鼓樂之。』（周南，關雎）明明可以看出前者是嫁女時樂工唱的祝頌歌，後者是娶親時所唱的樂歌，（近人關詩序釋關雎之錯誤，以爲關雎本是戀歌，其實也錯了，關雎明明是一首結婚歌）「輓歌」詩經中很少，只有蓼莪葛生等數首；葛生爲悼亡而作，如：『角枕粲兮，錦衾爛兮，予美亡此，誰與獨旦！』諸句，讀之使人淒然淚下：蓼莪爲哀悼父母之歌，如『父兮生我，母兮鞠我，拊我畜我，長我育我，顧我復我，出入腹我，欲報之德，昊天罔極。』諸句，亦至情流溢。「頌賀歌」

如麟之趾等是，但不多，且不甚重要。關於「農事」的歌，詩經中亦不甚多，但都是極好的，如七月是敍農工的時序的，如楚茨，如信南山是農家於收穫時祭祖之歌，如甫田，如大田，是初耕種時的禱神歌，如行葦，如既醉，似都是祭事既畢之後，聚親朋隣里宴飲之歌。如無羊，則爲最好的牧歌：「誰謂爾無羊，三百維羣；誰謂爾無牛，九十其犉。爾羊來思，其角濈濈。爾牛來思，其耳濕濕。或降於阿，或飲於池，或寢，或訛，爾牧來思，何蓑何笠，或負其餱。三十維物，爾牲則具。爾牧來思，以薪以蒸，以雌以雄，爾羊來思，矜矜兢兢，不騫不崩，麾之以肱，畢來既升。牧人乃夢：「衆維魚矣，旐維旟矣。」大人占之：「衆維魚矣，實維豐年。旐維旟矣，室家溱溱。」」其他不屬於上列的範圍的民歌亦甚多。

貴族樂歌，大部分都是用於宗廟，以祭先祖先王的，或是禱歌及頌神歌。其他一部分則爲宴會之歌，爲田獵之歌爲戰事之歌。這種樂歌，我們都覺得不大願意讀，因爲他們裏面沒有什麼真摯的詩的情緒。（正如當我們翻開樂府詩集時，不願讀前半部的漢郊祀歌，齊明堂歌之類，而願意讀後半部之橫吹曲，相和歌之類的情形一樣。）

詩經的時代之難於稽考，也與牠的詩篇的許多作者姓名之難於稽考一樣。我們現在僅知道，除了商頌中的五篇爲商代（公元前一千七百年以後，公元前一千二百年以前）的產物以外，其餘三百〇一篇都是周代（公元前一千一百年至公元前五百五十年左右）的產物。在這三百〇一篇的詩歌中，多數的詩篇都是帶着消極的悲苦的辭調，對於人生的價值，起了懷疑，有的言兵役之苦，有的則攻擊執政者的貪暴，有的則因此遁於極端的享樂之途。如『踧踧周道，鞫爲茂草。我心憂傷，惄焉如擣，假寐永歎，維憂用老。心之憂矣，疢如疾首。……我躬不閱，遑恤我後。』（小雅，小弁）如『采薇采薇，薇亦作止！曰歸曰歸，歲亦莫止！靡室靡家，玁狁之故！不遑啓居，玁狁之故。』（小雅，采薇）如『坎坎伐檀兮，寘之河之干兮，河水清且漣猗。不稼不穡，胡取禾三百廛兮！不狩不獵，胡瞻爾庭有懸貆兮？彼君子兮，不素餐兮！』（魏風，伐檀）如『碩鼠碩鼠，無食我黍！三歲貫女，莫我肯顧！逝將去女，適彼樂土！樂土樂土！爰得我所！』（魏風，碩鼠）如『山有樞，隰有榆．子有衣裳，弗曳弗婁；子有車馬，弗馳弗驅．宛其死矣，他人是愉！山有栲，隰有杻．子有廷內，弗洒弗埽；子有鐘鼓，弗鼓弗考．宛其死矣，他人是保！山有漆，隰有栗．子有酒食，何不日鼓瑟？且以喜樂，且以永日？宛其死矣，他人入室．』（唐風，山有樞）諸詩，都足以表現出喪亂時代的情形與思想．而這個喪亂時代大約是在周東遷的時代前後，（小雅中的正月且明顯的說：「赫赫宗周，褒姒滅之．」）所以那些詩篇大約都是東遷前後的作品．我們研究詩經的時代，僅能如此大略的說．至於如衞宏的詩序，如何楷的詩世本古義所指的某詩爲某王時的產品，則其不可信也與他們之妄指某詩某詩爲某人所作一樣．

詩經的編定者是誰呢？史記言：『古詩三千餘篇，及至孔子，去其重，取可施於禮義，』刪定爲三百五篇，這是說詩經爲孔子所刪定的；漢人都主此說．其後漸漸有人懷疑，以爲孔子不會把古詩删去了十分之九。鄭樵則以爲孔子取古詩之有譜可歌三百篇，其餘則置之，謂之逸詩。有一部分人則以爲古詩不過三百，孔子本不曾删。崔述也贊成孔子未删詩之說，以爲『文章一道，美斯愛，愛斯傳……故有作者卽有傳者。但世近則人多誦習，世遠則就湮沒；其國崇尚文學而鮮忌諱，則傳者多，反是則傳者少；小邦弱國，偶逢文學之士，錄而傳之，亦有行於世者，否則失傳耳。』（讀風偶識）其意蓋以詩經之流傳，爲有人愛好誦習之故，並沒有什麼人去删定。但以上諸說，都有可疑之處。古詩三千餘首之說，原不足信，但古代之詩不止詩經中的三百，則爲顯然的事實。在國語，禮記，左傳，論語諸書中，我們曾看到好幾首零片的逸詩，故古詩不過三百之說全不足信；鄭樵以三百篇俱是有譜可歌的詩，也不足信（上面已提過）；崔述之說，理由甚足，但口頭流傳的東西，決不能久遠，如無一個删選編定的有力的人出來，則詩經中的詩決難完整的流傳至漢。（如當時沒有一個編定者，恐詩經的詩，至漢時至多不過存十分之一。觀古詩除詩經中之詩外，流傳下來的極少，卽可知）這有力的刪選編定者是誰呢？當然以是「孔子」的一說，爲最可靠，因爲如非孔子，則決無吸取大多數的傳習者以傳誦這一種編定本的詩經的威權。大約在輾轉傳習之時，其次序必有被竄亂的，也必有幾篇詩歌被逸散了。如六笙詩，恐就是有其題名而逸其辭的，並不是什麼「有其義而亡其辭」也不是鄭樵所猜度的什麼本是「有譜無辭。」

古代的詩歌，流傳到現在的雖僅有詩經中的三百〇六篇，（此外所存的極少）然在詩經中的這三百〇六篇詩歌，卻有好些首是重複的，因地域的歧異，與應用之時不同，而一詩被演變爲二爲三的。有一部分的詩，雖不能截然斷定他們是由一詩而演變的，但至少卻可以看出他們的一部分的詩意或辭句的相同。現在且舉幾個例：

采菽采菽，筐之筥之。君子來朝，何錫予之。雖無予之，路車乘馬。又何予之，玄袞及黼。 觱沸檻泉，言

南山有臺，北山有萊。樂只君子，邦家之基。樂只君子，萬壽無期。

南有樛木，葛藟纍之；樂只

君子，福履綏之。

南有樛木，葛藟荒之；樂只君子，福履將之。

南有樛木，葛藟縈之；樂只君子，福履成之。

（周南，樛木）

南山有桑，北山有楊。樂只君子，邦家之光。樂只君子，萬壽無疆。

南山有杞，北山有李。樂只君子，民之父母。樂只君子，德音不已。

南山有栲，北山有杻。樂只君子，遐不眉壽。樂只君子，德音是茂。

南山有枸，北山有楰。樂只君子，遐不黃耇。樂只君子，保艾爾後。

（小雅，南山有臺）

采其芹。君子來朝，言觀其旂。其旂淠淠，鸞聲嘒嘒。載驂載駟，君子所屆。

赤芾在股，邪幅在下。彼交匪紓，天子所予。樂只君子，天子命之。樂只君子，福祿申之。

維柞之枝，其葉蓬蓬。樂只君子，殿天子之邦。樂只君子，萬福攸同。平平左右，亦是率從。

汎汎楊舟，紼纚維之。樂只君子，天子葵之。樂只君子，福祿膍之。優哉游哉，亦是戾矣。

（小雅，采菽）

揚之水，不流束楚。終鮮兄弟，維予與女。無信人之言，人實迋女。

揚之水，不流束薪。終鮮兄弟，維予二人。無信人之言，人實不信。

（鄭風，揚之水）

揚之水，不流束薪。彼其之子，不與我戍申。懷哉懷哉，曷月予還歸哉。

揚之水，不流束楚。彼其之子，不與我戍甫。懷哉懷哉，曷月予還歸哉。

揚之水，不流束蒲。彼其之子，不與我戍許。懷哉懷哉，曷月予還歸哉。

（王風，揚之水）

風雨淒淒，雞鳴喈喈。既見君子，云胡不夷。風雨瀟瀟，雞鳴膠膠。既見君子，云胡不瘳。風雨如晦，雞鳴

菁菁者莪，在彼中阿，既見君子，樂且有儀。菁菁者莪，在彼中沚，既見君子，我心則喜。菁菁者莪，在彼中陵，既見君子，錫我百朋。汎汎楊

隰桑有阿，其葉有難，既見君子，其樂如何。隰桑有阿，其葉有沃，既見君子，云何不樂。隰桑有阿，其葉有幽。既見君子，德音孔膠。心乎愛

蓼彼蕭斯，零露湑兮。既見君子，我心寫兮，燕笑語兮，是以有譽處兮。蓼彼蕭斯，零露瀼瀼，既見君子，爲龍爲光，其德不爽，壽考不忘。蓼彼蕭斯，零露泥泥。既見君子，孔燕豈弟，

裳裳者華，其葉湑兮。我覯之子，我心寫兮。我心寫兮，是以有譽處兮。裳裳者華，芸其黃矣。我覯之子，維其有章矣維其有章矣，是以有慶矣。裳裳者華，或黃或白。我覯之子，乘其四駱。乘其四駱，六轡沃若。左之

有頍者弁，實維伊何。爾酒既旨，爾殽既嘉。豈伊異人，兄弟匪他。蔦與女蘿，施于松柏。未見君子，憂心弈弈。既見君子，庶幾說懌。有頍者弁，實維何期。爾酒既旨，爾殽既時。豈伊異人，兄弟具來。蔦與女蘿，施于松柏。未見君子，憂心怲怲。既見君子，庶幾有臧。有頍者弁，實維在首。爾酒既旨，

嚶嚶草蟲，趯趯阜螽。未見君子，憂心忡忡。亦既見止，亦既覯止，我心則降。陟彼南山，言采其蕨。未見君子，憂心惙惙。亦既見止，亦既覯止，我心則說。陟彼南山，言采其薇，未見

不已。既見君子，云胡不喜。（鄭風，風雨）

舟，載沈載浮，既見君子，我心則休。（小雅，菁菁者莪）

矣，遐不謂矣，中心藏之，何日忘之。（小雅，隰桑）

宜兄宜弟，令德壽豈。……（小雅，蓼蕭）

左之左之，君子宜之。右之右之，君子有之。維其有之，是以似之。（小雅，裳裳者華）

爾殽既阜。豈伊異人，兄弟甥舅。如彼雨雪，先集維霰。死喪無日，無幾相見。樂酒今夕，君子維宴。（小雅，頍弁）

君子，我心傷悲。亦既見止，亦既覯止，我心則夷。（召南，草蟲）

在第一及第三組的這十首詩裏，顯然的可以看出每組裏的幾首詩，都是由一首詩演變出來的。這種演變的原因有二：一，因爲地域的不同，使他們在辭句上不免有增減歧異之處，如現在流行的幾種民歌孟姜女與五更轉之類，各地所唱的詞句便都有不同。（此種例太多，看近人所編的各省歌謠集便更可明瞭。）二，因爲應用的所在不同，使他們的文字不免有繁衍雕飾的所在，如民間所用的這個歌是樸質的，貴族用的便增出了許多浮文美詞了。（第一組的樛木南山有臺及采薇卽是一個好例．第二組的二首詩，則僅開始的辭句相同，這個例最多．

古詩的辭句大概都是四言的，如書經的皋陶謨所載的舜與皋陶的賡歌：『股肱喜哉元首起哉百工熙哉！』（帝舜）『元首明哉股肱良哉庶事康哉！』（皋陶）之類，卽爲一例．詩經也不能外此；其中大多數的詩都是四言的間有三言的，（如『螽斯羽詵詵兮，』）五言的，（如『誰謂雀無角何以穿我屋，』）以及雜言的，但俱不甚多．所以我們可以說，詩經中的詩篇，四言是其正體．

詩經在文學上給了我們以不少的抒情詩的珠寶．同時，在中國的史學上，也有極高的價値，因爲牠把牠的時代完完全全的再現於我們的前面，使我們可以看出那時代的生活，那時代的思想，那時代的政治狀況以及那時代的人民最熟悉的植物，禽獸，魚類，蟲類，（植物有七十種左右，樹木有三十種左右，獸類有三十種左右，鳥類有三十種左右，魚類有十種左右，蟲類有二十種左右．）以及那時代的人民所用的樂器，兵器之類．這種極可靠的史料，都是任何古書中所最不易得到的。

三

楚辭雖沒有詩經那樣的普遍的威權，雖沒有什麼政治家或傳道者拿牠的文句爲宣傳或箴諫的工具，雖沒有什麼論文家引用牠的文句，以爲辯論的根據，如他們之引用詩經的文句以爲用一樣，然而在文學史上的地位，楚辭卻並不比詩經低下；楚辭在文學上的影響，且較詩經爲尤偉大。詩經的影響，在漢六朝之後，似已消失，此後，沒有什麼人再去模擬詩經中的句法了。同時，詩經經過漢儒的誤釋與盲目的崇敬，使牠成了一部宗教式的聖經，一切人只知從牠裏面得到教訓，而忘記了——也許是不敢指認——牠是一部文學的作品，看不見牠的文學上的價值；一切選編古代詩歌的人，都不敢把詩經中的詩，選入他們的選本中。（直到曾國藩編經史百家雜鈔時，這個見解才毅然的被他推倒。）至於楚辭，則幸而產生在戰國，不曾被孔子所讀誦所『刪訂，』所以漢儒還勉强認識牠的真面目，沒有把『聖經』的黑面網把牠罩蔽住了。因此，楚辭在文學上的威權與影響，乃較詩經爲更偉大牠的文學上的真價也能被讀者所共見。

受楚辭的影響最深者，自然是漢與三國六朝。而六朝之後，楚辭的風格與句調，尙時時有人模擬。漢朝的大作家，如賈誼，如司馬相如，如枚乘，如揚雄，都是受楚辭的影響極深的。賈誼作賦以弔屈原，枚乘之七發，其結構有類於招魂，大招，司馬相如的諸賦，也顯然印有屈宋的蹤痕。揚雄本是一個擬古的大家，他的反離騷，卽極力模擬屈原的離騷的。自曹植以後，直至於淸之末年，所有的作者，無不多少的受有楚辭的影響。其影響的範圍，則除了直接導源於楚辭之『賦』的一種文體外，其他的詩歌裏以至散文裏，也無不多少的受有楚辭的恩賜。所以在實際上我們可以放膽的說，自戰國以後的中國文學史全部，幾乎無不受到楚辭的影響。楚辭的風格與情緒，以及牠的秀麗的辭句，感發了無量數的作家，給與了無量數的資料於他們（朱熹的楚辭後語六卷，共五十二篇，卽總集受楚辭的影響的作品，但

）

楚辭是一種詩歌的總集．詩經所選錄的都是北方的詩歌，楚辭所選錄的則都是南方的詩歌．漢書藝文志著錄屈原賦二十五篇，唐勒賦四篇，宋玉賦十六篇，但無楚辭之名．所謂楚辭者，乃劉向選集屈原宋玉諸楚人所作諸辭賦及後人的模擬他們而作的辭賦而爲一書之名．現在劉向原書已

屈原像（徐禎立作）

不傳，現在所傳者爲王逸的章句及朱熹的集註本。據王逸章句本，共有作品十七篇，據朱熹的集註本，則共有作品十五篇。朱熹的後半部所收的各篇與王逸的章句本不同。茲將這兩種本子的篇目例表如下：

王逸章句本

篇名	作者姓名
離騷經	屈原作
九歌	屈原作
天問	屈原作
九章	屈原作
遠遊	屈原作
卜居	屈原作
漁父	屈原作

朱熹集註本

篇名	作者姓名
離騷經	屈原作
九歌	屈原作
天問	屈原作
九章	屈原作
遠遊	屈原作
卜居	屈原作
漁父	屈原作

九辯	宋玉作
招魂	宋玉作
大招	屈原作或曰景差作
惜誓	不知誰所作或曰賈誼作
招隱士	淮南小山作
七諫	東方朔
哀時命	嚴夫子（卽莊忌）作
九懷	王襃作
九嘆	劉向作
九思	王逸作

九辯	宋玉作
招魂	宋玉作
大招	景差作
惜誓	賈誼作
弔屈原	賈誼作
服賦	賈誼作
哀時命	莊忌作
招隱士	淮南小山作

但兩種本子，都非原來的劉向所定的楚辭本子。朱熹的集註本是他自己編定的，不必論，卽王逸的章句本，雖標明是劉向所定，然把班固所說的話：

『始楚賢臣屈原，被讒放流，作離騷諸賦，以自傷悼。後有宋玉、唐勒之屬，慕而述之，皆以顯名。漢興，高祖王兄子濞於吳，招致天下娛遊子弟，枚乘、鄒陽、嚴夫子之徒，興于文景之際。而淮南王安都壽春，招賓客著書。有嚴助、朱買臣，貴顯漢朝，故世傳「楚辭」。』

拿來一看，便覺得牠的不大靠得住，因爲班氏去劉向之時不遠，且多讀劉氏之書，如果王逸註本的楚辭，乃劉向所編的原書，則班氏所述楚辭作家的姓名，不應與現在所傳的王逸本楚辭的作家的姓名不同。（如無王襃、東方朔之名，而王逸註本卻有之。） 大約劉向所定的楚辭必曾爲王逸所竄亂增訂過，劉向、王襃諸人的作品，大約也與王逸自己所作的九思一樣，是由他所加入的。

「楚辭」的名稱，不是劉向所自創的，大約起於漢初。史記屈原列傳言：『屈原既死之後，楚有宋玉、唐勒、景差之徒者，皆好辭而以賦見稱。』司馬遷雖未以楚辭二字連綴起來說，然楚之有所謂辭，及楚之辭乃爲當時所最流行的讀物，則是顯然的事實。漢書朱買臣傳，言買臣善楚辭；又言，宣帝時，有九江被公善楚辭，大約楚辭之名，在那時已很流行．說者謂屈宋諸騷皆是楚語，作楚聲，紀楚地，名楚物，故謂之楚辭．大約最初作楚辭者皆爲楚人；楚辭的風格必是當時楚地所最盛行的，正如詩經裏的詩篇之盛傳於北方人民的口中一樣．至於後人所作，則其作者不必爲楚人，在實際上，都不過僅僅模擬楚辭的風格而已．

我們對於楚辭，所最應注意的，乃爲大招以上的所謂屈原，宋玉景差諸人所作的楚辭——離騷，九歌，天問，九章，遠遊，卜居，漁父，九辯，招魂，大招等十篇作品．至於惜誓，招隱士，哀時命，九嘆，九思等，漢人的模擬的作品，則我們可以不必注意，正如我們之不必注意於楚辭後語中的五十二篇模擬的作品一樣．所以現在置他們於不論，只論屈宋諸人的作品．

屈原是楚辭中最偉大的一個作家，全部楚辭中，除去幾篇別的作家的作品外，便可以成了一部『屈原集』．古代的詩人，我們都不大知道他們的名字，詩經裏的詩歌，幾乎都是無名作家所作的，偶然知道他們名字的幾個詩人，其作品又不大重要，只有屈原是古代詩人中最有光榮之名的，最占有重要的地位的一個。在中國上古文學史要找出一個比他更偉大或可以與他比肩的詩人是不可能的。但我們對於這個大作家卻不大知道他的生平；除了史記裏一篇簡略的屈原傳之外，別的詳細的材料，我們不能再尋到了。

屈原名平，爲楚之同姓。約生於公元前三百四十三年（卽周顯王二十六年，楚宣王二十七年）或云，他生於公元前三百五十五年。初爲楚懷王左徒，博聞彊志，明於治亂，嫺於辭令，入則與王圖議國事，以出號令，出則接遇賓客，應對諸侯，原是懷王很信任的人。有一個上官大夫與屈原同列，爭寵而心害其能。懷王使屈原造爲憲令，原屬草稿未定，上官大夫見而欲奪之，屈原不肯給他。上官夫人因在懷王前讒害屈原道：『王使屈原爲令，衆莫不知，每一令出，屈每自伐其功，以爲非他不能做。』懷王怒，遂疏遠屈原。屈原疾王聽之不聰，讒諂之蔽明，邪曲之害公，方正之不容，於是憂愁幽思而作離騷。屈原既疏，不復在位，使於齊。適懷王爲張儀所詐，與秦戰大敗，秦割漢中地與楚以和。懷王曰「不欲得地，願得張儀。」儀至楚，厚賂懷王左右，竟得釋歸。屈原自齊反，諫懷王曰：「何不殺張儀？」懷王悔，追張儀不及。後秦昭王與楚婚，欲與懷王會。王欲行，屈原曰：「秦，虎狼之國，不可信，不如無行。」懷王稚子子蘭勸王：「奈何絕秦歡！」懷王卒行入武關，秦伏兵絕其後，因留懷王以求割地。懷王怒不聽，竟客死於秦而歸葬。長子頃襄王立，以其弟子蘭爲令尹。子蘭使上官大夫短屈原於頃襄王，頃襄王怒而遷之。屈原至於江濱，被髮行吟澤畔，顏色憔悴，形容枯槁。乃作懷沙之賦，於是懷石自投汨羅以死。死時約爲公元前二百九十年（卽頃襄王九年）。左右他的死日，相傳是五月五日；這一日是中國的很大的節日，競賽龍舟，投角黍於江，以弔我們的大詩人屈原，到現在尙是如此——雖然現在的

「屈子行吟」（陳洪綬作）

端午節已沒有這種弔悼的情意在裏面。

近來有些人懷疑屈原的存在，以爲他也如希臘的荷馬，印度的瓦爾米基一樣，是一個爲後人所虛擬的大作家。其實屈原的詩與荷馬及瓦爾米基的詩，截然不同。荷馬他們的史詩，是民間的傳說的集合融冶而成者，屈原的詩則完全是抒寫他自己的幽苦愁悶的情緒，帶着極濃厚的個性在裏面，大部分都可以與他的明瞭的生平相映照；所以荷馬他們的史詩，我們可以說是『零片集合』而成的，荷馬他們的自身，我們可以說是『零片集合者』。至於屈原的作品及屈原的自身，我們卻萬不能說他或牠們是虛擬的人物或『零片集合』而成的作品。因爲屈原的作品，本來是融成一片的，本來是顯然的爲一個詩人所創作的。如果說離騷九章等作品不是屈原做的，那末當公元前三四〇——前二八〇之間，必定另有一個大詩人去寫作這些作品。然而除了屈原之外，那時還有那一個大詩人出現？還有那一個大詩人的生平能與離騷等作品中所敍的情緒與事蹟那樣的切合？

屈原的作品，據漢書藝文志說，有賦二十五篇。據上面所列的表，王逸註本與朱熹集註本所收的屈原作品皆爲七種，但九歌有十一篇，九章有九篇，合計正爲二十五篇，與漢志合。（對於這二十五篇的篇目，論楚辭者尙有許多辯論，這里不提及，因爲這是很小的問題。）不過這二十五篇的作品究竟是否皆爲屈原作的呢？二十五篇的篇目是：

一．離騷一篇．二．天問一篇．三．遠遊一篇．四．卜居一篇．五．漁父一篇．

六、九歌十一篇｛東皇太一、雲中君、湘君、湘夫人、大司命、少司命、東君、河伯、山鬼、國殤、禮魂．

七、九章九篇｛惜誦、涉江、哀郢、抽思、思美人、惜往日、橘頌、悲回風、懷沙．

離騷與九章之爲屈原的作品，批評家都沒有異辭。我們在牠們裏面，可以看出屈原的豐富的想像，幽沈的悲思，與他的高潔的思想。離騷不惟爲上古的最偉大的作品，也是中國全部文學史上罕見的巨作。司馬遷以爲『離騷者猶離

『山鬼』(蕭雲從作)

憂也，』班固以爲『離，猶遭也。騷，憂也。』二說中，以班固之說較明。（離騷，英人譯爲"Fallen into Sorrow"其意義極明白。離騷的全譯本在英文中有 Legge 教授所譯的一本）離騷全部共三百七十餘句，自敍他的生平與他的願志；他的理想既不能實現，於是他最後只好說：『已矣哉！國無人莫我知兮，又何懷乎故都！既莫是與爲美政兮，吾將從彭咸之所居！』在離騷中，屈原的文學天才發展到極高點。他把一切自然界，把歷史上一切已往的人物，都用他的最高的想像力，融冶於他的徬徨幽苦的情緒之下。試看：

『跪敷衽以陳詞兮，耿吾既得此中正。駟玉虬以乘鷖兮，溘埃風余上征。朝發軔於蒼梧兮，夕余至乎縣圃。欲少留此靈瑣兮，日忽忽其將暮。吾令羲和弭節兮，望崦嵫而勿迫。路曼曼其修遠兮，吾將上下而求索。飲余馬於咸池兮，總余轡乎扶桑。折若木以拂日兮，聊逍遙以相羊。前望舒使先驅兮，後飛廉使奔屬。鸞凰爲余先戒兮，雷師告余以未具。吾令鳳鳥飛騰兮，又繼之以日夜。飄風屯其相離兮，帥雲霓而來御。紛總總其離合兮，斑陸離其上下。吾令帝閽開關兮，倚閶闔而望予。時曖曖其將罷兮，結幽蘭而延佇世溷濁而不分兮，好蔽美而嫉妬。朝吾將濟於白水兮，登閬風而緤馬。忽反顧以流涕兮，哀高丘之無女。溘吾游此春宮兮，折瓊枝以繼佩。及榮華之未落兮，相下女之可詒。吾令豐隆乘雲兮，求宓妃之所在。解佩纕以結言兮，吾令蹇修以爲理。紛總總其離合兮，忽緯繣其難遷。夕歸次於窮石兮，朝濯髮乎洧盤。保厥美以驕傲兮，日康娛以淫遊。雖信美而無禮兮，來違棄而改求。覽相觀於四極兮，周流乎天余乃下。望瑤臺之偃蹇兮，見有娀之佚女。吾令鴆爲媒兮，鴆告余以不好。……鳳凰既受詒兮，恐高辛之先我。欲遠集而無所止兮，聊浮游以逍遙。及少康之未家兮，留有虞之二姚。理弱而媒拙兮，恐導言之不固。世溷濁而嫉賢兮，好蔽美而稱惡。閨中既以邃遠兮，哲王又不寤。懷朕情而不發兮，余焉能忍而與此終古」

在這一小段中，他把許多歷史的人物，神話上的人物，如羲和，如望舒，如飛廉，如豐隆，如宓妃，如有娀之佚女，如少康，如有虞之二姚，許多神話上的地名，如咸池，如扶桑，如春宮，如窮石，如洧盤，許多禽鳥與自然的現象，如鸞鳳，如飄風，如雲霓，如鴆都會集在一處，使我們不但不覺其繁複可厭，卻反覺得牠的有趣，如在讀一段極美麗的神話，不知不覺的被帶到他的想像之國裏去，而如與他同遊。這種藝術的手段實是很可驚異的!

九章中的九篇作品,每篇都是獨立的,著作的時間也相差很遠,有的在將沈江之時作的.(如懷沙),有的在他被頃襄王謫遷的時候做的,(如哀郢與涉江),不知後人爲什麽把牠們包含在一個『九章』的總題目之下?我們讀這九篇作品,可以把屈原的生平及思想看得更明白些.

天問,有的人以爲非屈原所作的.英國的魏萊 (Arthur Waley) 在他的英譯的中國詩選第三册 "The Temple and Other Poems" 中,曾說,天問顯然是一種『試題』,不知何故被人雜入屈原的作品中.我們細看天問,也覺得牠是一篇毫無情緒的作品;所問的都是關於宇宙的,歷史的,神話的問題,並無什麽文學的價值,可決其爲非我們的大詩人屈原所作的.且牠的句法都是四言的,與楚辭的風格也絕不相同.但這篇文字,在歷史學上卻是一篇極可珍異的東西.在牠裏面,我們可以考出許多古代歷史上的事蹟與古人的宇宙知識.

遠遊亦有人懷疑牠非屈原所作的。懷疑的主要理由，則在於文中所舉的人名，如韓衆等，並非屈原時代所有的。

卜居與漁父二篇之非屈原的作品，則更爲顯明，因爲他們開首便都說：『屈原既放，』明爲後人的記事，而非屈原所自作的。這兩篇東西，大約與關於管仲的管子，關於晏嬰的晏子一樣，乃爲後人記載他們的生平及言論而作，而非他們自己所作的。但在卜居與漁父中，屈原的傲潔的不屈於俗的性格與强烈的情緒，卻未被記載者所掩沒。

九歌中有許多篇極美麗的作品，我們讀到湘夫人裏的『帝子降兮北渚，目眇眇兮愁予。嫋嫋兮秋風，洞庭波兮木葉下』讀到山鬼裏的『若有人兮山之阿，被薜荔兮帶女蘿，既含睇兮又宜笑，子慕予兮善窈窕。……雷塡塡兮雨冥冥，猨啾啾兮狖夜鳴，風颯颯兮木蕭蕭，思公子兮徒離憂』諸句，未有不被其美的辭句所感動的。九歌之名，由來已久，如離騷中言：『啓九辯與九歌兮』又言：『奏九歌而舞韶兮,』天問中亦言:『啓棘賓商,九辯,九歌.』於是有的批評家便以爲九歌原是楚地的民歌,不是屈原所作的.有的批評家便以爲九歌是古曲,但王逸卻說:『昔

蕭雲從畫楚辭圖之一

羿焉彈日?
烏焉解羽?
(天問)

楚國南郢之邑沅湘之間，其俗信鬼而好祠，其祠必作歌樂鼓舞，以樂諸神。屈原放逐，竄伏其域，懷憂苦毒，愁思怫鬱，出見俗人祭祀之禮，歌舞之樂，其詞鄙陋，因爲作九章之曲。』這是說屈原作九歌，乃爲楚地祀神之用的。我覺得民間的抒情詩歌都是很短的，稍長的民歌便詞意卑俗，無文學上的價值，看小書攤上所有的『小曲』卽可知其文辭秀美，情緒高潔者，大都爲詩人之創作，或詩人的改作，而流傳於民間，爲他們所傳誦者。（如廣東的粵謳，據說都是一位太守做的。）以此例彼，那末，如九歌之詞高文雅，似必非楚地的民衆所自作，而必爲一個詩人爲他們寫作出來的，或所改作出來的了。所以王逸的話較別的批評家更爲可信。至於作者是屈原或是別的無名詩人，則我們現在已無從知道。

宋玉是次於屈原的一位楚國的大作家；他的作品在楚辭中只有兩篇，一爲九辯，一爲招魂。其他見於文選中者，有風賦，高唐賦，神女賦，登徒子好色賦四篇，見於古文苑者，有笛賦，大言賦，小言賦，諷賦，釣賦，舞賦等六篇，合之共十二篇，與漢書藝文志所著錄之宋玉賦十六篇，數目不合；如以九辯作爲九篇計算，則共爲二十篇，又較漢志多出四篇．大約漢志所著錄之本久已亡失．有許多人以爲宋玉是屈原的弟子，這是附會的話．史記屈原傳說：『屈原既死之後，楚有宋玉，唐勒，景差之徒者，皆好辭而以賦見稱．然皆祖屈原之從容辭令，終莫敢直諫．其後楚日以削，數十年竟爲秦所滅．』可見宋玉未必能及見屈原，大約宋玉的生年，總在於公元前二百九十年左右（屈原自沉的前後），約卒於公元二百二十二年以前，（卽楚亡以前）．至於他的生平，則史記並未提起．除了在他的賦裏看出些許外，他處別無更詳細的記載．大約他於年輕時曾在楚襄王那里，（約當襄王末年）做過不甚重要的官，其地位至多如東方朔，司馬相如，枚臯之在漢武帝時．其後便被免職，窮困以死．死時的年齡必不甚老．

在宋玉的賦中，笛賦顯然是後人依託的，因爲其中乃有『宋意將送荊卿於易水之上，得其雌焉』之句．其他風賦，高唐賦，神女賦，大言賦，小言賦，登徒子好色

楚襄王夢遇神女——見宋玉的神女賦

賦，諷賦，釣賦，舞賦等九篇，亦似爲後人所記述而非宋玉所自作。因爲這九篇中都稱『宋玉』，稱『楚襄王』或『襄王』與卜居、漁父之稱『屈原既放』一樣，顯然可以看出是後人記述的，正與後人記述管仲的事爲管子一書而稱爲管仲所自箸者同例。但這幾篇賦，雖未必出於宋玉之手，其辭意卻很有趣味，很有價值，顯出作者的異常的機警與修辭的技巧，使我們很高興讀牠們，與漢人諸賦之務爲誇誕，堆飾無數之浮辭，讀之令人厭倦者，其藝術之高下真是相差甚遠。如：

『楚襄王旣登陽雲之臺，令諸大夫景差唐勒宋玉等並造大言賦，賦畢而宋玉受賞。王曰：「此賦之迂誕則極巨偉矣！抑未備也。且一陰一陽，道之所貴，小往大來，剝復之類也。是故卑高相配而天地位；三光並照，則大小備。能大而不小，能高而不下，非兼通也。能麤而不能細，非妙工也。然則上座者未足明賞賢人。有能爲小言賦者，賜之雲夢之田。」景差曰：「載氛埃兮乘剽塵；體輕蚊翼，形微蚤鱗，聿遑浮踊，凌雲縱身。經由鍼孔，出入羅中。飄妙翩綿，乍見乍泯。」唐勒曰：「折飛糠以爲輿，剖粃糟以爲舟。泛然投乎杯水中，淡若巨海之洪流。憑蚋眥以顧盼，附蟣蠓而遨遊。準寧隱微以原存，亡而不憂。」又曰：「館於蠛蠓，宴於毫端，烹鷄脛，切蟣肝，會九族而同嚌，猶委餘而不殫。」宋玉曰：「無內之中，微物潛生。比之無象，言之無名。蒙蒙滅景，昧昧遺形。超於大虛之域，出於未兆之庭。纖於毳末之微蔑，陋於茸毛之方生。視之則眇眇，望之則冥冥。離朱爲之歎悶，神明不能察其情。二子之言磊磊皆不小，何如此之爲精。」王曰：「善！」賜以雲夢之田。』（小言賦）

『楚襄王與宋玉遊於雲夢之浦，使玉賦高唐之事。其夜王寢，果夢與神女遇，其狀甚麗。王異之，明日以白玉。玉曰：「其夢若何？」王曰：「晡夕之後，精神恍忽，若有所喜，紛紛擾擾，未知何意。目色髣髴，乍若有記。見一婦人，狀甚奇異。寐而夢之，寤不自識。罔兮不樂，悵然失志。於是撫心定氣，復見所夢。」玉曰：「狀如何也？」王曰：「茂矣，美矣！諸好備矣！盛矣，麗矣！難測究矣！上古既無，世所未見。瓌姿瑋態，不可勝贊。其始來也，耀乎若白日初出照屋梁；其少進也，皎若明月舒其光。須臾之間，美貌橫生，曄兮如華，溫乎如瑩。五色並馳，不可殫形。詳而視之，奪人目精。其盛飾也，則羅紈綺繢盛文章，極服妙采照萬方。振繡衣，被袿裳。襛不短，纖不長。步裔裔兮曜殿堂，忽兮改容，婉若遊龍乘雲翔。嫷被服，侻薄裝，沐蘭澤，含有芳。性和適，宜侍旁，順序卑，調心腸……」』（神女賦）

「大夫登徒子侍於楚王，短宋玉曰：「玉爲人體貌閒麗，口多微詞，又性好色，願王勿與出入後宮。」王以登徒子之言問宋玉。玉曰：「體貌閒麗，所受於天也。口多微辭，所學於師也。至於好色，臣無有也。」王曰：「子不好色，亦有說乎？有說則止，無說則退。」玉曰：「天下之佳人，莫若楚國，楚國之麗，莫若臣里，臣里之美者，莫若臣東家之子。增之一分則太長，減之一分則太短，著粉則太白，施朱則太赤，眉如翠羽，肌如白雪，腰如束素，齒如含貝。嫣然一笑，惑陽城，迷下蔡。然此女登牆闚臣三年，至今未許也。登徒子則不然，其妻蓬頭攣耳，齞脣歷齒，旁行踽僂，又疥且痔。登徒子悅之，使有五子。王孰察之，誰爲好色者矣？……」（登徒子好色賦）

諷賦與登徒子好色賦，其辭意俱極相似，大約本是一賦，其後演變而爲二的；或宋玉原有這一段事，因爲記述這段事者有二個人，故所記各有詳略及互異處。

在宋玉的所有作品中，其可稱爲他自己所箸的，只有楚辭裏的兩篇，招魂與九辯。但招魂一篇，倘有人把牠歸之於屈原的著作表裏面。不過他們卻沒有什麼充分的理由說出來。所以我們與其剝奪宋玉的招魂的著作權而並歸之於屈原，毋寧相信牠們是宋玉所作的.且在文辭與情思二方面,這一篇東西,也都與屈原的別的作品不同.最可以使我們看出宋玉的特有的情調的是九辯:

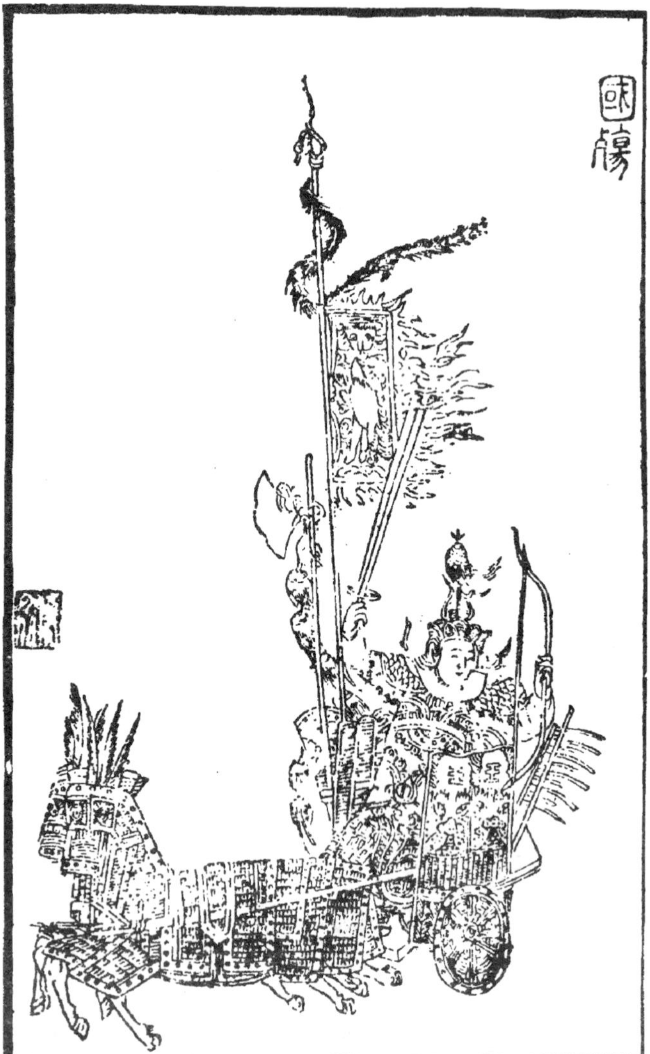

『悲哉秋之爲氣也!蕭瑟兮草木搖落而變衰.憭慄兮若在遠行,登山臨水兮送將歸.泬寥兮天高

『國殤』(蕭雲從作)

而氣清，寂寥兮收潦而水清。憯悽增欷兮薄寒之中人，愴怳懭悢兮去故而就新。坎廩兮貧士失職而志不平，廓落兮羈旅而無友生，惆悵兮而私自憐。燕翩翩其辭歸兮，蟬寂漠而無聲。雁廱廱而南遊兮，鵾雞啁哳而悲鳴。獨申旦而不寐兮，哀蟋蟀之宵征。時亹亹而過中兮，蹇淹留而無成。』（九辯的第一節）

楚辭中尚有一篇大招，王逸以爲是屈原或景差作；朱熹則逕斷爲景差作。景差與宋玉同時，史記屈原傳裏曾提起他的名字，宋玉的（？）大言賦與小言賦裏也有他的名字。大約他與宋玉一樣，也是楚王的一位不甚重要的侍臣。其他事實則我們毫無所知。他的著作，除了這篇疑似的大招以外，別無他篇。漢書藝文志著錄的只有唐勒賦四篇，並無景差的賦。所以這篇大招究竟是不是他做的，我們實無從斷定。不過大招卽不是景差作的，也不能便說是屈原作的，因爲大招的辭意與招魂極相似，而屈原的情調，却不是如此。

魂兮歸來！去君之恆幹，何爲四方些？舍君之樂處而離彼不祥些。魂兮歸來，東方不可以託些！（中敍四方及上下之不可居與反歸故居之樂）酎飲盡歡，樂先故些。魂來歸兮，反故居些。（招魂）

魂魄歸徠，無遠遙只，魂乎歸徠，無東無西，無南無北只！東有大海，溺水浟浟只。（中敍四方之不可居與反歸故居之樂）昭質既設，大侯張只，執弓挾矢，揖辭讓只，魂乎徠歸，尚三王只。（大招）

這兩篇的結構是完全相同的，意思是完全相同的，僅修辭方面相歧異而已。我們雖不敢斷定的說，這兩篇本是由一篇東西轉變出來的，但至少我們可以說，招魂與大招的文意與結構必當時有一種規定，如現在喪事或道觀拜天時所用的榜文奏文一樣，因爲這兩篇是兩個詩人作的，所以文意結構俱同而修辭不同。或者這兩篇文字當中，有一篇是原作，有一篇是後人所擬作的也說不定。

楚辭與詩經不同，牠是詩人的創作，是詩人的理想的產品，是詩人自訴他的幽懷與愁鬱，是欲超出於現實社會的混濁之流的作品，而不是民間的歌謠與征夫或憂時者及關心當時政治與社會的擾亂者的嘆聲與憤歌，所以我們在牠裏面，不能得到如在詩經裏所得到的同樣的歷史上的許多材料。但牠的在文學上的影響已足使牠占於中國文學史裏的一個最高的地位；同時，牠的本身，在世界的不朽的文學寶庫中也能占到一個永永不朽的最高的地位。

參考書目

一、毛詩正義　漢毛亨傳，鄭玄箋，唐孔穎達疏。此書共四十卷，爲詩經的傳統的解釋中最重要的書；雖對於現在的研究詩經者無大用處，（只有名物文字的解釋一部分有用）但牠的威權維持得極久。此書現在流行的版本有阮元刻的『十三經註疏』本及其他坊刻本；以阮刻本爲最好。後附有阮元的毛詩校勘記（十三經註疏有石印本）

二、詩集傳　宋朱熹撰。此書共八卷，爲攻擊漢儒所傳毛詩說最有力的書。牠的威權也極大。但他的本身却不很有價值，繆誤的解說並不比『毛傳』少。此書坊刻本極多，商務印書館亦有鉛印本。

三、詩經原始　清方玉潤撰。共十八卷。此書爲超出於『毛序』『朱傳』之外而解說詩經的；所說多採姚際恆的詩經原始有時很有新的獨到的意見；但仍脫離不了傳統的見解，不能把詩經的眞價完全呈露。且加了許多批語，贊賞詩經中詩句的結構與比興的好處，尤覺得討厭。此書有鴻濛室叢書本，版存雲南圖書館；最近有泰東圖書局的石印本。

四．詩三家義集疏 王先謙撰．共二十八卷．漢時傳詩者有四家，（齊魯韓及毛），其後三家之說皆亡，獨毛傳流行至今．宋時，王應麟從古書中搜集三家遺說，爲詩考一書．清儒繼續他的工作，編了這一類的書不少．王先謙的這部書是總集他們的工作的結果．三家詩說，未必較毛傳更好——其附會誤繆處與毛傳亦不相上下——但研究詩經者却應該知道些他們的意見．此書有虛受堂刊本．

五．讀毛詩序 鄭振鐸撰，刋於小說月報第十四卷第一號．

六．詩經的厄運於幸運 顧頡剛撰，尙未完篇，僅說至周時爲止．刋於小說月報第十四卷第三號至第五號．

七．詩經研究 謝無量編，商務印書館出版國學小叢書之一．此書並無新見解，而過信傳統的詩經的解釋，所以錯繆處極多．以其係最近出版，頗流行，故附舉於此．

八．楚辭 後漢王逸章句，宋洪興祖補註．此書於名物及文字的解釋上，很有用處，惟見解太固陋了．王逸執定「屈原的作品是怨君」的意見，於是處處都把他們解成怨君了，如『山鬼』之『被石蘭兮帶杜衡，折芳馨兮遺所思．余處幽篁兮終不見天，路險難兮獨後來．』諸句，本是極美麗的辭句，却被他依舊說解成喻已帶忠信，又以嘉言而納於君，卻不得見君，讒邪填塞，難以前進，所以索居於此。竟把他們解得索然無味了！這種對於文學作品的曲解，是中國解釋家最慣爲之的。此書共十七卷，坊刻本極多。

九．楚辭集註　宋朱熹撰，共八卷，並附辯證二卷，後語六卷。此書打破王逸的見解，但朱熹自己的見解，也不見得很高明。

十。陳蕭二家繪離騷圖　此書分五卷，集清初陳洪綬及蕭雲從二家所作離騷圖爲一書。有上海蟫隱廬影印本。

十一，屈原　陸侃如編，上海亞東圖書館出版。內容分三部分，一，屈原評傳，二，屈原集，三，附錄。此書爲最近研究屈原作品的很好的一部書。

十二．楚辭新論　謝無量著，商務印書館出版的國學小叢書之一，無特創的見解。

第八章 中國最初的歷史家與哲學家

第八章　中國最初的歷史家與哲學家

一

如果有人編著中國古代的文學史，他於敘述詩經與楚辭之外，對於幾個歷史家與哲學家的著作也必定會給以很詳細的記載；因爲這些歷史家與哲學家的著作，不惟在歷史上，哲學上，有他們自己的很高的地位，卽在文學上也有他們的不朽的價値與偉大的影響。如左傳，如戰國策，如孟子，如莊子，如列子，他們的在文學上的影響，實不下於詩經與楚辭。他們的雋利而暢達的辯論，秀美而獨創的辭采，俊捷而動人的敘寫，給了後來的文學者以言之不盡的供獻。卽到了現在，還有無數的人把他們拿來當文學的課本。所以我於講詩經與楚辭之後，對於他們也簡單的講述一下.

二 中國史書的最初一部是尙書(書經).

這部史書是許多時代的文誥誓語的總集.間有幾篇,爲歷史家記述的文字,如堯典,禹貢之類.間有幾篇,則於文誥之前,加以很簡略的記事;如洪範,於箕子說『洪範』之前,加以『惟十有三祀,王訪於箕子.王乃言曰:嗚呼,箕子!惟天陰隲下民,相協厥居.我不知其彝倫攸敍……』的一段話之類.相傳尙書爲孔子所編定;內容原有

堯　尙書中的大人物

舜　尚書中的大人物

百篇經過秦代的焚書之禍後，僅存二十八篇。漢時，有伏生諸人傳授之。這二十八篇是堯典，臯陶謨，禹貢，甘誓，湯誓，盤庚，高宗彤日，西伯戡黎，微子，牧誓，洪範，金縢，大誥，康誥，酒誥，梓材，召誥，洛誥，多士，多方，立政，無逸，君奭，顧命，呂刑，文侯之命，費誓，及秦誓，這種文誥及記事所包含的時代，爲自公元前第二十三世紀（卽堯時）至公元前六百二十七年（卽周襄王二十五年）。但在實際上，他們的最早的作者卻決不是生在公元前第二十三世紀裏的，因爲在尚書的第一篇堯典——卽敘公元前第二十三世紀裏的事的一篇史書——的開頭，牠的作者便說：『曰，若稽古帝堯.』既曰：『粵稽古帝堯，』可知作者的時代必離帝堯的時代很遠了.大約尚書裏的第一位作者，或記載者，至早是生在公元前第二十世紀左右的.

湯　尚書中的大人物

伏生所傳的尚書傳到了晉時；有名梅賾者，自稱又獲得『古文尚書』的一種.這一本尚書除了二十八篇與伏生所傳的相同外，又增多了大禹謨，五子之歌等二十五篇，又從堯典中分出舜典一篇，從皋陶謨中分出益稷一篇，從顧命中分出康王之誥一篇，又將盤庚一篇，析爲三篇，合共五十八篇.當時，並沒有什麼

周公　尚書中的大人物

人懷疑牠．宋人才對牠生了疑問．到了清初閻若璩作古文尚書疏證一書，力攻牠的僞造，而僞造的事實遂判定．

次於尚書而產生的是春秋．據舊說，這部書是孔子根據『魯史』而編著的．牠所記載的時代爲自魯隱公元年（卽公元前七百二十二年，周平王四十九年）至魯哀公十四年（卽公元前四百八十一年，周敬王三十九年．）隔了三年，四月，時孔子死．春秋的文字極簡單，除了記載當時所發生的重大事件以外，並沒有什麼敍述．於是有左邱明，公羊高，穀梁赤三人前後依牠的原文，更作較詳細的記載或說明．但公羊高及穀梁赤二人所作的傳，僅注意於春秋的義例，詳細說明孔子的褒貶之意，而對於事實並不詳述．只有左邱明的傳，敘述事實很詳盡．左邱明的生平，沒有什麼記載留傳下來，據傳說，他是一個盲人．他的春秋傳，不惟供給許多歷史的事蹟給史學家，且於文學上也有很大的影響．他的文字簡質，而叙寫却極活躍，有時，也有很美麗的描寫．下面舉兩個例：

『十年春，齊師伐我．公將戰，曹劌請見．其鄉人曰：「肉食者謀之，又何間焉？」劌曰：「肉食者鄙，未能遠謀；」乃入見．問何以戰．公曰：「衣食所安，弗敢專也，必以分人．」對曰：「小惠未徧，民弗從也．」公曰：「犧牲玉帛，弗敢加也，必以信；」對曰：「小信未孚，神弗福也；」公曰「小大之獄，雖不能察，必以情．」對曰：「忠之屬也．可以一戰．」戰則請從，公與之乘，戰於長勺．公將鼓之，劌曰；「未可！」齊人三鼓，劌曰：「可矣！」齊師敗績，公將馳之，劌曰：「未可！」下觀其轍，登軾而望之，曰，「可矣！」遂逐齊師．既克，公問其故，對曰：「夫戰，勇氣也．一鼓作氣，再而衰，三而竭．彼竭我盈，故克之．夫大國難測也，懼有伏焉．我視其轍亂，望其旗靡，故逐之．」』（左傳，莊公十年．）

『晉程鄭卒,子產始知然明,問爲政焉。對曰:「視民如子,見不仁者誅之,如鷹鸇之逐鳥雀也。」子產喜,以語子大叔,且曰:「他日吾見蔑之面而已,今吾見心矣。」子大叔問政於子產,子產曰:「政如農功,日夜思之,思其始而成其終,朝夕而行之,行無越思,如農之有畔,其過鮮矣。」』(左傳襄公二十六年)

孔子的春秋,終於魯哀公十四年,左邱明的傳,則書孔子卒,直至哀公二十七年始告終止。

記載自公元前九九〇年(卽周穆王十二年)至公元前四百五十三年(卽周貞定王十六年)的諸國的史蹟者,有國語一書。相傳這部書亦爲左邱明所作。邱明作春秋傳意有未盡,『故復采錄前世穆王以來,下訖魯悼智伯之誅,邦國成敗,嘉言善語,……以爲國語』。但有的人則以爲左邱明並沒有著這部書。這部書的性質與春秋傳不同。春秋傳是編年的體例,國語則分國敍述。國語共有二十一卷,分敍周(三卷),魯(二卷),齊(一卷),晉(九卷),鄭(一卷),楚(二卷),吳(一卷)及越(一卷)等八國的重要的史事。牠在文學上亦有偉大的影響。

現在舉一二個例在下面，以見牠的敍寫的一斑：

『趙文子與叔向遊於九原曰：「死者若可作也吾誰與歸？」叔向曰：「其陽子乎？」文子曰：「夫陽子行廉直於晉國，不免其身，其智不足稱也。」叔向曰「其舅犯乎？」文子曰：「夫舅犯見利而不顧其君，其仁不足稱也。其隨武子乎！納諫不忘其師，言身不失其友，事君不援而進，不阿而退，』（國語晉語）

『越王勾踐棲於會稽之上，乃號令於三軍曰：「凡我父兄昆弟及國子姓，有能助寡人謀而退吳者，吾與之共知越國之政。」大夫種進對曰：「臣聞之，賈人夏則資皮，冬則資絺，旱則資舟，水則資車，以待乏也。夫雖無四方之憂，然謀臣與爪牙之士，不可不養而擇也；譬如簑笠，時雨既至，必求之。今君王既棲於會稽之上，然後乃求謀臣，無乃後乎？」勾踐曰：「雖得聞子大夫之言，何後之有！」執其手而與之謀，遂使之行成於吳。……』（國語，越語。）

繼續國語的體例，而敍三家分晉至楚漢未起之前的重要史事者，有戰國策一書。戰國策在文學上的權威，不下於春秋左傳及國語；大部分的讀者且喜歡戰國策過於左傳與國語。在戰國策裏面，我們看不到一切迂腐的言論與一切遵守傳統的習慣與道德的行動;這個時代是一個新的時代,舊的一切,已完全推倒,完全摧毀,所有的言論都是獨創的,直捷的,包含可愛的機警與雄辯的;所有的行動都是勇敢的,不守舊習慣的,都是審辨直接的利害極爲明瞭的,因此,戰國策遂給讀者以一個新的特創的內容.牠如一部世紀的中歐洲的傳奇,如一部記述『魏蜀吳』三國的史事的小說三國志,使讀者永遠的喜歡讀牠.戰國策初名國策或名國事,或名短長,或名長書,或名修書,卷帙亦錯亂無序,漢時,劉向始把牠整理過,定名爲戰國策,分之爲三十三篇.所叙的諸國爲東周(一篇),西周(一篇),秦(五篇),齊(六篇),楚(四篇),趙(四篇),魏(四篇),韓(三篇),燕(三篇),宋衞(一篇),及中山(一篇).底下舉了牠的三段文字,可以略見牠的風格與內容的一斑:

『甘茂亡秦,且之齊.出關遇蘇子,曰:「君聞夫江上之處女乎?」蘇子曰:「不聞!」曰,「夫江上之處女,有家貧而無燭者,處女相與語欲去之.家貧無燭者將去矣,謂處女曰;「妾以無燭,故常先至掃室布席。何愛餘明之照四壁者？幸以賜妾，何妨於處女？妾自以有益於處女，何爲去我？」處女相語以爲然而留之。今臣不肖，棄逐於秦，願爲足下掃室布席，幸無我逐也。」蘇子曰：「善，請重公於齊。……」』（秦策二）

『靖郭君將城薛；客多以諫。靖郭君謂謁者無爲客通。齊人有請者曰：「臣請三言而已矣！益一言，臣請烹！」靖郭君因見之。客趨而進曰：「海大魚！」因反走。君曰：「客有於此。」客曰：「鄙臣不敢以死爲戲。」君曰：「亡，更言之。」對曰：「君不聞大魚乎？網不能止，鉤不能索，蕩而失水，則螻蟻得志焉。今夫齊亦君之水也？君長有齊，奚以薛爲？失齊，雖隆薛之城到於天，猶之無益也。」君曰，「善！」乃輟城薛。（齊策一）

『張儀爲秦破從連橫，說楚王曰：「秦地半天下，兵敵四國，被山帶河，四塞以爲固，虎賁之士百餘萬；車千乘，騎萬匹，粟如丘山，法令既明，士卒安難樂死；主嚴以明，將知以武，雖無出兵甲，席卷常山之險，折天下之脊。天下後服者先亡。且夫爲從者無以異於驅羣羊而攻猛虎也。夫虎之與羊，不格明矣，今大王不與猛虎而與羣羊，竊以爲大王之計過矣！凡天下强國，非秦而楚，非楚而秦。兩國敵侔交爭，其勢不兩立。而大王不與秦。秦下甲兵，據宜陽，韓之上地不通，下河東，取成皋，韓必入臣於秦。韓入臣，魏則從風而動。秦攻楚之西，韓魏攻其北，社稷豈得無危哉！且夫約從者，聚羣弱而攻至強也。夫以弱攻強，不料敵而輕戰，國窮而驟舉兵，此危亡之術也。臣聞之，兵不如者勿與挑戰，粟不如者勿與持久。夫從人者飾辯虛辭，高主之節行，言其利而不言其害。卒有楚禍，無及爲已。是故願大王之熟計之也……」』（楚策一）

除了上面的幾部史書以外，尚有逸周書，竹書紀年及穆天子傳等幾部。逸周書的性質與尙書相同。相傳爲晉時束晳所見之『汲冢書』之一。或謂此書非汲冢中所出，乃爲孔子刪削尙書之所遺者。竹書紀年的性質，與春秋相同，記黃帝至周隱王之重要史事，文字極簡單，相傳亦爲束晳所見之汲冢書之一。但後來的人也頗有疑其非汲冢的原本者。穆天子傳亦爲汲冢中書之一。體裁與尙書春秋二書俱極異，乃敘周穆王遊行之事。左傳言：『穆王欲肆其心，周行於天下，皆使有車轍馬跡焉。』大約穆王的遊行天下的事，必爲當時所盛傳者；所以有人記錄他的遊跡，作爲此傳。文字多殘闕。現在錄其一節如下：

『庚戌，天子西征，至於玄池。天子休於玄池之上，乃奏廣樂，三日而終，是曰樂池。天子乃樹之竹，是曰竹林。癸丑，天子乃遂西征。丙辰，至於苦山西膜之所茂苑。天子於是休獵，於是食苦。丁巳，天子西征。己未，宿於黃鼠之山西口，乃遂西征。癸亥，至於西王母之邦。

『吉日甲子，天子賓於西王母。乃執白圭玄璧，以見西王母，好獻錦組百純，□組三百純。西王母再拜受之口。乙丑，天子觴西王母於瑤池之上。西王母爲天子謠曰：「白雲在天，山陵自出。道里悠遠，小川間之。將子無死，尙能復來。」天子答之曰：「予歸東土，和治諸夏。萬民平均，吾顧見汝。比及三年，將復而野。」西王母又爲天子吟曰：「徂彼西土，爰居其野。虎豹爲羣，於鵲與處。嘉命不遷，我惟帝女。彼何世民，又將去子。吹笙鼓簧，中心翔翔。世民之子，唯天之望。」天子遂驅升於弇山，乃記名跡於弇山之石，而樹之槐，眉曰西王母之山。』（穆天子傳卷二至三）

像穆王這樣的周遊天下，遠適荒僻，是中國的人民所甚爲驚奇不置的，所以當時關於這一件事的傳說流傳各處。列子書中亦有周穆王一篇，所叙之事，亦與此傳大體相同。這一部書，對於考察古代中國的地理產物也極有用處；牠的體例又是古代的史書中之最特創的.

尙有越絕書,吳越春秋及晉史乘,楚史檮杌諸書,大概都是纂輯古書中的記載而爲之的.越絕記越王句踐前後的事,相傳爲子貢撰、或子胥所爲,俱爲依託之言.或斷定爲漢時袁康吳平所撰.吳越春秋叙吳越二國之事,自吳太伯起至句踐伐吳爲止.亦爲漢人所作.(古今逸史題爲漢,趙曄撰.)晉史乘及楚史檮杌二書,則歷來書目俱不載,至元時乃忽出現.顯然是好事者所僞作的.二書前有元大德十年吾邱衍序,以爲此二書乃他所發現,實則卽他自己輯集左傳,國語,說苑,新序及諸子書中關於晉楚的記事而編成的.

三

在中國古代哲學家所著的書中,有許多是帶有很豐富的文學的意味的;許多的哲學家都喜歡用很美麗的文辭,很有文學趣味的比喻以傳達他們的哲學思想.這許多哲學家都是生活在公元前五百七十年(周靈王時)至公元前二百三十年（秦始皇時）中間的。這個時代。正是春秋戰國的時代。中國各處都繼續的陷在局部戰爭之中，政治的紛擾達於極點；同時，傳統的道德社會階級，以及思想，都爲這個擾亂所摧壞。於是新的創造的哲思，紛然的產生出來，有的表現消極的厭世的破壞的思想，有的努力欲維持古代的傳統的積極的思想，有的欲以仁愛及實用之學救此擾亂，有的則欲以嚴明的政治及法律救此擾亂。思想的勃蓬與絢爛，爲中國哲學界前所未曾有，後所未曾有且離開他們的本身的價值而言，他們的在文學上的影響，亦爲以前及以後的所有論哲理的書所未曾有。這時代的哲學書有許多是後來文學者所承認爲最好的不朽的作品，如孟子，如莊子，如列子，如韓非子等書卽是一例。

這些哲學家中，最先出現者爲老子。老子姓李，名耳，字聃，楚國人。關於他的神話甚多，有的說他活了二百餘歲，有的說他入關仙去，後世的人遂以他爲『道教』的始祖。孔子曾見過他。因爲他做過周守藏室之史。所以孔子向他問禮。大約他的生活時代與孔子相差不遠，其生當在公元前七百五十年（周靈王初年）左右，其卒至晚當在公元前四百七十年（周元王時）以前。老子所代表的思想是消極的厭世的思想。他的書有道德經上下二篇，共八十一章，文字極簡捷，他因爲當時政治的齷齪，言治者紛然出而天下愈擾，於是主張無爲，主張無治，以爲：『不尙賢，使民不爭，不貴難得之貨，使民不爲盜，不見可欲，使民心不亂。是以聖人之治，常使民無治無欲。』『鷄犬之聲相聞，而民至老死不相往來，』這就是他的理想國的景象。他不主張法治，以爲：『民不畏死，奈何以死懼之！』他不喜歡賢能與强力，而以謙下與柔弱爲至德。他說：『江海所以能爲百谷王者，以其善下之，故能爲百谷王。』又說：『天下莫柔弱於水，而攻能强者，莫之能勝，其無以易之！』他的悲觀，極爲澈透。他說：『天地不仁，以萬物爲芻狗；聖人不仁，以百姓爲芻狗。』這種悲觀的消極的思想，在當時極爲流行；一部分的人，以生爲苦，於是唱着『知我如此，不如無生！』一部分的人，則流於玩世不恭，譏笑一切僕僕道路的以救民救世爲己任的人，如論語中所載長沮桀溺諸人都是.

老子　吳道子作

因爲這一派厭世的消極的思想的流行，於是孔子便起來反抗他們的思想，宣傳堯舜文武之治，努力維持傳統的政治的與社會的道德，以中庸的積極的態度，始終不懈的從事於改良當時的政治，以復於他所理想的古代淸明的政治狀況。他在當時的影響極大，主要的弟子有七十餘人，他名丘，字仲尼，魯國人，生於公元前五百五十一年（卽周靈王二十一年）卒於公元前四百七十九年（卽周敬王四十一年）他的事蹟與言論，許多書上都有記載着，但以論語所記者爲最可靠。他曾做過魯國的司空及司寇，後來去官周遊列國，到了六十八歲時，復回魯地，專心著述，編訂尚書詩經，周易及春秋，還訂定了禮與樂，卒時年七十三。孔子的思想是入世的，是極爲積極的。論語雖爲曾子的門人所記，文字雖極簡樸直捷，却能把孔子的積極的思想完全表現出。老子主張無治無爲，孔子則主張有爲，主張政刑與德禮爲治世者所必要，他說：『道之以政，齊之以刑，民免而無恥，道之以德，齊之以禮，有恥且格。』孔子是竭力欲維持傳統的道德的，所以齊陳恒殺其君，孔子三日齋而請伐齊。季氏舞八佾於庭，孔子說道：『是可忍也孰不可忍也！』當時的人，常譏嘲孔子之僕僕道路，而無所成，但孔子則不悲觀，不為他們所動，仍舊積極的做去。『楚狂接輿歌而過孔子曰：「鳳兮，鳳兮！何德之衰！往者不可諫，來者猶可追。已而，已而，今之從政者殆而。」孔子下，欲與之言，趨而辟之，不得與之言。長沮桀溺耦而耕，孔子過之，使子路問津焉。長沮曰：「夫執輿者為誰？」子路曰：「為孔邱。」曰：「是魯孔邱歟？」曰：「是也。」曰：「是知津矣！」問於桀溺，桀溺曰：「子為誰？」曰：「為仲由。」曰：「是魯孔邱之徒與？」對曰：「然。」曰：「滔滔者天下皆是也，而誰以易之！且而與其從辟人之士也，豈若從辟世之士哉。」耰而不輟。子路行以告。夫子憮然曰：「鳥獸不可與同羣。吾非斯人之徒與而誰與！天下有道，邱不與易也！」』（論語微子）這種精神，真足以感動一切時代的人！

較孔子略後，而與孔子具有同樣的積極的救世的精神者為墨子。墨子為主張博愛、非攻的哲學者，他的勢力，在當時亦極大。老孔墨三派的思想，在當時幾乎三分天下.墨子名翟,或以他爲宋人,或以他爲魯人.他的生活時代約在公元前五百年（卽周敬王時）至公元前四百十六年（卽周威烈王時）之間.關於墨子的書,有墨子五十三篇.但未必爲墨子所自著,大約一部分是墨者記述墨子的學說與行事的,一部分是後人加入的.墨子一方面有孔子的積極救世的精神,其救助被損害之國的熱忱,且較儒者爲尤强烈.孟子的『墨子兼愛,摩頂放踵利天下,爲之』數語,卽足表現他的精神.楚國使公輸般造雲梯欲攻宋,墨子走了十日十夜,趕去見公輸般,說服了他,使他中止攻宋.這件事是最使世人稱道的.但同時他又與儒家有好幾點反對.儒者主張王者之師,並不反對戰爭,墨子則澈底的主張非攻.儒者主張愛有等次,墨子則主張博愛.儒者不信鬼,而信天命;重禮樂,重視喪葬之事.墨子則主張明鬼而非命,提倡節葬而非樂.下面錄墨子中的一段,可以略見他的思想:

『今有一人,入人園圃,竊其桃李,衆聞則非之,上爲政者得則罰之.此何也?以虧人自利也.至攘人犬豕雞豚者，其不義又甚入人園圃竊桃李。是何故也？以虧人愈多，其不仁茲甚，罪益厚。至入人欄廐，取人馬牛者，其不仁義又甚攘人犬豕雞豚，此何故也？以其虧人愈多。苟虧人愈多，其不仁茲甚，罪益厚。至殺不辜人也，拖其衣裘，取戈劍者，其不義又甚入人欄廐取人馬牛。此何故也？以其虧人愈多。苟虧人愈多，其不仁茲甚矣，罪益厚。當此天下之君子，皆知而非之，謂之不義。今至大爲攻國，則弗知非，從而譽之，謂之義。此何謂知義與不義之別乎？殺一人，謂之不義，必有一死罪矣。若以此說往，殺十人，十重不義，必有十死罪矣，殺百人，百重不義，必有百死罪矣，當此天下之君子，皆知而非之，謂之不義。今至大爲不義攻國，則弗之非，從而譽之，謂之義。……今有人於此，少見黑，曰黑，多見黑曰白，則以此人不知白黑之辯矣。少嘗苦曰苦，多嘗苦曰甘，則必以此人爲不知甘苦之辯矣。今小爲非則知而非之，大爲非攻國，則不知而非之，從而譽之，謂之義，可謂知義與不義之辯乎？是以知天下之君子也，辯義與不義之亂也。」

（非攻上）

儒，老，墨三派，互相辨難，都各有他們的信徒。到了後來，儒墨之中又各分派，儒分爲八，墨離爲三。墨中的鉅子，其著作大約都已包含於墨子一書之中。儒中的重要者，則著書頗多；大學相傳爲曾子及其門人所作的。中庸相傳爲孔子之孫子思所作，又有孝經，相傳爲孔子爲曾子所說的，由後人記載下來。還有其他各書，但他們都不甚重要。其中最重要的，且最有影響於後來的文學的作品的是孟子和荀子二人所著的書。

孟　子

孟子名軻，鄒人。生於公元前三百七十二年（即周烈王四年），卒於公元前二百八十九年（即周赧王二十六年）；卒時，年八十四。他曾受業於子思的門人，見過齊宣王，梁惠王，所如不合，『退而與萬章之徒，序詩書，述仲尼之意，作孟子七篇。』（史記）有的人頗疑孟子，以爲係後人所僞作，有的人則以爲孟子一書未必爲軻所自著，而是弟子所記述的。大約以後說爲較可靠。當孟子時，天下競言功利，以攻伐從橫爲賢，孟子乃稱述唐虞三代之德，痛言功利之害，宣傳仁義之說，努力維持傳統的道德。是以時人都以他爲『迂遠而闊於事情』。但他一方面卻亦染了戰國辨士之風，頗好辨難，喜以喻比宣達他的見解。因此，孟子一書較之論語及孝經諸書，其文辭更富於文學的趣味；辭意駿利而深切，比喻贍美而有趣，使牠的讀者都很喜歡牠。下面舉幾個例：

『梁惠王曰：「寡人之於國也，盡心焉耳矣。河內凶，則移其民於河東，移其粟於河內，河東凶亦然。察鄰國之政，無如寡人之用心者。鄰國之民不加少，寡人之民不加多，何也？」孟子對曰：「王好戰，請以戰喻。塡然鼓之，兵刃既接，棄甲曳兵而走，或百步而後止，或五十步而後止。以五十步笑百步，則何如？」曰：「不可，直不百步耳，是亦走也。」曰：「王如知此，則無望民之多於鄰國也。不違農時，穀不可勝食也。數罟不入洿池，魚鼈不可勝食也。斧斤以時入山林，材木不可勝用也。穀與魚鼈不可勝食，材木不可勝用，是使民養生喪死無憾也。養生喪死無憾，王道之始也。五畝之宅，樹之以桑，五十者可以衣帛矣。雞豚狗彘之畜，無失其時，七十者可以食肉矣。百畝之田，勿奪其時，數口之家，可以無飢矣。謹庠序之教，申之以孝悌之義，頒白者不負戴於道路矣。七十者衣帛食肉，黎民不飢不寒，然而不王者，未之有也！狗彘食人食而不知檢，塗有餓莩而不知發。人死，則曰，非我也歲也。是何異於刺人而殺之曰，非我也兵也。王無罪歲，斯天下之民至焉。』

孟子

（梁惠王上）

『孟子謂齊宣王曰：「王之臣有託其妻子於其友，而之楚遊者。比其反也，則凍餒其妻子，則如之何？」王曰：「棄之。」曰：「士師不能治士，則如之何？」王曰：「已之。」曰：「四境之內不治，則如之何？」王顧左右而言他。』（梁惠王下）

『齊人有一妻一妾而處室者。其良人出，則必饜酒肉而後反。其妻問所與飲食者，則盡富貴也。其妻告其妾曰：「良人出，則必饜酒肉而後反。問其與飲食者，盡富貴也。而未嘗有顯者來。吾將瞷良人之所之也。」蚤起，施從良人之所之。徧國中無與立談者。卒之東郭墦閒之祭者，乞其餘。不足，又顧而之他。此其爲饜足之道也。其妻歸，告其妾曰：「良人者，所仰望而終身也。今若此！」與其妾訕其良人，而相泣於中庭。而良人未之知也，施施從外來，驕其妻妾。由君子觀之，則人之所以求富貴利達者，其妻妾不羞也，而不相泣者幾希矣。』（離婁下）

荀子名況，字卿，趙人。初在齊，三爲祭酒。齊人或讒荀卿，卿乃適楚。春申君用他爲蘭陵令。春申君死，荀卿失官，因家蘭陵。著書數萬言而卒。卿的生活時代約在公元前三百十年至公元前二百三十年左右。他的書荀子，有三十三篇，內有賦五篇，詩二篇。漢魏六朝以至唐，最盛行之文體之一，卽爲賦，而其名實荀卿始創之。荀卿並不墨守儒家的思想；他批評墨道及諸子之失時，對於儒家之子思，孟子也不肯放過。他主張人性是惡的，反對孟子性善之說；主張法後王，反對儒家法先王之說；又主張人治，反對天治，對於盤據於中國人的心中的『相』的觀念，加以嚴肅的駁詰。他的文字純渾而暢直。舉一例於下：

『天行有常，不爲堯存，不爲桀亡，應之以治則吉，應之以亂則凶，彊本而節用，則天不能貧，養備而動時，則天不能病，修道而不貳，則天不能禍。故水旱不能使之饑渴，寒暑不能使之疾，祅怪不能使之凶。本荒而用侈，則天不能使之富，養略而動罕，則天不能使之全，倍道而妄行，則天不能使之吉。故水旱未至而饑，寒暑未薄而疾，祅怪未至而凶；受時與治世同，而殃禍與治世異，不可以怨天，其道然也。……』

（天論篇）

道家自老子之後，最著者有列子與莊子，他們所著的書，俱爲後來文學者所最喜悅者．列子名禦寇，其生年略前於莊子，所著書名列子．或謂列子並無其人，其書乃後人雜采諸書以爲之者．但其文辭却絢麗而婉曲盡致，很能使讀者感動．舉一段爲例：（或謂列子爲六朝人所僞作．）

『詹何以獨繭絲爲綸，芒鍼爲鉤，荊篠爲竿，剖粒爲餌，引盈車之魚於百仞之淵，汨流之中，綸不絕，鉤不伸，竿不橈．楚王聞而異之，召問其故．詹何曰：「臣聞先大夫之言，蒲且子之弋也，弱弓纖繳，乘風振之，連雙鶬於青雲之際，用心專，動手均也．臣因其事，放而學釣，五年始盡其道．當臣之臨河持竿，心无雜慮，唯魚之念；投綸沈鉤，手无輕重，物莫能亂．魚見臣之釣餌，猶沈埃聚沫，吞之不疑．所以能以弱制彊，以輕致重也．大王治國誠能若此，則天下可運於一握，將亦奚事哉！」楚王曰：「善．」』（湯問篇）

莊子名周，蒙人．嘗爲蒙漆園吏．與梁惠王，齊宣王同時．約死於公元前二百七十五年左右．他甚博學，最喜老子的學說．著書十餘萬言．其文字雄麗洸洋，自恣以適已．『以天下爲沈濁，不可與莊語，以巵言爲曼衍，以重言爲真，以寓言爲廣．獨與天地精神往來，而不敖倪於萬物，不譴是非，以與世俗處．……上與造物者游，而下

莊子

與外生死無終始者爲友。……』他的書，莊子現在存三十三篇，其中讓王，說劍，盜跖，漁父諸篇，是後人僞作的。在下面舉的兩個例裏，可以見他的美麗而雄辯的文辭的一斑：

『孔子見老聃而語仁義。老聃曰：「夫播糠眯目，則天地四方易位矣，蚊虻噆膚，則通昔不寐矣。夫仁義憯然，乃憤吾心，亂莫大焉。吾子使天下无失其朴，吾子亦放風而動，總德而立矣。又奚傑然若負建鼓而求亡子者邪？夫鵠不日浴而白，烏不日黔而黑。黑白之朴，不足以爲辯，名譽之觀，不足以爲廣。泉涸，魚相與處於陸，相呴以溼，相濡以沫，不若相忘於江湖。」』（天運）

『秋水時至，百川灌河，涇流之大，兩涘渚崖之間不辯牛馬。於是焉河伯欣然自喜，以天下之美爲盡在己。順流而東行至於北海。東面而視，不見水端。於是焉河伯始旋其面目，望洋向若而歎曰：「野語有之曰，聞道自以爲莫己若者，我之謂也。且夫我嘗聞少仲尼之聞，而輕伯夷之義者，始我弗信。今我睹子之難窮也。吾非至於子之門，則殆矣！吾長見笑於大方之家！」北海若曰：「井鼃不可以語於海者，拘於虛也；夏虫不可以語於冰者，篤於時也；曲士不可以語於道者，束於教也。今爾出於崖涘，觀於大海，乃知爾醜，爾將可與語大理矣。天下之水，莫大於海。萬川歸之，不知何時止，而不盈；尾閭泄之，不知何時已，而不虛。春秋不變，水旱不知。此其過江河之流不可爲量數，而吾未嘗以此自多者，自以比形於天地，而受氣於陰陽，吾在天地之間，猶小石小木之在大山也，方存乎見少，又奚以自多！計四海之在天地之間也，不似礨空之在大澤乎？計中國之在海內，不似稊米之在大倉乎？號物之數謂之萬，人處一焉。人卒九州穀食之所生，舟車之所通，人處一焉，此其比萬物也，不似毫末之在於馬體乎？五帝之所連，三王之所爭，仁人之所憂，任士之所勞，盡此矣！伯夷辭之以爲名，仲尼語之以爲博，此其自多也，不似爾向之自多於水乎？」河伯曰：「然則，我大天地而小毫末，可乎？」「北海若曰：「否，夫物，量无窮，時无止，分无常，終始无故，是故大知觀於遠近。……由此觀之，又何以知毫末之足以定至細之倪？又何以知天地之足以窮

至大域？」……』（秋水）

中國古代的重要的思想家，在道儒墨三派的範圍以外者，尚有不少，如楊朱，如惠施，如公孫龍，如鄧析，如宋鈃，如尹文，如申不害，如尸子，如商君，如許行，如騶衍如田駢，如愼到，如韓非，都是各樹一幟，以宣傳他們的思想與主張．但他們的思想多少總受有儒道墨三大派的影響．他們所著的書，大部分都已散逸，（如楊朱，惠施，宋鈃，許行，騶衍，田駢等，我們只能從別的書中，見到他們的重要的主張．）如列子中有楊朱一篇，言楊朱思想甚詳，孟子中亦言及許行的主張）這些人，我現在不講．至於在那有書遺留下來的『諸子』中，有一部分卻是後人搜集重編的（如尸子），有一小部分又顯然可以看見他是僞託的（如商子，）這些人，我現在也不講．公孫龍，鄧析，諸人，他們的書雖尚存在，但也不甚重要，且對於後來的文學者也無什麼影響，所以我現在也不講．只有韓非一人，我們應該加以注意．

韓非是韓國的諸君子，喜刑名法術之學．與李斯同事荀卿．他口吃，不能說話，而善於著書．他看見韓國日以削弱，數以書諫韓王，不見用，進作孤憤，五蠹，內外儲，說林，說難十餘萬言以見志．後韓國使非於秦，非在秦被李斯諸人所殺．他死的時候，是公元前二百三十三年（卽秦始皇十四年）．他的書，韓非子，有五十五篇，其中一部分是他自己著的，一小部分是後人加入的．他的文辭緻密而深切，後來論文家受他的影響者甚多．現在舉其一段於下，以爲例：

『上古之世，人民少而禽獸衆，人民不勝禽獸蟲蛇，有聖人作，搆木爲巢以避羣害，而民悅之，使王天下，號曰有巢氏．民食果蓏蜯蛤，腥臊惡臭而傷害腹胃，民多疾病，有聖人作，鑽燧取火以化腥臊，而民悅之，使王天下，號之曰燧人氏．中古之世，天下大水，而鯀禹決瀆．近古之世，桀紂暴亂，而湯武征伐．今有搆木鑽燧於夏后氏之世者，必爲鯀禹笑矣．有決瀆於殷周之世者，必爲湯武笑矣．然則今有美堯舜湯武禹之道於當今之世者，必爲新聖笑矣．是以聖人不期修古，不法常行．論世之事，因爲之備．宋人有耕田者，田中有株，兔走觸株，折頸而死．因釋其耒而守株，冀復得兔．兔不可得，而身爲宋國笑．今欲以先王之政，治當世之民，皆守株之類也．……』（五蠹）

管仲　春秋時的大政治家

此外尚有管子一書，託名管仲著，晏子一書，託名晏嬰著，孫子一書，託名孫武著，吳子一書，託名吳起著，以及其他如鬻子之數，皆爲後人所作，且對於後來文學者俱無大影響，所以這裏也都不講。

春秋戰國時代的燦爛無比的思想界，到了戰國之末，漸漸的衰落下來；於是有秦相呂不韋集許多賓客，使各著所聞，以爲八覽六論十二紀，名之曰呂氏春秋。這一部無所不包的雜書，就是中國古代思想界的總結束。到了秦始皇統一各國，焚天下之書，以愚天下人民之耳目；各種的思想便一時被撲滅無遺。漢興，儒道二派的餘裔，又顯於世，但俱苟容取媚於世，已完全沒有以前的那種精神與積

極的主張了.（呂氏春秋的文字也與牠的內容一樣的混雜，沒有什麼可以特敘的價值）

參考書目

一．尚書　漢孔安國傳，（實爲梅賾所僞託）有相台五經本．（相台五經，爲宋岳珂所刻，金陵書局有翻刻本）

二．尚書正義　唐孔穎達等撰．有阮元刻的十三經注疏本．

三．尚書讀本　宋蔡沈撰，坊刻本極多．此書代表朱熹一派的見解，與漢唐儒的見解相反抗者．

四．尚書古文疏證　清閻若璩撰，同治六年振綺堂刊本．

五．春秋經　春秋經單刻本極少見，多附於左傳．

六．春秋左氏傳　晉杜預注，有相台五經本．

七．春秋左傳正義　唐孔穎達等撰，有阮元的十三經注疏本．

八．春秋公羊傳　以漢何休的注本爲最流行．此書有十三經注疏本．

九．春秋穀梁傳　以晉，范寧的注本爲最流行．此書有十三經注疏本．

十．國語　吳韋昭注，通行本極多．以士禮居叢書本爲最精．

十一．戰國策　漢，高誘注，通行本極多，士禮居叢書內亦有之．

十二，竹書紀年　有古今逸史本，漢魏叢書本，及平津館叢書本．

十三．逸周書　有漢魏叢書本．淸丁宗洛有逸周書管箋一書，通行本．

十四．吳越春秋及越絕書有漢魏叢書本及古今逸史本．（古今逸史僅見有明刊本；未知近有翻刊本否．）

十五晉史乘及楚史檮杌有古今逸史本．

十六．穆天子傳　有漢魏叢書本，及平津館叢書本．

十七．老子　老子的刻本極多，以世德堂刊的六子本爲最好．（世德堂六子有影印本．）

十八．論語注疏　魏，何晏集解，宋邢昺疏，有十三經注疏本．

十九．論語讀本　宋朱熹集註，通行本極多．

二十．墨子　墨子的注本，有畢沅校的墨子，有孫詒讓注的墨子閒詁．此二書俱甚易得．

二十一．大學中庸．　有朱熹的四書集註本孝經有十三經注疏本．

二十二．孟子　有漢趙岐注，宋孫奭疏的本子，（十三經注疏本．）有宋朱熹集注的本子（四書集註本）

二十三．荀子　通行本俱爲楊倞注的．近有王先謙的荀子集解出版．（荀子集解有原刊本，有商務印書館影印本）．

二十四．列子　晉張湛注，通行本極多，以世德堂六子本爲最好．

二十五．莊子　晉郭象注．通行本極多，以世德堂六子本爲最好．近王先謙有莊子集解出版．（莊子集解有原刊本，有商務印書館影印本）．

二十六．韓非子　通行本甚多，近有王先謙韓非子集解．

二十七．呂氏春秋　通行本甚多．

二十八．玉函山房輯佚書（馬國翰輯）中，搜輯了不少古代的『諸子』書．

二十九．彙刻各種『子』書，有湖北書局刻的百子全書及浙江書局刻的二十餘種．湖北書局刻的很不精細．近來，又有石印本的『百子全書』出版．

第九章　希臘與羅馬

第九章　希臘與羅馬

一

我們在講述希臘諸大詩人的成績之前，須先說說希臘的精神．希臘是一個很小的小國；但她在耶穌紀元前第五世紀中產生了一種無比的弘麗與高潔的文學，同時，在建築術與雕刻方面，也到達了極高的精美之境，又把算學，物理學及哲學的基礎打定了．有人說，『除了基督教以外，希臘人幾乎是近代世界所能誇揚的一切東西的創始者』．

希臘人的知識範圍極狹隘．他們不知道過去的史事．他們不知道地理．他們不知道別的人種的事．但他們卻具有一種大資產，卽一種美麗的文字，特別適宜於爲美麗的思想的不朽的表現，有力而且正確。希臘人自己是文明程度很高，但他們與野蠻人僅隔了一層極薄的藩籬。他們是歐洲人民的曙光，突然而照射出來的曙光。希臘人是一種青年民族，生活在早晨的清冷空氣中的。希臘人與希伯萊人之間，有一種極不相同處。希伯萊人以爲世界的憂愁是起因於不服從一位權威無上的上帝的法律的。希臘人則沒有「一神」的觀念，他們有無數的神，神與神之間，常常互相爭鬭，他們也時時參預於人間的事，他們都具有與凡人同樣的熱情，有他們自己的冒險故事。但在諸神之後的却有命運，神與人的運命都受其支配而不能反抗。那是希臘悲劇的流行的調子。牠帶來了一種偉大的莊嚴的意識「自己尊重」要求人類承受運命的判定而不反抗，且不隱冒事物的真相，不求那不可得的。「自己尊重」同時並迫人類避惡從善，毫不想到諸神的欲望。希臘人不是神祕的，乃是寫實的。有人說，在荷馬看來，海波『不過是鹽的水』希臘人看「死」即是「死」。死後的事，他不知道，也不耐煩去猜想。希臘人以爲人在世界上是孤獨的無助的站立着的，且因爲他時時的戰勝阻礙，莊嚴的承受命運的最嚴刻的判定，於是「人道」的崇拜成了希臘生活與希臘宗教的主要的特點。因爲這個崇拜，便愛慕使人類生活美好的一切物。這一切物中，「美」自然是第一。印度與埃及的偶像都是可怕可憎的，代表恐怖與權威的，但希臘人却只崇拜美麗的衆神，他們的雕像安放着崇拜者的夢與理想。希臘人於美之外，還愛正直自由與真理——一切都是爲人類的快樂所必要的。希臘人也許是因爲沒有古來相傳的風俗習慣，所以他們不是感傷的（Sentimental）。且因爲他們是寫實者，所以他們愛簡樸與不雕斲的。希臘的詩歌毫無繁縟的辭藻，如我們在英國詩人密爾頓（Milton）的失樂園（Paradise Lost）一詩中所見者。牠是樸素的。在希臘人的文學裏，如在他們的雕刻裏，他們成就了簡樸的直捷的美——直白的真實的美。

下面的三件事，我們必須特別注意。第一，希臘人是一種小民族，住在好幾處「城國」（City State）中的，每個城國都只有幾千人民；他們全體是臨海的。雅典是他們當中最著名，最有趣味的。希臘文學的最大部分，現在流傳下來給我們的，都是產生在這個小城國——地域不及今日倫敦的一個鄉郊，而居民則更爲稀少的小城國裏的。第二，希臘文學的大部分——約百分之八十——已散佚無存。所有流傳至今的小部分，都是被保存在亞歷山大城的。第三，希臘人戰勝了波斯，是歐洲愛國主義的產生。對於野蠻民族的懼怕，不僅激起了愛國之心，且使希臘人覺得他們自己是文化的保護者，是反抗野蠻民族的摧殘者。

希臘的精神，總括言之，乃是不虛飾的美，素樸，眞理，自由與正直的愛慕；而誇張，感傷及浮飾則爲他們所不喜。

古代的神話在本書第三章所述者，乃是希臘浪漫文學的實質。這些神話，展放在歐洲生活的初期，爲浪遊的歌者所唱詠，一代一代的覆述，增飾，在海西亞特(Hesiod)及荷馬裏，算是第一次被寫下來。在這些同樣的故事中，偉大的希臘戲曲家也尋到了他們戲劇的題材。

這是很可注意的，偉大的雅典的戲曲乃在很短的時間中產生出來。阿斯齊洛士(Aeschylus)在紀元前四百八十四年，得到他的第一次的奬金，而優里辟特的美狄亞(Medea)——他的藝術的最高的成功——則產生在紀元前四百三十一年。這五十三年的時間卽爲被稱許爲世界所有的最偉大的藝術品的全部的發達的時代。其情形與在依利沙白時代的英國(Elizabethan England)一樣，依利沙白的光華遠射的戲曲，如沙士比士諸人所作的，都不過在三十八年以內產生出來的。

二

早期的希臘戲曲，都是宗教的。他們是從禮神的舞蹈發生出來的；這種禮神的舞蹈是於春日，在狄奧尼沙士(卽巴考士，酒神，葡萄園之神，果神)的神座前舉行。直到大戲曲家阿斯齊洛士，沙福克里士(Sophocles)及優里辟特的盛時，這個葡萄園與果實之神，對於戲曲的密切關係尙不曾消滅。雅典劇場的第一排座位是留給教士們坐的，而狄奧尼沙士的教士却占據了正中的一把特別的曲臂椅．那時，所有的人民都可以到劇場裏去．當大政治家辟里克爾（Pericles, 495?-429）的時代，雅典正到了牠的權力與光榮的最高處，所有國民的觀劇費用都是由國家代付的．雅典的劇場可容三萬人．每個人都到劇場

雅典的劇場——可容三萬人，此爲演阿加米農時的情形．前面的一排椅子，爲教師所坐，狄奧尼沙士神的教士，獨坐於正中的曲臂椅上．(Sir W. B. Richmond作)

去．這是一種國家的義務．

所有表演的戲曲都是政府舉行競爭的結果，演劇的人，則受富人的俸給，如果一個戲曲作家要參預競爭，——每年只有三個競爭者——他必須先得到一部歌唱隊，這就是說，某一個富人爲你供給俸金於演唱你所寫的劇本的一羣伶人．因爲失敗的觀念是宗教慶典中不幸之兆．所以每個競爭者在這競爭中都能得到一個獎賞．

希臘的劇場，在上面所舉的三個大作家所代表的偉大的悲劇時代中，逐漸的發展起來．最初，所有的伶人的動作都在舞台與觀客之間的空地上表演，而他把所謂『舞台』(Scene)却並不是現在之所謂舞台，乃是一個布篷，伶人在裏面改換衣服的，且用來代表一個門，或一種通路的；同時並用來掩蔽觀客使他們看不見不表演的東西．因爲希臘的戲曲與我們現代的戲曲不同，所有不測的變故，如自殺，如謀害之類都是不在劇場中表演出的．在阿斯齊洛士的劇本裏，歌唱隊的人物占據了這個演劇的空地，因爲這個原因，且因爲歌唱隊是悲劇全部從那裏發展出來的元素，所以歌唱隊在戲曲的表演中占重要的部分。到了後來，劇場的技術漸漸進步，舞台成爲略略高出於平地的台，伶人的說話都在台上發出，而歌唱隊則留於台下的平地上，於是他們成了戲劇表演的輔助者，而不是表演中的一分子了，在優里辟特的許多劇本中，大部分都是這樣的。

演劇的人面戴大面具，這種大面具有增大語聲的力量，使演者的聲音能淸晰的於露天中達到劇場的衆多聽者之耳。他們穿着半靴，帶有極厚的靴底的大靴，因此、他們見得比平常人高大。因爲他們的服裝如此，且因爲他們所表演的故事是多用對話而不常用動作傳達出來，所以他們很少在舞台上走動。舞台下面，在空地上，歌唱隊團繞着狄奧尼沙士的神座，當伶人說話時，他們靜寂寂的不言不動；當他們的時間到了，他們的全體便唱着歌，跳着舞；他們唱時，並不是全體同時唱，却把隊員分爲兩部分，第一部分唱完了一歌，第二部分才接了下去唱。在告

喜劇的演者——古代的伶人多戴面具,着高底鞋.

訴故事裏有各種習慣.在戲曲表演之最初常有一個小引以表白其情境,不幸的事,如自殺之類,上面已說過,是不在舞台上表演出的,這種事實,常由一個預告者(Messenge)敘述給聽衆,他的說話,常是一篇戲曲的最高點.表演戲曲至結束時,常有一位神出來,用幾句安慰或和合的話把戲曲的悲劇的情感總結起來,使聽衆帶着和平的心意散歸.(在優里辟特的進步的技術裏,他的戲曲都是如此結局的,雖然他前輩的兩位戲曲作家.阿斯齊洛士與沙福克里士並不常常如此。)

三

阿斯齊洛士(Aeschylus)是三個偉大的希臘戲曲作家中的最先出現者。他是一個兵士。他生在公元前五百二十五年。當雅典軍隊大敗波斯軍隊於著名的麥拉松(Marathon)之戰時，他卽在雅典的軍隊中。這個小小的民族對於强大的波斯帝國的最後勝利在阿斯齊洛士的性格及他的作品上有很大的影響。他的戲曲恰是在一個英雄的時代所寫的，這個時代的人正都爲不期望的偶然的國家的勝利所激動。阿斯齊洛士寫他的第一篇劇本時，他只有二十六歲，這時正是奇異的世紀——公元前第五世紀——開始的第一年。他同英國的莎士比亞一樣，在他自己寫的戲曲裏當演員。他的戲曲據說有九十種，但流傳到現在的只有七種。有一個傳說，關於他的死亡的，據說：他的死是由於一個大鷹，誤認他的光頭爲一塊光石，將牠所不能啄破的龜殼，擲落在他頭上，因此，打死了他。

阿斯齊洛士——希臘最初的戲曲家

在阿斯齊洛士的戲曲裏，宗教的熱情與國家種族的光榮——麥拉松之勝利的光榮——合在一起．他是在依魯西斯(Eleusis)的，這個地方是現代人所不大明白其性質的那些宗教的神秘的家．當他在童年時，必經過精神的擾惑，尋求着人生問題的解釋，或者，他的擾惑，後來已經解除，到了他成人以後，他便堅信人類不能逃脫運命與復仇女神(Furies)的追捉．他的劇本的題材，乃取之於民間的神話．他自己曾說，他的悲劇不過是『荷馬的大宴席中的幾口羹菜』他的戲曲所以能不朽，所以能使二千四百餘年後的讀他們的人還很有興趣，還很愉快者，其原因在於他是一個勇敢而感動人的前驅者：他的音樂，是在他以前的人所毫未聽聞到的：他的著作裏充滿着恐怖，震慄的權威，激動的熱情。雅典的大喜劇作家阿里斯多芬(Aristophanes)責備阿斯齊洛士爲『誇大的』作家，而這就是他的偉大處。在他的戲曲裏，看不到戀愛的影子。他所喜敍的是原始的勢力；運命與恐怖，正直與不正直，他都給與他們以人格。阿斯齊洛士的權威是如此的震撼讀者，希臘人竟相信他的著作是由衆神的指點的。有一個故事說，當他是一個童子時，他到葡萄園裏去看榨葡萄，在那裏睡着了。當他睡時，狄奧尼沙士神到他面前，命令他去寫悲劇。他醒後，便開始去寫，便立刻成功了。沙福克爾曾說到他的這位偉大的競爭者道：『他做了他所應該做的，但却是不自知的做去的。』有幾個他同時的人說，他寫他的悲劇，都在他飲酒至醉之時。大約他的創造力與天才使他同時代的人非常驚異，所以他們只得爲他們尋出些超越人間的解釋。

在阿斯齊洛士僅存的七個劇本中，最有趣味的是『囚禁的柏洛美沙士』(Prometheus Bound)；這是一部三連劇中的第二篇。這部三連劇的第一篇名爲『取火者柏洛美沙士』(Prometheus Fire-Bearer)，第三篇名爲『柏洛美沙士的釋囚』(Prometheus Unbound)；第一第三兩篇都已散逸，(僅第三篇的一部分被西賽羅(Cicero)譯爲臘丁文，尙留傳於世)只有這第二篇的『囚禁的柏洛美沙士』尙完全的保存着。在這個劇本的開始，敍柏洛美沙士因觸怒了大神修士，被海泛斯託(Hephaestus)，即弗爾甘(Vulcan)鎖在一塊岩石上。修士正建立了他的天國，想毀滅了人類，在地球上傳播一種更好的生物。柏洛美沙士是幫助人類的。他偷了天上的火給人類，以阻止大神修士的毀滅人類的計劃，(火是一切藝術的最古者)又常常教導人類以木匠的技術，農耕的方法，以及醫藥，航海術等。修士因爲他有意反抗自己，便把他判了一個可怖的責罰。當他被縛在岩上時，他仍舊驕傲的沉默着。到了海泛斯託離開了他，他纔哭着向地與日訴說他本是一個神，卻被別的神所苦至此．海中的仙女也去訪問他．他心中只有一件高興的事，因爲大神修士將遇到的一個惡命運，只有他知道．他說，『修士將從最高的權威上一跌而無存．』他的預言達到了修士的耳中，便叫神的使者合爾姆士（Hermes）到他那裏去，問他詳細的情形．他不肯告訴，修士便降更酷虐的刑罰到他的身上．一個大鷹啄嚼他身上的肉，土地裂開了，他被鎖在那裏的那塊岩石，沉到深淵中去．在已散逸的第三篇『柏洛美沙士的釋囚』中，則敍柏洛美沙士與修士復相和好而得了釋放的事．阿斯齊洛士在這劇中所含的宗教的意義，討論的人極多．這部三連劇的道德是：『衆神知道法律的嚴肅的精神，但用他們的對於人道的天然的同情，養成了他們的性格．於是生了那新的秩序，那合理的法律的例條．』

阿斯齊洛士所創造的人物，最有趣味的，除了柏洛美沙士外，便是雄偉的戲曲阿加米農中的一位女主人翁克麗丁尼絲特拉（Clytemnestra）．克麗丁尼絲特拉是荷馬的依里亞特中的英雄阿加米農（Agamemnon）的妻子．她是一個鐵做

阿加米農劇中的中心人物——克麗丁尼絲特拉(The Hon. John Collier 作)

的人，當她殺阿加米農時，她並不覺得懦怯，也不憂歎。她是運命的代理人，正直的代理人，希臘人的典範的復仇女神。阿加米農是一個不大可愛的人，他妻子的嫉恨並不是沒有理由。但克麗丁尼絲特拉的罪過卻不能寬恕，她的責罰也無可躲避。她的兒子亞勒斯特（Orestes）為他父親復仇，於是在阿加米農的續篇曲爭里（Choephori）一劇中，亞勒斯特遂殺了他的母親。因此，他又彼夜的女兒們及刑罰的執行者依麗尼們（Erinnyes）所追捉。在第三劇優曼尼特（Fumenides）裏，亞勒斯特經過了大困苦之後，被衆神所赦免。這裏，如在所有別的地方一樣，阿斯齊洛士斷言，罪惡在被寬赦之前，必須受相當的刑罰。

阿斯齊洛士在公元前四百五十六年死於西西利（Sicily）。據說在一次雅典舉行盛大的戲曲爭競時，第一奬被他的後起的競爭者沙福克里士所得，於是他便憤怒的跑到西西利去。

四

沙福克里士(Sophocles)是文學史上性情最快活的大作家之一。他生於公元前四百九十五年，比阿斯齊洛士少了三十歲，比第三位大悲劇家優里辟特老過十五歲。當他在童年時，便以他的美貌與精熟音樂與體育著稱。當他十六歲他被選爲少年歌唱團的領袖，以慶賀薩拉米(Salamis)海戰的大勝利。他赤裸着頭戴着花圈手攜着琴出現在這個宴會中。他與阿斯齊洛士一樣，是在一種愛國的熱情的空氣中長成的，但他的少年卻在一個較安靜的時代裏度過，愛好藝術的雅典人，以偉大的光榮與愛感對待沙福克里士。他被他們稱爲『雅典的蜜蜂』(Attic Bee)。他的性格可於大喜劇家阿里斯多芬在他死後所說的一句話總束之：『仁愛的在冥國裏，一如他是在世上』。沙福克里士的得人民的普遍的崇信，可於下面的一件事實裏看出：當他五十七歲時，人民公舉他爲薩明戰役(Samian War)中的大將。被公舉大將而僅僅因爲他的詩人的天才，由現在的人看來，自然覺得詫異，但他當時受人民的如何的愛敬，卻由此可見。一個愛好「美」與「樂」的詩人，生在愛好「美」與「樂」的時代，自然難望他過着清教徒的道德的生活．中庸，但不禁慾，是典型的希臘道德．柏拉圖(Plato)說起，沙福克里士晚年的時候，他喜歡他自己能從熱情的奴役裏釋放出來．『我極快樂的從牠那裏逃出，我覺得我似乎是從一個發狂的憤怒的主人那裏逃出．』

沙福克里士所寫的劇本，共有百餘種，只有七種流傳於世，其餘的都已散佚無存．這七種是：國王奧特甫(Œdipus the King)奧特甫科洛納 (Œdipus Colonus)，阿琪克斯(Ajax)，

沙福克里士——希臘第二位劇曲家

安特宮(Antigone)，依勒克特拉(Electra)，特拉齊尼愛(Trachiniae)及菲洛克特(Philoctetes)他的戲曲較阿斯齊洛士的已有許多進步．他比阿斯齊洛士更爲人間的：從神歸到人從超人間歸到人間，從一種正直世界的宗教的信仰歸到合理的人生觀．他是典型的希臘人．在他的生活，與他的作品裏，他到達了希臘的大理想的和諧(the great Greek ideal of harmony)．但對於運命的信仰，他卻與阿斯齊洛士一樣；他不能逃出流行的希臘人的運命觀念的範圍．在戲曲的形式上，他對於阿斯齊洛士所創造的，也有許多變動．他給演劇者以較美觀的服裝，他增加歌唱團的人數，有的時候，他且允許三個演劇者同時出現於舞臺上．(阿斯齊洛士原來只許二個人在舞臺上．)在這個地方，對話便成爲更重要的了．他的戲曲較阿斯齊洛士寧靜得多．

安特宮一劇可算爲沙福克里士藝術的典型．底比斯的國王克里恩(Creon)下令禁止柏里尼塞(Polynices)屍身的埋葬．柏里尼塞是在一次攻城的戰役中

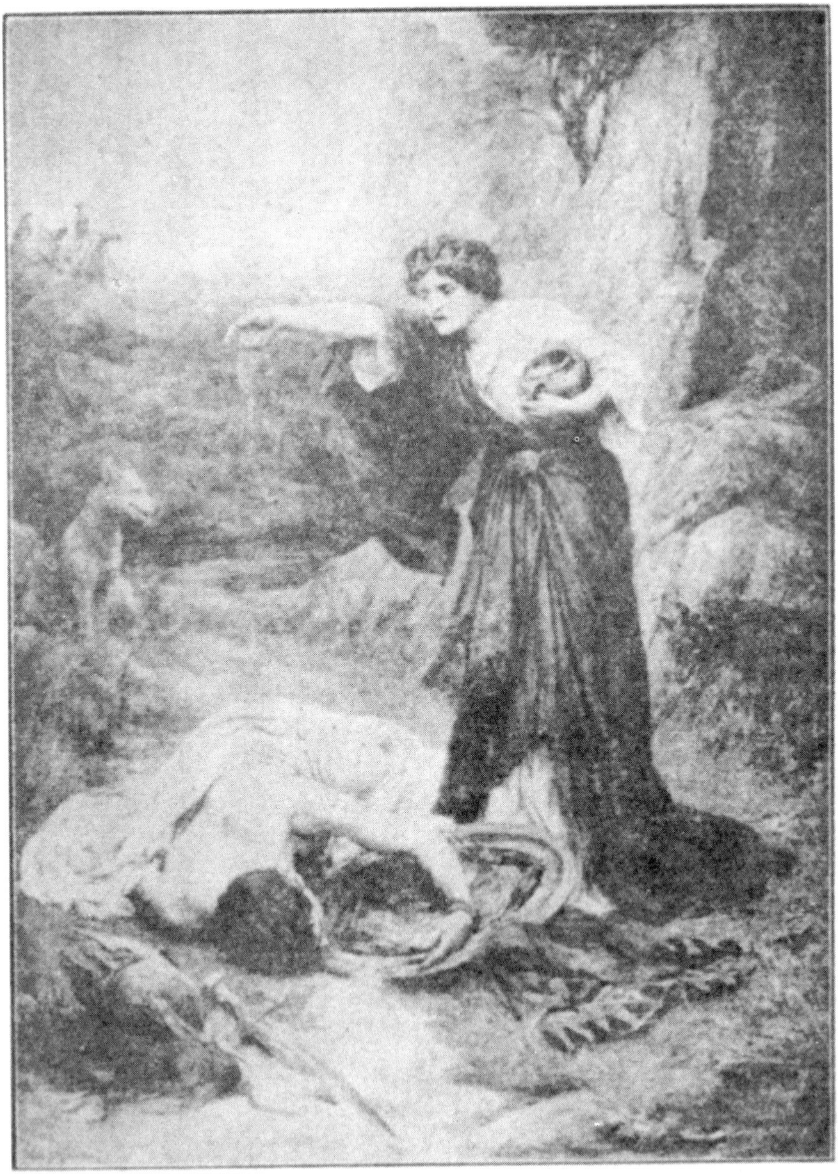

安特宮撒十在她的兄弟柏里尼塞的屍身上

(Victor J. Robertson 作)

被殺的國王下了一道命令說：『通告城中人民，不准埋葬他或悲哀他．他須要不哭，不爲他營墳，讓衆鳥去吃他的屍身．』柏里尼塞的姊妹安特宮不顧國王的這個命令，決意要把柏里尼塞葬了．她說道：『我要葬了他就是因此而死也是好的．』國王克里恩遂捕了安特宮來．她並不抗辯．她知道國王的意思，知道她自己因此事所得的結果．『我受此罰並不憂苦；但如果我看着我兄弟的屍身暴露不葬，那纔使我憂苦．』於是安特宮被活葬於一個『岩穴』中．這裏有一段戀愛的故事．安特宮曾與國王的兒子海蒙(Haimon)定過婚．海蒙向他父親要求赦免安特宮的罪罰，但克里恩固執的不聽他的話．父與子的這一段對話是非常活躍而且非常近代的．一位盲目的先知，也勸告他赦了她，但克里恩仍舊不聽盲目的先知警告國王說他的固執立刻便要引起相當的責罰．果然，責罰來了．海蒙在安特宮的墳旁自縊了，他的母親王后優麗狄士 (Eurydice) 悲傷她兒子的死，也以刀自刺而死．這個鹵莽的愚人克里恩遂孤獨的悲苦着．

沙福克里士活到了和樂的老年．他的墓碑上寫着下面的名句：

十分快樂的沙福克里士！

在安樂的老年，

被讚爲一個人，被讚爲一個有技術的人，

他：死他的許多悲劇是美好的，

他的結局也是美好的，他不知道一點憂愁．

五

三個悲劇大作家中，阿斯齊洛士是一個兵士；沙福克里士是一個愛國的雅典人民，喜歡參預國事的，獨有第三個，最後的大作家優里辟特 (Euripides) 與他們不同，他是一個隱士，與時世不相投合，深惡雅典的羣衆的情調，惡城市生活而喜鄉村間的簡樸的生涯．在藝術一方面，他是一個改革者，而他的改革，他的打破習慣，使他成了守舊黨中的守舊者的喜劇作家阿里斯多芬的攻擊的鵠的．阿里斯多芬原是痛恨一切的變異的．優里辟特的性情是很苦悶的，且因他的兩個妻子對於他都不忠實之故,使他更覺得煩惱。他生於公元前四百八十年。當他在二十五歲時,卽着手寫他的第一篇戲曲;但直到十年以後,他纔得到第一獎。後來,他離開了雅典,到馬其頓去;他在那裏,寫他的最後的戲曲白茶(Bacchae)。馬其頓國王待他很好,因此引起幾個侍臣的嫉妒,據說,他們使一羣野狗去攻擊他,他被撕裂成片片而死。他的死年是公元前四百〇六年。

當優里辟特開始著作時,雅典人民已不復信仰衆神。這些神的存在與他們的無所不能的權威是阿斯齊洛士戲曲的基礎。信仰的時代已過去了。優里辟特被迫去用希臘舞臺的精密方法,但他卻選了男人與女人以爲他戲中的人物,並不選衆神,因爲這個原因,他被稱爲浪漫的戲曲之父。雖然他在許多方面都是與當時社會不合,但他卻與他們持同一的懷疑主義。在他看來,那些神的傳說是不道德的。如果他們是眞實的,那末,神們是不足使我們崇拜,尊敬的。如果他們是非眞實的,那末,古代希臘的宗教的全部組織都要粉碎了。他看來對於神是沒有一定的信仰或不信仰。稱阿里斯多芬爲無神論者，並不是沒有理由的。但他堅持的說，不信仰一神或衆神，並不影響於道德。我們記住，優里辟特是一個希臘人，在他看來，道德是可愛的，因爲牠是美麗的。完全離開什麼賞與罰，樂與苦的觀念，道德之被人遵守與讚許乃是因爲牠的美麗。

在優里辟特的戲曲裏，對於人物的性格有銳敏的分析，尤其對於婦人的性格；這個對於婦人的完全領解，使慕萊(Gilbert Murray)稱優里辟特爲『古代的

優里辟特——希臘第三個戲曲家

易卜生』(The Classic Ibsen)．

優里辟特至少寫了七十五種(一作九十二種)的劇本，其中有十八種(據萬人叢書的譯本，或又作十七或十九種．)流傳於世．他生平只得到五個第一獎，這因爲他與那獎官不熟悉之故，但他的劇本之流傳，卻反較阿斯齊洛士及沙福克里士爲獨多，這可知道他的許多劇本在當時讀者必極多．在這些流傳於世的劇本中，美狄亞(Medea)可爲代表；這是優里辟特早年作品之一，其根據爲迦遜(Jason)及美狄亞的傳說．(參看本書第四章第一百六十一——一百六十四頁．)這篇劇本所敍的是這故事的一部分．劇本的開端，敍迦遜對於美狄亞已覺得厭倦，便又娶了科林斯(Corinth)國王的獨生女爲妻．美狄亞心中燃燒着嫉妒的火．科林斯國王因爲自己的女兒之故，又要把美狄亞驅逐出城外，只許她多留一天．美狄亞與迦遜相見，責備他的負恩．幫助他去取金羊毛的是她；救他性命的是她；殺了他的惡叔父柏利亞的也是她；而現在，情人竟變了仇敵．美狄亞計劃着一個完全的可怕的復仇。先把迦遜的新妻，科林斯國王的女兒以計謀死；這還不够。美狄亞以爲迦遜不應無妻且應無子。於是她便去把她自己生的孩子們也都殺死了。最後，迦遜見美狄亞坐了飛龍所駕的車，孩子們的屍體也載在車上；美狄亞向迦遜預言他將來的慘運；便乘車飛上天去。惡事必得惡報，優里辟特這樣的說；善的生活是美的生活，惡的生活是危險的生活，做錯的事常引起危害。

阿里斯多德（Aristotle）讚美優里辟特的天才；當優里辟特卒時，他的前輩沙福克里士與所有國民都覺得悲哀。（沙福克里士與優里辟特同年死，但死期較後）他死，希臘戲曲的偉大時代便隨了他而告終止。

六

當希臘的悲劇的光榮時代，喜劇亦出現於世。希臘喜劇的啓源，本與悲劇不同，"Comus"原是鄉村祭宴的意思。希臘人最初於秋天葡萄收穫之時，在鄉間舉行一種快樂的表演。『喜劇』(Comedy)就是村社的歌的意思。到了後來，喜劇的表演，纔加入春祭，與狄奧尼沙士神有關係。當祭神之時，尊嚴的悲劇之外，喜劇亦加入。歌唱隊的歌聲停止時，團員穿了滑稽的化裝，以輕鬆發笑的對話，誤悅聽者。喜劇卽由此發生。喜劇中還聯合着諷刺詩，敘公共或私人的錯誤，過惡與愚呆，以爲笑資。喜劇每年也舉行競爭，與悲劇一樣。雅典最好的喜劇作家是阿里斯多芬士（Aristophanes）；他生於公元前四百四十八年，是三個大悲劇作家同時代的人。他的詳細生平，沒有人知道。他共作了五十四種喜劇，流傳於世的有十一種。（希臘喜劇之被保留到現在的，只有這十一種。）阿里斯多芬士是一個守舊者，他與藝術的改革者的悲劇作家優里辟特爲敵。他以爲優里辟特破壞阿斯齊洛士的習慣，便是毀壞了悲劇的美。他憎惡戰爭，憎惡民治主義，憎惡知識階級。他諷嘲着戰士，政治家，哲學家與法律家。他是世界上最偉大的機警者之一。他的作品，以『蛙』（The Frogs）爲最著名。他的死年爲公元前三百八十五年。自阿里斯多芬士死後，舊的諷刺政治的與個人的喜劇已成了過去之物，而『新的喜劇』（The New

Comedy）繼之而起，較舊喜劇更優美，更有個性，更有情節。阿里斯多芬士劇中的所有歌唱團，在以後的新喜劇中已不見。據說，這是因爲比羅莽尼蘇戰役(Peloponnesian War）之後，雅典已沒有富人能擔負歌唱團的經費之故。新喜劇的領袖作家，是曼那特(Menander)（生於公元前三四二——二九二），但他的作品沒有一篇流傳於世；不過我們還可以從羅馬時的摹倣『新喜劇』的作者柏洛托士(Plautus）及杜倫斯(Terence）的作品那

阿里斯多芬——希臘的喜劇作家

裏，見到希臘的『新喜劇』的體裁的一斑.

七

當荷馬的歌詠英雄事蹟的史詩，盛行於時，在波育地亞（Boiotia）地方，亦有大詩人海西亞特（Hesiod）出來.海西亞特之生，約後於荷馬一世紀.荷馬爲貴族的詩人，海西亞特則爲平民的詩人.海西亞特所詠，非復英雄事蹟，乃爲農村耕作之歌.他的身世，似是波育地亞的農民.他的詩歌畫出當時的完全的圖畫.工作與時間（Works and Days）是他主要的作品，一首包含八百餘段的長詩.這詩是教訓詩，或帶着說教或教導的性質的；牠反對懶惰，喜歡忠誠的勞動，敘農夫的工作，最後爲凶吉日占.其中頗有極好的幾段，但全部則沈悶而笨重.還有一篇詩，名爲神譜（Theogony）相傳亦爲海西亞特作，敘衆神與希臘英雄們的家世與生平.海西亞特的詩，雖不如荷馬的史詩之盛行，但其對於後作家的影響則甚大.

自海西亞特之時至波斯戰役，（約公元前七百三十五年至公元前四百八十年）其間出了九個抒情詩人；只有七個詩人，有斷片的作品流傳到現在．

希臘抒情詩中最有趣最重要的幾篇斷片是女詩人莎孚(Sappho)的作品．雖然莎孚的詩流傳下來的極少，然而她的名字卻與詩人之父荷馬並列在一起．正如荷馬之被稱爲『詩人』(The Poet)一樣，她亦被稱爲『女詩人』(The Poetess)．她住在萊斯波(Lesbos)島生於希臘悲劇作家之前約一百五十年（約生於公元前第六世紀）．她被希臘人推爲『第十詩神，』(Tenth Muse)或『格萊女神們的花』(Flower of the Graces)．她的詩歌原有九卷，後俱散佚，僅一首名"Hymn to Aphrodite"的是完全的流傳於世，其餘俱爲斷片．近年又發現些她的詩歌的零句，寫在埃及的紙草紙上．西蒙特(J. A. Symonds)說，世界上所損失的東西，沒有比莎孚的失去的詩更爲重大了．蘇倫(Solon)聽見人唱莎孚的詩，以爲願於未死時得一讀之．希臘的批評家們——他們很有幸福能讀到莎孚的全集——都以爲莎孚的每一句詩都是完美的，卽我們從那些僅存的斷句裏看來，也已可見出他們的無比的美麗．希臘詩選保存了她的兩首短詩．這是一首為一個漁父的墓寫的詩：

莎孚——最偉大的女詩人

莎孚——她與她的女生們同住在萊斯波島

(Sir Lawrance Alma Tadema 作)

『這把槳這個籃，放在辟拉公、曼尼士考(Pelagon Meniscus)的墳上，

使經過他的墓的人看　如何少呀，一個漁父所能有的財產.』

還有兩首的斷句，名爲『美』(Beauty)，英國詩人羅賽底(Rossetti)曾譯出，現在轉譯於下：

(一)　如甜蜜的蘋果，熟在最高的枝頭，

在最高枝的頂上，——擷果者不知怎樣忘記了牠——

不，沒有忘了牠，不過擷不到牠，因爲直到現在還不曾有人得到牠.

(二)　如野生的風信子，生在小山上，

過往的牧童的足踐碎傷害，

直到紫花的花朵在地上跳舞着.

莎孚之後，有聘達(Pindar)，他的詩流傳下來的很多.他與西曼尼特(Simónides)是後期希臘抒情詩人的最大的代表.(這裏只敘他們二人，其餘的幾個

詩人姑畧之.) 他們不是地方的詩人,而是全希臘的,希臘人也以聘達爲他們的主要抒情詩人.他死在公元前四百四十三年.他的詩,完全的是祝亞靈比亞比技的勝利的,其他零句,包含頌神詩,讚歌,合唱歌,輓歌等.——種類極多.他的家在底比斯(Thebs).他信仰當時所信仰的宗教.他的性格似係堅强而自私的.他曾對西曼尼特說,『我乃爲我自己而生活,並不爲別的什麽人.』他的詩包含從各種的來源而生的無數的想像.——從日常生活,從遊藝與田獵,從自然界,從旅行.他的歌大半敍神話;文辭都很美麗,如『時間的房門開了,美麗的植物,看見了芬芳的春天』之類,是一個例,但有的時候,他的詩頗隱晦難懂.

西曼尼特(Simonides)生於公元前五百五十六年,死於公元前四百六十九年.他的生地是西阿士島(Ceos),但他的時間大半都在雅典度過.曾有一篇故事,說起他與聘達及阿斯齊洛士曾有一時同在西拉考士的國王謝洛(Hiero)那裏.他是一個偉大的創造的詩人.他寫了輓歌與墓誌,戰勝的歌,讚頌人們的歌;所有的詩都是很美麗的；最好的零片是敘波索士的母親，抱了她的嬰兒，想着嬰兒不知道黑暗與波濤洶湧的海的危險，覺得略略安心的事。

最後，要講一講希臘詩選(The Greek Anthology)。這部書原來是短詩的總集，在公元前二百年時編成的。希臘人常在廟宇，墳墓及公共大宅裏寫詩句，第一次的這個詩選，卽搜輯這些詩句而成。別的抒情詩及短詩選從公元前六十年至公元後第六世紀時，時時有人在編，到了第十世紀時，君士坦丁的一個學者，合之為七冊。這個最後的選本，遂於一千六百〇六年出現於世。這部書極為重要，除了保存不少的詩歌的最好珍寶以外，還可以使我們看出自最初的古典時代至東羅馬帝國陷落之時的希臘人的生活。

八

講到散文的著作，古代希臘的最重要的作品，是演說，史書，與哲學。狄摩桑士(Demosthenes)是所有希臘的演說家中最著名的。他是雅典人。他生於公元前三百八十四年，死於公元前三百二十二年，正當希臘各邦勢力渙散，甚受馬其頓的壓逼之時．他極熱忱的欲聯合希臘各邦而爲一，以反抗外來的侵襲．到處都顯出他是一個有遠大眼光的政治家．他常常以演說鼓勵希臘人，大聲疾呼的反對馬其頓國王菲力(Philip)以爲他將危害希臘的自由．這些演說都是極著名的，共爲一集，名爲菲力辟克士（The Philippics)內容共九篇．

希臘的歷史家，最著名的有希洛多托（Herodotus）修西地特士(Thucydides)及謝諾芬（Xenophon）三人．希洛多托（公元前四八四——四二五）被稱爲『歷史之父．』他的開始著作，正當雅

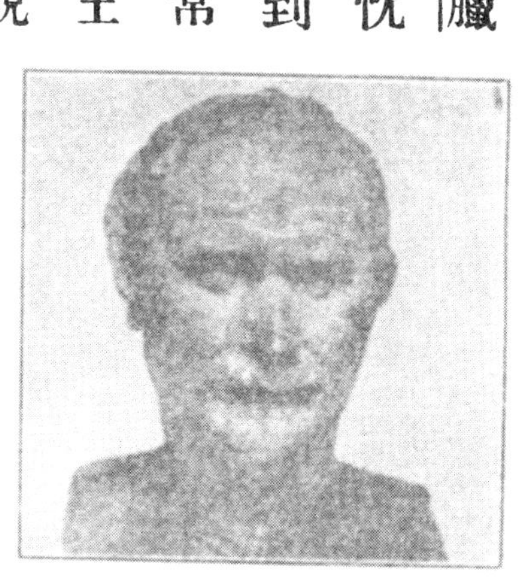

狄摩桑士——希臘的演說家

希洛多托——希臘的歷史家

典戰勝波斯，文明燦爛之時。他生在小亞細亞，三十五歲以前，還是屬於波斯的人民。在大政治家辟里克爾（Pericles）的盛時，他纔定居於雅典。他是沙福克里士的朋友。在他少年時，他是一個大旅行家。他所寫的歷史共有九卷，前六卷是引言，述希臘與波斯的古代史蹟；後三卷則敍波斯，希臘之戰。他所敍的，直追溯到埃及的歷史，但這些上古的史蹟，大半是他所猜想的史蹟。其他敍述中，神話，傳說與史蹟也都雜放在一起。但他的描寫卻活躍而且有趣。在他作品裏有一種史詩的弘麗；他看波斯的失敗，謂係一種神的裁判。

修西地特士（公元前四七一——四〇〇）的大著作是比羅奔尼梭戰史（History of the Peloponnesian War）。自這個戰爭之後，雅典衰落了，希臘的古典文學也隨之而衰落。他於這次的戰爭是身預其役的，所以描寫得非常真切。戰史共有七卷，其中已少有希洛多托的作品中所具有神的意味。他求史蹟的重要原因；以完全客觀的態度去寫他當代的事。他的戰史中並包含了不少的歷史上大人物的演說。

謝諾芬(公元前四三〇——三五七)在少年時，曾認識蘇格拉底(Socrates)，後來，他寫了曼摩拉皮里亞(Memorabilia)一書以衞護這個大教師。公元前四百〇一年時，他加入一班希臘人，伴了波斯王的兄弟，到波斯內地，以反抗他的哥哥。他在他的阿那倍西士(Anabasis)敍寫這一次的遠征。這是謝諾芬的最好的著作。當他歸來時，他加入斯巴達軍以反對雅典。在他的希倫尼加(Hellenica)裏，他敍希臘從公元前四一一——三六二的歷史，補續修西地特士的書以後的事。

希臘尚有一個大的傳記家，名柏魯泰契(Plutarch)。他的作品雖然是用希臘文寫，但他的著作時期，卻在羅馬帝國及基督教時代之內。他的名著希臘羅馬名人傳(Lives of the Noble Grecians and Romans)，在近代思想上較之別的古典著作更有影響。他的英譯本，是莎士比亞的關於羅馬的幾篇劇本的根據。許多歷史上的人物，在他的這部書裏，也時時的得到靈感。

九

公元前第五世紀之末，雅典最重要的人物是哲學家蘇格拉底（Socrates）。他是石匠的兒子。公元前第四世紀之初的最重要的人物是蘇格拉底的弟子柏拉圖（Plato）及阿里斯多德（Aristotle）。蘇格拉底沒有寫過什麼著作，他的訓言都保存在柏拉圖的問答（Dialogues）裏，但這哲學有多少是先生的，有多少是學生的，卻是一個疑問。柏拉圖（公元前四二九——三四七）活到八十歲。他曾到過西西利（Sicily）二次，想把他的政治理想施於實際，但都失敗了。其餘的時間，他都住在雅典，在他學校的蔭廊裏教哲學；這

蘇格拉底——希臘的哲學家

柏拉圖——希臘的哲學家

個學校在一個離雅典城一英里的公園裏.在他學生中,最著名的是阿里斯多德.阿里斯多德(公元前三八四——三二二)後來成了亞歷山大帝的教師,他自己也設立了一個學校在雅典.他是近代科學的父.他的詩學(Poetics)及其他著作,影響於後來文學者至深且大.

柏拉圖不僅是一個大哲學家,且是一個大文學家,

雅典的學校——柏拉圖創立了一個學校在雅典的郊外

(Raphael 作)

具有希臘人的愛好「美」與「生」的特性.他的著作,除問答外,尚有理想國(The Republic)與法律(Laws)．理想國是柏拉圖最著名的書,其根本的觀念是:善人只能生存在善的國家裏.當時,希臘的統治者多無識而自私.所以最要緊的是統治者須受教育.兒童須教之愛「美」而憎「惡醜」,並「承認,歡迎眞理.」因爲「美」與「知」是神的實質,所以柏拉圖的教育觀念的結局是神的實現與人的服務.柏拉圖的文學技能,在他

蘇格拉底的死 (David 作)

的"Phaedo",描寫他的先生蘇格拉底的死的一段裏,完全表現出來.蘇格拉底在公元前三百九十九年,被罰飲毒藥而死.柏拉圖的這段描寫,真是可驚異;那位老哲學家臨死時的情景,被寫得極活躍,極動人.

十

沒有兩種民族,比之希臘與羅馬更不相同的.希臘人是藝術家,愛好「美麗」,注重一切使個人生活光明而且快活的東西.他們是知慧的探險者,玄想的索問者,且勇於做他們所信仰的事.羅馬人則與他們不同.羅馬人是實際的,無想像的;他們的所長,在政治與戰爭,他們所注重的是秩序與商業的發達.羅馬軍隊所到之處,總帶了法律同去,且在那里建築道路.他們有統治與殖民的天才.

希臘的歷史,就我們所知道的,開始於偉大的文學的成功.荷馬是第一個希臘人.但是我們雖然在耶穌紀元前第八世紀已知道羅馬的史蹟,而羅馬的文學,卻遲之又久,直到了六百年以後纔發生——實在的,在羅馬人未與希臘的文化密切接觸時，並沒有什麼羅馬的文學。在公元第三世紀之時，即在羅馬與迦泰基(Carthage)的第一次戰役之後，羅馬人攻取了西西利島。這個島在一世紀之前，希臘人本已在那里殖民。希臘的文化，這時在西西利甚發達，在託美那(Toarmina)及在西拉考司(Syracuse)的二地方，建有比希臘本國任何地方更完備的劇場。在西西利被羅馬人略取了之後，希臘的學者與藝術家便遷住到羅馬去。羅馬人這時，還是一個粗暴的民族，沒有藝術，沒有文學，只有最樸素，最無想像的宗教，突然第一次接觸了希臘的光明的文化，竟被眩惑住了，正如一個久居於暗室的人突然見到了陽光滿晒的花園一樣。

臘丁的文學，開始於公元前第三世紀時荷馬的奧特賽的翻譯。後來，希臘人爲奴隸於羅馬的，又譯了幾篇希臘的悲劇。同時，羅馬人受希臘人的影響，開始去建築劇場，摹倣雅典的式樣，不過建築的材料，乃用木以代石；他們又用希臘人位置歌唱團的空地，作爲元老們及其他重要人物的座位。在這些早期的羅馬劇場

運命之神

三位運命之神，名爲 Clotho, Lachesis, 及 Atropos. 第一位紡績人的運命，第二位分配他們，第三位把他們割斷他們主理生死，人與神都歸他們管，所以他們是『主上之主，神上之神。』希臘悲劇敍人不能逃出運命的手；外羅馬人也有些這種觀念。(Michael Angels 作)

裏所演的戲曲，都是依據於希臘的喜劇，且常是在阿里斯多芬之後的雅典喜劇作家的劇本的翻譯.

第一個重要的拉丁喜劇作家是柏魯託士(Plautus)，他的作品屬於公元前第三世紀之末及第二世紀之初.他所寫的共有一百三十種劇本，到現在只存了二十種在世上.他們與近代法國的笑劇相似，以叙愚蠢的父親，浪費的紈袴子，嫉妒的丈夫，機警的奴隸及狠惡的商人的諸故事爲發笑之資.柏魯託士生於公元前二百五十四年，死於公元前一百八十四年.繼柏魯託士之後的作家爲忒棱斯(Terence)，他生在迦泰基，在羅馬爲奴隸.主人喜其聰敏，爲脫其奴籍.忒棱斯所有的劇本，幾俱取材於希臘，且具有希臘人的根本觀念，卽行爲須根據於理性，權威須伴以審愼.忒棱斯生於公元前一百九十年(或作一百九十五年)，死於公元前一百五十九年(或作一百四十九年).柏魯託士所作，純爲希臘的風格，其口氣亦如希臘人所說的，至忒棱斯始脫去此弊.

羅馬人比起了偉大的希臘的悲劇作家阿斯齊洛士,沙福克里斯及優里辟特,簡直是不會寫悲劇。忒棲斯的同時作家依尼士(Ennius),有時被稱爲羅馬詩歌之父,自誇以爲荷馬的靈魂經由一隻孔雀而傳入他的身上。然而在他史詩裏,或在他的悲劇裏,卻不能證明他這句話的真實。

總之,我們可以說,在公元前第一世紀之前,拉丁文學,沒有一種很重要的作品。公元前第一世紀之時,才是羅馬的黃金時代,(就文學而論亦然)正如公元前第五世紀之時乃爲雅典的黃金時代一樣。這個世紀是西塞羅(Cicero)與凱撒(Cæsar),賀拉士(Horace)與維琪爾(Virgil)李委(Livy),與維特(Ovid)卡託洛士(Catullus)及洛克里託士(Lucretius)的時代羅馬人的文學,留遺給我們的,十之九是產生於這個時代的。這個世紀看見共和之終滅與帝國的開始。這是羅馬的物質上最發達,最光榮的時代。她的領土,向東與西南與北擴張。到了亞細亞洲,到了非洲大沙漠的邊境,到了多腦(Danube)的河岸,經過西班牙,意大利,與英吉利。

羅馬是第一個世界帝國；正當她的光榮到極達點時，她的文學便發生．希臘也有同樣的事發生，因爲我們已說過，希臘戲曲的產生是跟着雅典之戰勝波斯軍而來的．

十一

維琪爾生於公元前七十年，死於公元前十九年．他是所有羅馬作家中的最愛國的．他的父親是一個小農，他是在鄉村中生長的；所以在他的一生，都保存着對於鄉村生活的摯切的愛，與那斯巴達農人的道德．他的牧歌(Eclogue)是一部牧歌集，開始寫於他在鄉居時，完成於他在羅馬時，那時，他是三十三歲．七年以後，他完成了佐治克士(Georgics)，在這詩裏，他描述意大利農人的一年的工作．佐治克士是非常美麗精緻的作品．牠使農園工作更光榮，但還不僅此．因爲維琪爾是農夫之子，所以他以知識與同情把農工理想化了，同時，因爲維琪爾是一個自然的愛者，所以沈醉在世界的種種美景中．太陽與風雨，夏星與冬潮，慧星與日月之蝕，他都愛他的詩神也喜歡收穫已過之田野及牧場的靜謐和平的景色。對於野獸，他也有强烈的愛感。與自然接近的人，尤其是住在南方的人，常說，沒有別的書比之佐治克士更可愛的。

維琪爾的偉大的詩阿尼特(Aeneid)，脫稿於公元前十九年。他留下教言，要把這詩的手稿毀棄了——他的意思本想再用三年的

維琪爾——拉丁的最大的史詩作家

工夫以潤飾此詩——但他的教言爲奧古斯都大帝的命令所阻止而不能實現。在阿尼特襄，維琪爾爲他當時的人民寫出他們的啓源與他們生存的理由。荷馬的依里亞特與奧特賽給所有環居於地中海之濱的希臘人民以他們的啓源的故事，這故事使他們滿足，且使他們激動。至於羅馬人民呢，他們已漸漸的在所有希臘神話所流傳的地方得到了政治上的統治權，然而他們自己，除了羅末洛士(Romulus)及萊末士(Remus)的凡庸的故事，以卡辟託爾(Capitol)地方的狼的銅象爲他們的徵象以外，在過去的時代，別無可以附會於他們身上的事蹟了。於是維琪爾在他的荷馬式的史詩阿尼特襄，爲羅馬人預備了一個國民的故事；這故事寫得非常美麗，且處處與當時流傳的希臘的傳說相應合。阿尼士(Aeneas)是這篇史詩中的英雄。他是特洛伊戰役中的一個英雄。在特洛伊城被希臘人攻下之後，他向西方做了七年的長旅行，在非洲北岸的迦泰基登陸。迦泰基的女王狄杜(Dido)對他發生了戀愛；阿尼士告訴她以特洛伊失陷的故事。在這個故事裏，維琪爾第一次敘述出木馬的傳說．希臘人把精兵藏入碩大的木馬中，特洛伊人以木馬爲神所賜，迎入城中，因此希臘人便乘機奪取了特洛伊城．諸神警告阿尼士，叫他不要留在迦泰基，於是他祕密的預備離開．狄杜發現了他的意志，竭力勸他留在那里與她同住．當她知道她所有的勸告與諂媚俱不能變更阿尼士的計劃，她便用阿尼士的刀自刺而死．在阿

阿尼士在地洛斯　(Claude 作)

尼特的第六卷裏，維琪爾纔使他所愛的祖國與這個特洛伊人——阿尼士——相見。阿尼士登陸於意大利的西海岸。他匆匆的到女巫西比爾(Sybyl)的洞。他告訴這個女預言家說，他要到地獄去看安齊昔士（Anchises）於是他以這個女巫爲導，走到死者的陰土。他們二人被冥國的渡者察龍（Charon）渡過史特克河(Styx)，走過失望之地，見了許多幻象與怪物。他在那里遇見許多特洛伊戰役的英雄，並在那里遇見女王狄杜，她眼中燃着嫉妒。最後，他們到了依里輿(Elysium)在那里，阿尼士的父親出現，對他說他的種族的將來的光榮。他叫阿尼士看他後嗣的精靈，他們就是羅馬人的英雄們，被判定要回到地球上，以他們的光榮充滿於世界。阿尼士離開了鬼國，到了底白爾(Tiber)河口。老林丁(Laurentines)的國王拉底納士(Latinus)很歡迎他，阿尼士便娶了他的女兒爲妻，他們就是羅馬的祖先——這個詩人所敍的羅馬的神話的啟源卽止於此。

阿尼特的動人處，在於牠的對於古神，古鬼及羅馬古代的光榮之深摯的敬。至於詩中的人物的本身卻沒有荷馬所創造的人物那樣的感人。因爲維琪爾缺乏使他人物帶有活潑的人格的才能。只有狄杜是他的最大的成功。在阿尼特的第四卷裏，她是詩歌中所寫的最有生氣最熱血的婦人之一，而她的故事且是世界上第一篇浪漫的作品，且是這種作品中最偉大者之一。

維琪爾葬於尼泊爾（Naples）。他是一個高的黑的美男子，性情中庸而和順，沉默，怯弱，而且信宗教，一生過着和平的生活，愛他的朋友，且愛他的國家。沒有一個大作家比他更受同時代的人的深摯的愛的，而他的在他本國，在他當時的榮譽，也始終光耀無比。中世紀的學者，熟讀他的著作，如他們之讀聖經一樣。文藝復興更給以更廣大的讚賞。維琪爾的一部分的永久的影響，在於他的一首詩的被誤解；在他的牧歌第四部，曾有一段詩，說到將有一個新生的嬰孩——『他將最初的把那個鐵時代終止，邀一道金色的曙光照在廣漠的世界上』；這一段話，被早期的基督教徒誤解爲牠是維琪爾對於耶穌降生的預言。在但丁（Dante）的神曲裏,他也把維琪爾作爲遊地獄,淨土,及天堂的指導者.

十二

昆脫、賀拉士、弗拉考士(Quintus Horatius Flaccus)——通常名之爲賀拉士(Horace)——的作品是所有羅馬名著中最被人愛,最常爲人引用的.他生於公元前六十五年,死於公元前八年.他是最可交的人.福祿特爾(Voltaire)稱他爲最好的宣道者,他不是從講臺上宣道的,乃是以最友愛的方法在你肩旁講着.有一個人說:『他用這樣柔和的手去探測每一個傷處,竟使病者在受術之時還微笑着.』他是一個最好的同行的伴侶,在空虛與不安的時刻也不會棄了你,常常給你以快樂的話,或溫柔的機警,以移轉你的情調.他不誇敍英雄的事蹟,這是維琪爾的事而不是他的;他不發啓宇宙的神祕,這是洛克里託士的事而不是他的;他不講論運命與機會與人類生活的變動,這是希臘悲劇家的事而不是他的.他乃是老練親密的參謀,當他見他的話有用處,便說話.

他是從民間出來的;他的父親曾做過奴隸,後來成了自由人,做到一種與拍賣場中的掮客相類的事.然而賀拉士受他的影響極深.賀拉士離開羅馬的學校後,又到雅典完成他的教育.當凱薩被刺的消息傳播四處,他正在雅典.刺殺了凱薩的白魯托士(Brutus)及卡西士(Cassius)來到那裏,取得羅馬東方諸省的政權.那時,賀拉士及他的同學俱同情於這些擁護共和者,而捲入戰事中.雖然賀拉士那時僅二十二歲,卻甚得白魯托士的信任,受到一個軍隊的司令的委令.後來軍事失敗,他回到羅馬去.這件事在他性格及作品上並沒有什麼影響.他在羅馬時,交了好些著

賀拉士 (Raphael 作)

名的朋友，維琪爾又介紹他與著名的愛好文人的富翁馬西那士（Maecenas）相見，馬西那士是奧古斯都的朋友與主要的諮議。賀拉士雖然曾在共和軍方面爲將吏以反對奧古斯都，這時卻完全得到他的新的朋友們的信任。他帶了馬西那士的扈從，到白里地西（Brindisi）去旅行；他的這次旅行的記述是最自然最活潑的羅馬生活與習慣的一瞥。後來馬西那士送了他一處小地產，在離羅馬三十英里的那個小田園裏，賀拉士達到了他的詩的退休的夢。他在這里過着簡樸的生活，望着羅馬的世界在旁走過，時時做些詩，種植園地，常常邀請些朋友，離開煙塵、喧擾、罪惡的羅馬而與他同住幾天。這些朋友，都是當時的大軍人，朝臣，政客之類。他們都愛賀拉士，他爲他們的忠實的諮議。至今他還是我們全體的忠實的諮議。他的福音是自制，合理的努力，滿足，愉樂每日的生活。他勸馬西那士棄羅馬的無樂可言的宴席與炎熱，到和靜而清涼的鄉間來：

這人快樂，祇有他一人是，

可說是他自己的主宰，
今天至少可算是我自己的，
因爲我清楚的活在今天：
那末，隨他明天是雲彌漫也好，
是更光潔的太陽佈在喜悅的天空也好．

有人以爲賀拉士的話是平凡的．是的，他是如此，但他們的平凡卻正是每個時代所需要的，他給他們以如此完備的抒情詩的形式，使他們經過近二千年的時間而尚爲讀者所喜一如他們方寫出之時．又有人說，他的哲學是逃避生命，但他們最好是說，他教訓他們以不要讓生命帶了我們最好的自己而去，帶了我們的使牠快樂而且進步的真能實力而去．

他在羅馬詩人中，不是最偉大的，但卻沒有一個別的詩人比之他更能不朽．他在生時，已快樂的說，他將不會爲人所忘．

十三

羅馬的詩歌，除了維琪爾的史詩與賀拉士的抒情詩外，尚有三種詩體。一爲洛克里托士（Lucretius）的偉大的哲理詩物性詠（On the Nature of Things），這是寫於公元前第一世紀的早年的。此詩共有六篇，在洛克里托士將死時纔完成。洛克里托士生於公元前九十六年，卒於公元前五十五年，是前於維琪爾而出的詩人。赫胥黎（Huxley）說，『洛克里托士比之古代或近代的詩人（除了歌德之外）飲進更深的科學的精神。』

二爲被稱爲社會詩的奧維特（Ovid）的作品。他是維琪爾的同時人，一個愛「快樂」的藝術家。他因爲決志置身於當代的政爭旋渦之外，並不設法阻止奧古斯都把他謫徙到黑海之濱的一個城中；在那里，他遠離卻羅馬的華榮與歡娛。在奧維特的作品變形記裏（Metamorphoses），他重述出許多古代希臘的神話。變形記共十五卷，使他得大名者卽此詩。他又善作戀歌。他的生年爲公元前四十三年，死年爲公元後十七年.

三是諷刺詩.作諷刺詩者甚多,最重要者爲朱味那爾(Juvenal);他的時代很晚,生於公元後六十年而卒於公元後一百四十年.其諷刺詩有五卷,凡十六章.那時是羅馬帝國之時,古代的愛國精神已不見,政治混亂,詐惡橫流,這種痛苦擾亂的情形,都在他詩中寫出.

十四

卡托洛士(Catullus)約生於公元前八十七年.他的生地是佛綠那(Verona).他的父親佛萊里士(Valerius)是一個富

奧維特——他的名著變形記,重述了許多希臘的神話.

翁，是凱薩的朋友，所以卡托洛士之作詩，並不以此依託富人爲生，乃純爲娛悅他自己及他朋友而作——尤其是因他的女友們。在他的女友中，最著者爲他名她爲萊絲比阿（Lesbia）的一個女郎。他曾爲萊絲比阿的愛雀詠了一首詩，這詩引起了當時許多小詩人的嫉妒與失望。沒有一個詩人像他那樣多方面的。他是最機警的人之一；他表現於輓他兄弟的歌裏的是深摯的情感；他的戀歌是所有古典詩中的最優美者；他的風格是富於色彩的。

十五

西塞羅是拉丁散文作家中的最著名的。他生於公元前一百零六年，死於公元前四十三年。他是一個忙碌的律師與政治家。他的生活都在羅馬共和毀滅帝政開始的政治的紛擾中度過。他的性情很易變動，最容易恕諒他的仇敵，最不能憎惡人，常常對昨日最狠的仇敵，說最友善的話。這樣的一個人想必是一個宗旨不定的政治家，其實卻不然。他雖然稱讚凱薩，然而他卻是一個最忠實的主張共和的人.他雖然是帶些怯懦心的人,但在他的晚年,卻對於執政者安東尼(Mark Antony)下極動人的攻擊;這時,他正與屋大維(Octavius)同進羅馬不久.(屋大維方在東方打敗了白魯托士)他的演說,壯烈而正大,有如雷霆轟擊,使聞者失色的聲勢.安東尼切齒痛恨,立志要殺害這個大演說家,使他的激壯的語聲永不再爲羅馬人聽見.過了幾天,西塞羅便被人殺害.殺西塞羅者把他的首級與雙手送給安東尼,安東尼便把這些頭與手釘在

西塞羅——偉大的羅馬的演說家

西塞羅所常在那裏講演的講臺之前.

在西塞羅的一生,他擔任過許多重要的官職,但他的政治演說尚不如他法律演說的著名.這些在法庭中爲人辯護的演辭,帶着激動與興味,使現在的讀者讀之,一如聽他在法庭中侃侃而辯.西塞羅的演講稿,有的是曾寫好而未曾公讀的.有一個人,在旅館中殺了一個羅馬的著名的人;他請西塞羅爲辯護士.西塞羅缺乏勇氣,當他到法庭時,他見兵士滿立着,便失了腦力,只說了幾句斷續不全的話.殺人者遂被判謫逐.過了幾個禮拜,這個犯人卻接到西塞羅預備好的辯護辭.這個演說稿卽爲著名的"Pro Milone",至今尚爲歐洲學童最熟悉的文章之一.

西塞羅於他的演說之外,尚著有幾篇哲學論文及書札一束.這些信札表現共和末年的羅馬生活甚詳.他又嘗作詩,但流傳於今者甚少.

十六

凱薩(Gaius Julius Cæsar)是羅馬最著名的軍人與政治家,但他的著作也很得人的讚許.他生於公元前一百零二年,在公元前四十四年時,被白魯託士所刺殺.他的重要著作傳於今者有"Commentaries",是敍述他在高盧戰爭的事的.這書爲拉丁文中書籍在近代學校中流傳最廣者,幾乎學拉丁的學生沒有一個不曾讀過牠.

羅馬的史書,除了凱薩所著的以外,尚有兩個最著名的歷史家所作的書;這兩個歷史家是李委(Livy)與泰西托士(Tacitus).李委生於公元前五十九年,死於公元後十七年;泰西托士則生於公元後五十五年,死於公元後一百三十五年.李委所敍的是古代羅馬王的故事,羅馬共和國的建立的故事,羅馬經過紛擾困苦而成爲地中海的控制者的故事.他的史書中最感人者爲敍羅馬與迦太基間的戰爭迦太基人被羅馬所征服,並無文學流傳於世,所以李委所敍的戰事是一面之辭;然李委所敍,乃是有所依據的,這是古典文學中第一次可以尋出一個作家的著作的根源的.大部分的他的材料都是根據於一個歷史家名爲柏里比士

(Polybius)的原文用希臘文寫，因他生活時代離這個大戰役未久，所以能得到詳細的記述。

泰西托士所著的史書有二，一爲史記共十四卷，敘法拉委士(Flavius)朝的事，一爲紀年史共十六卷。他的史書的特質在於欲以歷史爲教訓爲工具，以警告後來的政治家與國民。他的著作的力量在於一面敘各代皇帝及各政治家的事，一面加以他自己的評論。但泰西托士的重要，還不全在他的史書，他還是第一個羅馬的作家下筆去寫一部傳記的，這部傳記是敘他叔父羅馬大將阿格里柯拉(Agricola)的事。在歐洲人現在所有的傳記中，此書算是最古的了。

還有修圖尼士(Suetonius)也著作了一部有名的傳記羅馬各帝的生平(Lives of the Cæsars)。價值遠在他們之上的是柏魯太契的用希臘文寫的一部大傳記，這部書在上面已敘及。

十七

拉丁文學的黃金時代，前半部止於共和的毀滅，其後繼續的經過奧古斯都時代，至公元後十七年而告終止。此後則爲白銀時代的開始，至公元後一百二十年朱味那爾之死而告終止，白銀時代的作家，除了泰西托士與朱味那爾二人之外，還有修托尼士(Suetonius)，他的作品羅馬諸帝的生平，敍初期十二帝的事的，上面已提起過；西納加(Seneca)，(生於公元前四年，死於公元後六十五年)他是一個哲學家又是著名的惡王尼祿(Nero)的教師；馬特爾(Martial)，(生於公元後四三——一〇四年)，他與西納加同爲西班牙人，但常住在羅馬，善作短詩(Epigram)，共集成十四册；魯甘(Lucan)，(生於公元後三九——六五年)，他也是一個西班牙人，做了一部十卷的大史詩法薩利亞(Pharsalia)，敍述凱薩與彭倍(Pompey)的爭亂。

拉丁文學跟隨着羅馬帝國的衰落而衰落。詩歌的著作已不復見，古典文學史遂以阿卜利士(Lucius Apuleius)的金驢(The Golden Ass)一書爲結束。阿卜利士約於公元一百二十五年生於非洲。初學於希臘，後在羅馬爲律師。因旅行於羅馬帝國境內，識一富家的寡婦，娶之。因此，得專心致力於文學。

金驢是世界最古的小說之一。他是一部小說式的自敍傳，頗雜以滑稽的趣味。初言他因殺害了三隻酒瓶，被判決受罰，爲一個女巫所救得生。他本想變形爲一隻鳥，隨跟這個女巫，但因某種錯誤，竟不變鳥而變成了一隻驢子。神人教以食玫瑰花葉纔能復變人

奧萊里士——羅馬的皇帝及哲學家。

形。於是他便去尋找玫瑰花葉，在這個尋找裏，他遇到了許多奇異的冒險。他爲他自己的馬所迫嚇，爲他自己的圉人所鞭打。他淸楚的聽見他朋友們說到他的話。此外還有許多有趣的經歷。博卡西奧(Boccacio)，西萬提司(Cervantes)及李賽格(Le Sage)諸人都常從金驢裏借取些材料；此書的英譯本在一五六六年出版。

奧萊里士(Marcus Aurelius)的默想錄(Meditations)可算是羅馬帝國的最後的文學的成功。奧萊里士是羅馬的一個皇帝，他的登極之時，爲公元後一百六十一年。但他的這部大著卻是用希臘文寫的。他的性格高尙，對待人民很好。默想錄是他的對生活及人性的日常感想的記錄，是史多葛派哲學(Stoic Philosophy)的完全的表白。這個哲學與依辟克特托(Epictetus)的哲學極相似。依辟克特托是尼祿時一個朝臣的希臘奴隸，跛足，身體極弱，終身窮苦而卑賤。這個奴隸與這個皇帝同樣的相信：道德是牠自己的酬報，人須完全聽命於上帝，而上帝所做的都是對的。默想錄的教訓可以在下面依辟克特托的一段話裏表白出：

記住你是一齣戲裏的一個演員，是隨着著者所喜以給牠的這樣的一種演員。如果短便成了一個短的人；如果長便成了一個長的人。如果他喜歡要你做一個窮人，一個跛者，一個總督，或一個平民，看，你便自然而然的演牠出來。因爲這是你的事，去好好的演作派定給你做的人物；至於選擇牠呢，那是別人的事。

參考書目

一、希臘文學史（A History of Greek Literature）約文士（F. B. Jevons）著，格里芬公司（C. Griffin & Son）出版。

二、希臘文學初步（Primer of Greek Literature）約伯（Sir Richard Jebb）著，麥米倫（MacMillan）公司出版。

三、古代希臘文學（Ancient Greek Literature）慕雷（Gilbert Murray）著，爲海尼門公司（Messrs. Heinemann）所出的世界各國的文學（Literatures of the World）之一。

四．優里辟特與他的時代(Euripides & His Age) 著者同上，爲家庭大學叢書(Home University Library) 之一．

五．希臘詩歌講義(Lectures on Greek Poetry) 馬克爾(Mackail 著，朗門、格林公司(Longmans, Green & Co.)出版．

六．希臘的詩人(The Greek Poets) 西蒙士 Symonds) 著，共 冊，赫卜公司 (Harper & Brothers) 出版．

七．希臘的劇場與其戲曲(The Greek Theatre & Its Drama) 法里金格(Flickinge) 著，支加哥大學出版部(University of Chicago Press)出版．

八．"Theocritus, Bion, and Moschus" 英國安度留蘭 (Andrew Lang) 譯，(用散文譯)麥米倫公司出版．

九．希臘詩選中的短歌選譯 (Select Epigrams from the Greek Anthology) 馬克爾 (Mackail) 著，朗門、格林公司出版．

十. 希臘人的才能與牠的影響(The Greek Genius and Its Influence) 柯卜(Cooper) 著，耶魯大學出版部 (Yale University Press) 出版.

十一. 羅馬(Rome) 瓦特、富勞 (W. Warde-Fowler) 著，家庭大學叢書之一.

十二. 光榮的希臘(The Glory That Was Greece) 斯杜巴(J. C. Stobart) 著，西特委克與約克遜(Sidgwick & Jackson) 公司出版.

十三. 宏麗的羅馬(The Grandeur That Was Rome) 著者及出版公司俱同上.

十四. 羅馬文學(Rome Literature) 委爾金士(A. S. Wilkins) 著，麥美倫公司出版的文學初步(Primers of Literature) 之一.

十五. 羅馬文學史 (A Literary History of Rome) 杜弗 (Duff) 著，查理、史克里甫納公司(Charles Scribner's Sons) 出版.

十六. 拉丁文學(Latin Literature) 馬克爾(Mackail) 著，查理、史克里甫納公司出版.

十七. 拉丁文學(Latin Literature) 丁士台爾 (Dimsdale) 著，阿卜里頓公司(D. Appleton

& Co.）出版。

十八、賀拉士與他的時代（Horace and His Age）達爾頓（D'Alton）著，朗門、格林公司出版。

十九、拉丁的詩歌（Latin Poetry）特萊爾（Tyrrell）著，霍甫頓、米弗林公司（Houghton Mifflin Company）出版。

二十、古代的古典戲曲（Ancient Classical Drama）慕爾頓（Moulton）著，牛克斯福大學出版部（Oxford University Press）出版。

二十一、大部分重要的希臘及拉丁作家的作品的英譯本，在萬人叢書（The Everyman's Library）（Dent）世界名著叢書（The World's Classics）（Oxford University Press）及彭氏叢書（Bohn's Library）（George Bell）中可得到。

二十二、佐治、愛崙及奧文公司（Messrs. George Allen & Unwin）出版了慕雷（G. Murray）教授的著名的優里辟特戲曲的英譯本。

二十三、劍橋大學出版部（Cambridge）出版了約伯（R. C. Jebb）的沙福克里士戲曲的英譯本。

(用散文譯的.)

二十四.洛愛甫古典叢書(The Loeb Classical Library)爲海尼門公司所出版,包含所有重要的古典作家的著作,現已有不少種出版.每一種都載希臘或拉丁的原文,以英譯文印在對頁,以相對照.

第十章　漢之賦家歷史家與論文家

第十章　漢之賦家歷史家與論文家

一

自秦始皇破滅六國，統一天下（公元前二百二十一年）以來，文學也與其他的學術一樣，受專制的火焰的焚迫，而成爲灰燼。戰國時光華燦爛的文藝作品，不復出現，所有者僅龐雜的呂氏春秋與李斯的擬古頌功的諸刻石而已。漢之初年，因黑暗之勢力，仍未除去，故亦無大作家出現。至惠帝四年（公元前一百九十一年）殘酷無比之『挾書律』宣告廢除，而文藝學術纔漸漸的有人去注意。以後，便釀成了枚乘、司馬相如、賈誼、司馬遷、揚雄、王充諸人的時代。大約當時的作家可以分爲賦家、歷史家及論文家三派。這時代約當羅馬的黃金時代的前後。

二

「賦」原是詩之一體，自屈原宋玉以後，詩經裏的簡短的抒情詩歌已不復見，代之者乃爲冗長的辭賦。屈宋諸人之作，猶滿含着優美的抒情的詩意，到了漢代，作賦者大都雕飾浮辭，敷陳故實，作者的情感已不復見於字裏行間，故幾不能復稱之爲「詩」。然而這種「賦」體，在當時卻甚發達。帝王如武帝及淮南王之流，都甚喜之，作者且借此爲進身之階。

最初的作者爲陸賈，然不甚成功。其後有賈誼（生於公元前二百年，卒於公元前一百六十八年），懷才而不得志，作懷沙、鵩鳥諸賦，爲漢代最帶有個性的賦家。但他的論文卻較他的賦爲尤重要。其專以作賦著名者爲枚乘、司馬相如、東方朔諸人。

枚乘字叔，淮陰人，死於公元前一百四十一年。曾遊於吳及梁，所作有七發諸賦，而以七發爲最著。七發的結構，頗似楚辭中的招魂、大招，顯然是受有他們的很深的影響；賦言楚太子有疾，吳客往見之，欲以要言妙道說而去之，歷說以妙歌、美食、馳騁、遊觀、射獵、望濤之樂，太子不爲之動，最後言使方術之士若莊周、魏牟、楊朱、墨翟之倫論天下之精微，理萬物之是非，孔老覽觀，孟子持籌而算之，太子便涊然汗出，霍然病已。此種文體的結構實至爲簡單。在文辭一方面，亦頗有雕斲浮誇之弊。如：『馴騏驥之馬，駕飛軨之輿，乘牡駿之乘，右夏服之勁箭，左烏號之彫弓，游涉乎雲林，周馳乎蘭澤，弭節乎江潯，掩青蘋，遊青風，陶陽氣，蕩春心，逐狡獸，集輕禽。於是極犬馬之才，困野獸之足，窮相御之智巧，恐虎豹，慴鷙鳥……』之類，殊覺堆冗無味，然後來賦家幾無一不倣效之者，且益加甚。所以漢賦雖甚發達，在中國文學史上卻不能占重要的地位。乘所作，除賦之外，尙有人以古詩十九首中之行行重行行、西北有高樓、青青河畔草等八首，認作他的著作者，但其憑證極爲薄弱。他們所據者爲徐陵的玉台新詠，但史記漢書中的乘本傳，俱未言乘曾爲此類詩，漢書藝文志的「歌詩」類裏亦不載乘的這些詩，卽蕭統的文選曾勇敢的把許多詩加上了李陵蘇武的名字的，卻也並不曾把十九首分出一部分作爲枚乘的．何以徐陵卻獨知道是乘作的？實則像古詩十九首那樣的詩體，決不是枚乘那個時代所能產生的；乘時所能產生的是『大風起兮雲飛揚，』（劉邦歌）是『草木黃落兮雁南歸』（劉徹辭）是『日月星辰和四時』（柏梁詩，）是『肅肅我祖，國自豕韋』（韋孟詩）卻決不是『東城高且長，逶迤自相屬，迴風動地起，秋草萋已綠』及『迢迢牽牛星，皎皎河漢女，纖纖擢素手，札札弄機杼』等的完美的五言詩．（十九首的時代問題待下一章討論．）

乘死之時，正是劉徹（漢武帝）（其統治的時代爲公元前一百四

漢武帝

十年至公元前八十七年）初卽位之時，徹甚好辭賦，其自作亦甚秀美。漢書藝文志載其有自造賦二篇。今所傳李夫人歌及秋風辭：『秋風起兮白雲飛，草木黃落兮雁南歸。蘭有秀兮菊有芳，懷佳人兮不能忘……』，落葉哀蟬曲：『羅袂兮無聲，玉墀兮塵生，虛房冷而寂寞，落葉依於重扃』以及其他，都是很有情感的。徹對於漢代文學很有功績。一卽位便用安車蒲輪徵枚乘，乘道死，又訪得其子皐爲郎。司馬相如、東方朔、嚴忌、嚴助、劉安、吾丘壽王、朱買臣諸賦家皆出於其時。大歷史家司馬遷亦生於同時，且亦善於作賦（漢書藝文志載司馬遷賦八篇）。此時可算是漢代文學的黃金時代；秦火之後，至此時始有大作家出現。

司馬相如字長卿，蜀郡成都人，（生於公元前一百七十九年，死於公元前一百十七年）爲漢代最大的賦家。初事景帝爲武騎常侍，非其所好。後客遊梁，著子虛賦。梁孝王死，相如歸，貧無以自業。至臨邛，富人卓氏女文君新寡，聞相如鼓琴，悅之，夜亡奔相如。卓氏怒，不分產於文君。於是二人在臨邛買一酒舍酤酒，文君當鑪，

劉徹與李夫人的故事，曾爲後來戲劇家的好題材。漢書言李夫人早卒，武帝思念不已。方士齊人少翁，言能致其神，迺夜張燈燭，設帷帳，陳酒肉，而令帝居帳帷，遙望見好女如李夫人之貌，還幄坐而步，又不能就視。帝愈益相思悲感，爲作詩：『是邪非邪，立而望之，偏何姍姍其來遲！』

相如則著犢鼻褌滌器於市中。卓氏不得已遂分予文君僮百人錢百萬，相如因以富。後來戲曲家以此事爲題材者甚多。武帝時，相如復在朝，著天子遊獵賦。後爲中郎將，略定西夷。不久，病卒。所著尚有大人賦，哀秦二世賦，長門賦等。相如之賦，其靡麗較枚乘爲尤甚。子虛賦幾若有韻之地理志，其山則什麼，其土則什麼，其東則什麼，其南則什麼，所有物產地勢，無不畢敍；班固、張衡、左思諸人受此種影響爲最深。大約賦家之作，情感豐富，含意深湛者極少；大多數都是意極膚淺，而詞主誇張，棄絕眞樸之美而專以堆架美辭爲務的。

東方朔、齊人，與司馬相如同時，亦善於爲賦，喜爲滑稽之行爲，嘗作七諫、答客難等，其與相如諸賦家異者，爲在相如諸人的賦中，絕不能見出他們自己的性格，而朔的賦則頗包含着濃厚的個性。他的答客難一作，尤爲著名，引起了後人的無數的擬作。

此外，嚴忌（亦作莊忌）作賦二十四篇，其族子助亦作賦三十五篇，劉安作賦八十二篇，吾丘壽王作賦十五篇，朱買臣作賦三篇，（皆見漢書藝文志）但這些作品傳於今者絕少，且亦不甚重要，故不述。劉安爲漢宗室，曾封淮南王，有一賦名招隱士者曾被編入楚辭中，但乃他的客所爲，非他所自作的。

劉徹死後，賦家仍不衰。三百餘年間，作者輩出；最著者有劉向、揚雄、王褒、班固、馮衍、王逸、李尤、張衡、馬融及蔡邕等。

劉向字子政，漢之宗室。（生於公元前八十年，死於公元前九年）宣帝時與王褒、張子僑等並以能文辭進。元帝時，與蕭望之同輔政。向不獨以作賦著，亦爲漢代大編輯家及論文家之一。所作賦共三十三篇，今楚辭中有其賦一篇。王褒、張子僑俱與向同時，但名不若向之著。褒字子淵，爲諫議大夫，作賦十六篇，今楚辭中有其作品九懷一篇，其他洞簫賦、四子講德論、甘泉宮頌等俱有名。張子僑官至光祿大夫，有賦三篇，今無一存者。

揚雄字子雲，蜀郡成都人，（生於公元前五十三年，死於公元後十八年）善作賦，亦善爲論文，辭意甚整練溫雅，但甚喜摹擬古人，沒有自己的創作的精神；作賦倣司馬相如；又依傍楚辭而作反離騷、廣騷、畔牢愁，效東方朔之答客難而作解嘲，擬易而作太玄，象論語而作法言。年四十餘，自蜀來遊京師，除爲郎，桓譚、劉歆皆深敬愛之。其賦以甘泉、羽獵、長楊等爲最著，然堆砌美辭之弊，仍未能免，如『於是欽柴宗祈，燎薰皇天，皐摇泰壹，舉洪頤，樹靈旗，樵蒸昆上，配藜四施，車燭滄海，西燿流沙，北熿幽都，南煬丹厓。玄瓚觩䚡，秬鬯泔淡，肸蠁豐融，懿懿芬芬……』之類，都是故搜異字，強湊成篇，無甚深意的。

揚雄

劉歆爲向之子，與雄同時，亦能爲辭賦，然其所作遠不如雄之有聲於時。歆之影響乃在所謂經學界而不在文學界．

班固字孟堅，（生於公元三十二年，死於公元九十二年）扶風安陵人．年九歲能屬文，爲蘭臺令，述作漢書，成不朽之業．其所作諸賦亦甚爲當時所稱，以兩都賦爲最著．兩都賦之結構，甚似子虛賦，先言西都賓盛誇西都之文物地產以及宮闕於東都主人之前，東都主人則爲言東都之事以折之，於是西都賓爲其所服；在文辭一方面也仍不脫司馬相如，揚雄諸人的堆砌奇麗之積習．又作答賓戲，亦爲倣東方朔答客難而作者．永元初（公元八十九年），大將軍竇憲出征匈奴，以固爲中護軍．後憲敗，固被捕死獄中．

與固同時者有崔駰，亦善爲辭賦．所作達旨亦倣東方朔之答客難，其他反都賦諸作，今已散佚不見全文．

馮衍字敬通，京兆杜陵人，其生年略前於班固，亦以能作賦名．王莽時不仕，更始立，衍爲立漢將軍，光武時爲曲陽令．所作有顯志賦及書、銘等．

張衡字平子，南陽西鄂人．（生於公元七十八年，死於公元一百三十九年）．善作賦．所作有西都賦、東都賦、南都賦、週天大象賦、思玄賦、冢賦、髑髏賦等，又有七諫，應問，倣枚乘、東方朔之作．此種著作，在現在看來，自不甚足貴．其足以使他永久不朽者乃在他的四愁詩：

『我所思兮在太山，欲往從之梁父艱，側身東望兮涕沾翰．美人贈我金錯刀，何以報之英瓊瑤．路遠莫致倚逍遙，何爲懷憂心煩勞．

我所思兮在桂林，欲往從之湘水深，側身南望涕霑襟．美人贈我金琅玕，何以報之雙玉盤．路遠莫致倚惆悵，何爲懷憂心煩傷．……（下二節意略同）』

此詩之不朽，在於牠的格調是獨創的，音節是新鮮的，情感是真摯的；雜於冗長浮誇的無情感的諸賦中，自然是不易得見的傑作．衡並善於天文．爲太史令，造渾天儀，候風地動儀，精確異常，可算爲中國古代最大的天文家．後出爲河間相，有政聲，徵拜尚書，卒．

李尤字伯仁，廣漢雒人。（約生於公元五十五年，約死於公元一百三十七年）。初以賦進，拜蘭台令史。與劉珍等撰漢記。後爲樂安相卒。有函谷關賦，東觀賦等。其九曲歌僅餘二句：『年歲晚暮時已斜，安得力士翻日車（下闕）』卻甚爲人傳誦。

馬融字季長，扶風茂陵人。（生於公元七十九年，死於公元一百六十六年）。爲漢季之大儒，但亦工於作賦，善鼓琴，好吹笛，達生任性，不拘儒者之節，常坐高堂，施絳紗帳，前授生徒，後列女樂。所作以笛賦爲最著。

王逸字叔師，南郡宜城人。元初中舉上計吏，爲校書郎。順帝時爲侍中。其不朽之作爲楚辭章句一書，此書中，他自作之九思亦列入。此外尙作機賦、荔支賦等，俱不甚重要。

蔡邕字伯喈，陳留圉人（生於公元一百三十三年，死於公元一百九十二年）。爲漢末最負盛名之文學者。召爲議郎，校正六經文字，自書丹於碑，使工鐫刻，立於太學門外。觀視及摹寫者車乘日千餘兩，塡塞街陌。後免去。董卓專政，强迫邕詣府，甚敬重之，三日之間，周歷三台，最後拜左中郎將。卓被殺，邕竟被株連死獄中。所作文甚多，賦以述行爲最著。有詩名飲馬長城窟行者，辭意極婉美：

『青青河畔草，綿綿思遠道。遠道不可思，宿昔夢見之。夢見在我傍，忽覺在他鄉。他鄉各異縣，展轉不可見。枯桑知天風，海水知天寒，入門各自媚，誰肯相爲言！客從遠方來，遺我雙鯉魚。呼童烹鯉魚，中有尺素書。長跪讀素書，書中竟何如？上言加餐食，下言長相憶。』

編邕集者多把牠列入。文選錄是詩，題爲無名氏作，至玉臺新詠始題爲邕作，不知何所據。但當邕時，五言詩的體裁已完美，已盛行，將此詩歸之於邕，自然不比將古詩十九首的一部分

蔡邕

歸之於枚乘的無理。

邕有女名琰，字文姬，博學有才辯。夫亡，居於邕家。興平中，天下喪亂。琰爲胡騎所獲，沒於南匈奴左賢王，在胡中十二年，生二子。曹操痛邕無子，遣使者以金璧贖琰歸。此事曾爲不少的戲曲家捉入他們的戲曲中爲題材。琰天才甚高，躬逢喪亂，所作悲憤詩凄楚悲號，讀者皆爲之泫然。所敍皆她自己的經歷，所以真摯凄惋之情充盈於紙間。漢世之詩賦，不是浮誇的便是教訓的（如韋孟之詩），似此詩之真情流露自然是極少見的。

『……來兵皆胡羌。獵野圍城邑，所向悉破亡。斬截無孑遺，尸骸相掌拒。馬邊懸男頭，馬後載婦女。（中敍到胡地下敍來迎歸漢）已得自解免，當復棄兒子。……兒前抱我頸，問母欲何之？「人言母當去，豈復有還時！阿母常仁惻，今何更不慈！我尚未成人，奈何不顧思！」見此崩五內，恍惚生狂癡。號泣手撫摩，當發復回疑。兼有同時輩，相送告離別，慕我獨得歸，哀叫聲摧裂。馬爲立踟躕，車爲不轉轍，觀者皆歔欷，行路亦嗚咽。去去割情戀，遄征日遐邁。悠悠三千里，何時復交會？念我出腹子，胸臆爲摧敗。既至家人盡，又復無中外。城郭爲山林，庭宇生荆艾。白骨不知誰，從橫莫覆蓋。出門無人聲，豺狼號且吠。煢煢對孤景，怛咤糜肝肺……」

此詩還有第二首，格調與上所舉的一首不同，敍述略簡，而情節意思則完全相同，可決不是一詩的二節，而是兩個作者所作的二詩。大約一詩爲琰原文，一詩乃爲後人所演述者，至於究竟那一首是原詩，則疑不能明。倘有胡笳十八拍一詩，亦敍琰之去胡與歸來事情節與悲憤詩俱同，僅增加了些繁細的描述。通常皆以此詩爲琰所自作，或有疑其爲後人所重述者。我則相信此詩決非琰所自作；因爲她已做了悲憤詩，何必更去做同樣的別的詩篇？且細讀胡笳十八拍實不似詩人自己所創作者，而大類樂人演述琰之事以歌唱之辭。如：

「十七拍兮心鼻酸，關山阻修兮行路難……胡笳本自出胡中，緣琴翻出音律同。十八拍兮曲雖終，響有餘兮思無窮。是知絲竹微妙兮，均造化之功，哀樂各隨人心兮有變則通……」

此顯然不是琰所自說的話。大約琰的故事在當時及其後必流傳極盛，於是樂人乃以十八拍之新聲，演此故事歌唱之．

三

漢代之文學多爲模擬的，殊少獨創的精神，以與羅馬的黃金時代相提並論，似覺有愧．她沒有維琪爾，沒有賀拉士，沒有奧維特，甚至於沒有朱味那爾與柏魯托士，但只有一件事卻較羅馬的爲偉大，卽漢代多偉大的歷史家．是司馬遷的史記，實較羅馬的李委與泰西托士的著作尤爲偉大，他這部書實是今古無匹的大史書，其煊燦的光采，永如初昇的太陽，不僅照耀於史學界，且照耀於文學界．還有，班固的漢書與劉向的新序、說苑、列女傳、韓嬰的韓詩外傳，也頗有獨創的精神．荀悅的漢紀體裁雖倣於左傳，敍述卻亦足觀．故漢代文學昔之批評家多稱許其賦，實則漢賦多無特創的精神，無眞摯的情感，其可爲漢之光華者，實不在賦而在史書．

司馬遷字子長，左馮翊夏陽人，生於公元前一百四十五年（卽漢景帝中五年丙申）其卒年不可考，大約在公元前八十六年（卽漢昭帝始元元年乙未）以前。父談爲太史令。遷『年十歲則誦古文，二十而南遊江淮，上會稽，探禹穴，闚九疑，浮於沅湘，北涉汶泗，講業齊魯之都，觀孔子之遺風，鄉射鄒嶧，戹困鄱薛彭城，過梁楚以歸。』初爲郎中，後繼談爲太史令，紬史記石室金鐀之書。後五年（太初元年）始着手作其大著作史記。因李陵降匈奴，遷爲之辯護，受腐刑。後又爲中書令，尊寵任職。

遷之作史記，實殫其畢生之精力。自遷以前，史籍之體裁簡樸而散漫，有分國敘述之國語、戰國策，有紀年體之春秋，有錄黃帝以來至春秋時帝王公侯卿大夫祖世所出之世

司馬遷

本，其材料至爲散雜；沒有一部有系統的史書，敍述古代至戰國之前後的。於是遷乃采經摭傳，纂述諸家之作，合而爲一書，但其材料亦不盡根據於古書，有時且敍及他自己的見聞，他友人的告語，以及旅遊中所得的東西。其敍述始於黃帝（公元前二千六百九十七年）迄於漢武帝，『凡百三十篇，五十二萬六千五百字』（自序）。分本紀十二，年表十，書八，世家三十，列傳七十。本紀爲全書敍述的骨幹，其他年表、書、世家、列傳則分敍各時代的世序，諸國諸人的事蹟，以及禮儀學術的沿革，此種體裁皆爲遷所首創。將如此繁雜無序的史料，編組成如此完美的第一部大史書，其工作真是至艱，其能力真可驚異！中國古代的史料賴此書而保存者不少，此書實可謂爲古代史書的總集，自此書出，所謂中國的『正史』的體裁以立，作史者受其影響者至二千年。此書的體裁不惟爲政治史，且包含學術史，文學史，以及人物傳的性質，其八書——禮書、樂書、律書、歷書、天官書、封禪書、河渠書、平準書，——自天文學以至地理學、法律、經濟學無不包括，其列傳則不惟包羅政治家，且包羅及於哲學者、文學者、商人、日者，以至於民間的游俠。在文字一方面亦無一處不顯其特創的精神，他串集了無數的不同時代，不同著者的史書，而融貫冶鑄而爲一書，正如合諸種雜鐵於一爐而燒冶成了一段極純整的鋼鐵一樣，使我人毫不能見其湊集的縫跡，此亦爲一大可驚異之事。大約遷之採用諸書並不拘拘於採用原文，有古文不可通於今者則改之，且隨時加入別處所得的材料。茲舉尚書堯典一節及史記五帝本紀一節以爲一例：

（尚書）

曰若稽古帝堯，曰放勳，欽明文思安安。允恭克讓，光被四表，格於上下。克明俊德，以親九族。九族既睦，平章百姓。百姓昭明，協和萬邦，黎民於變時雍。乃命羲和，欽若昊天，歷象日月星辰，敬授人時。分命羲仲，宅嵎夷，曰暘谷，寅賓出日，平秩東作，日中星鳥，以殷仲

（史記）

帝堯者，放勳，其仁如天，其知如神，就之如日，望之如雲，富而不驕，貴而不舒。黃收純衣，彤車乘白馬。能明馴德，以親九族。九族既睦，便章百姓。百姓昭明，合和萬國，乃命羲和，敬順昊天，數法日月星辰，敬授民時。分命羲仲，居郁夷，曰暘谷，敬道日出，便程東作，日中

春。厥民析，鳥獸孳尾。申命羲叔，宅南交，平秩南訛；敬致，日永星火，以正仲夏。厥民因，鳥獸希革。分命和仲，宅西，曰昧谷……允釐百工，庶績咸熙。帝曰：疇咨若時登庸？放齊曰：胤子朱啓明。帝曰：吁，嚚訟，可乎？帝曰：疇咨若予采？驩兜曰：都，共工方鳩僝功。帝曰：吁，靜言庸違，象恭滔天。……

星鳥，以殷仲春。其民析，鳥獸字微。申命羲叔，居南交，便程南爲，敬致，日永星火，以正中夏。其民因，鳥獸希革。申命和仲，居西土，曰昧谷……信飭百官，衆功皆興。堯曰：誰可順此事？放齊曰：嗣子丹朱開明。堯曰：吁，頑凶，不用。堯又曰：誰可者？讙兜曰：共工旁聚布功，可用。堯曰：共工善言，其用僻，似恭漫天，不可。……

史記此節的材料雖全取之於尙書，然於當時已不用之文字如宅，如厥，如平秩，如疇，以及不易解之句子，如方鳩僝功之類，無不改寫爲平易之今文。觀此，僅一小節，已改削了如此之多，其他處之如何改定原文亦可推想而知。史記雖集羣書而成，而其文辭能純整如出一手，此種改削實爲其重要之原因。

在後來文學史上，史記之影響亦極大，有無數的作家去擬倣他的敍寫的方法與他的風格；而作傳記者更努力的想以史記之文字爲他們的範本。這種擬古的作品，自然是不堪讀的。而史記本身的敍寫，則雖簡樸而卻能活躍動人，能以很少的文句，活躍躍的寫出人物的性格。下面是刺客列傳（卷八十六）的一段，可作爲一例，

「荆軻者，衞人也。……日與狗屠及高漸離飲於燕市。酒酣以往，高漸離擊筑，荆軻和而歌於市中，相樂也。已而相泣，旁若無人者。荆軻雖遊於酒人乎，然其爲人沈深好書，其所遊諸侯，盡與其賢豪長者相結。其之燕，燕之處士田光先生亦善待之，知其非庸人也。居頃之，會燕太子丹質秦亡歸，……歸而求爲報秦王者，國小力不能。……鞠武曰：「……燕有田光先生，其人智深而勇沈，可與謀。」太子曰：「願因太傅而得交於田先生，可乎？」鞠武曰：「敬諾。」出見田先生，道：「太子願圖國事於先生也。」田光曰：「敬奉教。」乃造焉。太子逢迎，卻行爲導，跪而蔽席。田光坐定，左右無人，太子避席而請曰：「燕秦不兩立，願先生留意也。」田光曰：「臣聞騏驥盛壯之時，一日而馳千里，至其衰老，駑馬先之。今太子聞光盛壯之時，不知臣精已消亡矣。雖然，光不敢以圖國事，所善荆卿可使也。」太子曰：「願因先生得結交於荆卿，可乎？」田光曰：「敬諾。」卽起趨出。太子送至門，戒曰：「丹所報先生所言者，國之大事也，願先生勿泄也。」田光俛而笑曰：

「諾。」僕行見荊卿……曰：「願足下急過太子，言光已死，明不言也。」……乃裝爲遣荊卿……太子及賓客知其事者，皆白衣冠以送之。至易水之上，旣祖，取道。高漸離擊筑，荊軻和而歌，爲變徵之聲，士皆垂淚涕泣，又前而歌曰：「風蕭蕭兮易水寒，壯士一去兮不復還。」復爲羽聲忼慨，士皆瞋目，髮盡上指冠。於是荊軻上車而去，終已不顧。遂至秦。……軻旣取圖奏之。秦王發圖，圖窮而匕首見。因左手把秦王之袖，而右手持匕首揕之。未至身，秦王驚，自引而起，袖絕。拔劍，劍長，操其室。時惶急，劍堅，故不得立拔。荊軻逐秦王，秦王環柱而走。羣臣皆愕，卒起不意，盡失其度。……惶急不知所爲。左右乃曰：「王負劍。」負劍，遂拔以擊荊軻，斷其左股。荊軻廢，乃引其匕首以而秦王，不中，中銅柱。秦王復擊軻，軻被八創。軻自知事不就，倚柱而笑，箕倨以罵曰：「事所以不成者，以欲生劫之，必得約契以報太子也。」……高漸離變名姓，爲人庸保，匿作于宋子。……秦始皇召見，人有識者，乃曰：「高漸離也。」秦皇帝惜其善擊筑，重赦之，乃矐其目，使擊筑，未嘗不稱善。稍益近之，高漸離乃以鉛置筑中，復進得近，舉筑扑秦皇帝，不中。於是遂誅高漸離，終身不復近諸侯之人。

史記一百三十篇，曾缺十篇，褚少孫補之，其他文字間，亦常有後人補寫之跡。

但這並無害於史記全體的完整與美麗.

遷卒後百餘年有班固者作漢書.漢書的體例幾全倣於史記,此爲第一部摹擬史記的著作.其後繼固而作者幾乎代有二三人.固書與遷書唯一不同之點在於史記爲通史,而漢書則爲斷代的,起於漢之興,而終於西漢之亡.漢書共一百篇,凡帝紀十二,表八,志十,列傳七十.史記所有之世家,漢書則去之,歸入列傳中,史記之「書」,漢書則改名爲志.二者之不同,僅此而已.但漢書之體裁,亦有不盡純者.固雖以此書爲斷代的,僅記西漢二百二十九年間之事,然而其中古今人物表卻並敍及上古的人物,藝文志亦總羅古代至漢的書籍.尤可異者,則其中之貨殖列傳且敍及范蠡,子贛、白圭諸人.其體例殊不能謂爲嚴整.大約古今人物表及藝文志皆爲史記所無者,班固之意似在欲以此二篇補史記之缺.(至於貨殖傳敍述之淆亂,則不知何故.)漢書之文字,敍漢武帝以前的事者大都直鈔史記原文,異處甚少,故亦頗有人譏其標竊.至其後半,則大半根據其父彪所續前史之文,而加以補述增潤，亦有是他自己的手筆。固經營此書亦甚費苦心，自永平中始受詔作史，潛精積思二十餘年，至建初中乃成。當世甚重其書，學者莫不諷誦。其中八表及天文志乃爲固妹昭所補成，因固死時，此數篇尚未及竟。

除史記與漢書之二大史書外，劉向之說苑新序列女傳及韓嬰之韓詩外傳亦殊有一敍的價値。此數書皆爲傳記一類的著作。

韓嬰，燕人，漢文帝時爲博士，又歷官於景帝，武帝二世。嬰所專習者爲詩經；漢初傳詩者三家——齊，魯，韓——嬰卽韓詩的創始者，曾作詩經外，內傳，內傳今散佚，獨外傳尙存，卽所謂韓詩外傳。但此書卻不是詩經的注解，乃是與說苑新序同類的書。『大抵引詩以任事，非引事以明詩。』（王鳳洲語）其文辭頗簡婉而美，其所敍之故事亦頗有些很好的故事在着。

劉向前已言其爲大編輯者，現在所講之說苑，新序，列女傳三書，其原料亦皆集之於古代各書，向第加以一番編纂的工夫。說苑共三十篇，以許多的片段故事分類歸納於君道，臣術，建本，立節，貴德，復恩，政理，尊賢，正諫，敬慎，善說，奉使，權謀，至公，措武，叢談，雜言，辯物，修文，反質之二十個題目之下。新序之性質，亦與說苑相同，今所傳者有十卷，其第一卷至第五卷爲雜事，第六卷爲刺奢，第七卷爲節士，第八卷爲義勇，第九卷及第十卷爲善謀。列女傳爲專敍古代婦女的言行者，其體裁亦與新序說苑相同，以許多的故事，歸之於母儀，賢明，仁智，貞順，節義，辯通，孼嬖等幾個總目之下，每傳並附以頌一首。此書有一部分爲後人所補入者。後來的人以附有頌者定爲劉向原文，無頌者定爲後人所補，大抵無頌者都爲漢代人及向以後人，可以知道不是向原文所有。凡此三書，其中故事有許多是很可感人的，很值得作爲戲曲詩歌的原料的；有許多則其機警譬解甚可喜。茲舉一二例於下：

『孔子之楚，有漁者獻魚甚強，孔子不受。漁者曰：「天暑遠市賣之不售，思欲棄之，不若獻之君子。」孔子再拜受，使弟子掃除，將祭之。弟子曰：「夫人將棄之，今吾子將祭之，何也？」孔子曰：「吾聞之，務施而不腐餘財者，聖人也。今受聖人之賜，可無祭乎！」』（說苑五）

『晉平公浮西河，中流而歎曰：「嗟乎，安得賢士與共此樂者！」船人固桑進對曰：「君言過矣。夫劍產於越，珠產江漢，玉產昆山，此三寶者，皆無足而至。今君苟好士，則賢士至矣。」平公曰：「固桑來。吾門下食客者三千餘人，朝食不足，暮收市租，暮食不足，朝收市租。吾尚可謂不好士乎？」固桑對曰：「今乎鴻鵠高飛冲天，然其所恃者六翮耳。夫腹下之毳，背上之毛，增去一把，飛不爲高下。不知君之食客六翮邪，將背腹之毳也？」平公默然而不應焉。』（新序一）

「正史」與「傳記」二者之外，古代左傳式的「編年史」至漢末亦復活。當獻帝時，荀悅爲侍中。帝好典籍，常以班固漢書文繁難省，乃令悅依左氏傳體，以爲漢紀三十篇。此爲左傳的第一部擬著的摹作，此後，類此的著作，便常常的有出現了。荀悅字仲豫，潁川潁陰人。（生於公元一百四十八年，卒於公元二百〇九年）好著述，初在曹操府中，後遷黃門侍郎，曾作申鑒五篇。漢紀雖非他的特創之作，然辭約事詳，亦頗自抒其論議。

四

漢之論文，遠不如戰國時代之炳耀，思想則幾皆秉孔子之遺言而毋敢出入，不復有戰國時電閃風發之雄偉的論難——只有二三人是例外——文辭則幾皆亢衍而素樸，無復有戰國時比譬美麗而說理暢順之辭采.中國之批評者多重漢之論文，以爲渾厚，實則遠遜於戰國時代——即自此以後二千年間，好的論文亦絕難一遇.

最初出現者有陸賈.賈爲漢開創之帝劉邦時人，作新語十二篇，每奏一篇，邦未嘗不

漢代大論文家賈誼

稱善。此書雖至今尙傳，然爲後人所依託，原書已不傳。後有賈誼，曾上治安策於漢武帝，議論暢達而辭勢雄勁，似較其辭賦爲更足動人。今所傳有新書五十八篇，多取漢書誼本傳所載之文割裂章段，顚倒次序而加以標題，大約是舊本殘逸，後取誼文割裂重編之故。然誼固可追蹤於戰國諸子之後，自是漢代第一流的大論文家。今舉其治安策的一節：

『臣竊惟事勢可爲痛惜者一，可爲流涕者二，可爲長太息者六。若其他倍理而傷道者難徧以疏舉。進言者皆曰：「天下已安矣。」臣獨曰未安。或者曰：「天下已治矣。」臣獨曰未治。恐逆意觸死罪。雖然，誠不安，誠不治，故不敢顧身，敢不昧死以聞。夫曰天下安且治者，非至愚無知，固諛者耳，皆非事實知治亂之體者也。夫抱火措之積薪之下而寢其上，火未及燃，因謂之安，偷安者也。方今之勢何以異此……』

景帝之時，有吳楚七國之叛亂。這個時代，智謀之士頗多，如鼂錯，如鄒陽，如枚乘，其說辭皆暢達美麗而明於時勢，有類於戰國諸說士。枚乘曾兩上書諫吳王，當時稱其有先知之明。鼂錯潁川人，爲景帝內史，號曰智囊，即首謀削諸侯封地者，吳楚反，以誅錯爲名，錯遂爲這次內亂的犧牲者。錯深明當時天下情實，故所說都切當可行，亦當時之一大政論家。鄒陽齊人，初事吳王濞，以王有邪謀，上書諫之不聽，遂去吳之梁，從孝王遊。左右惡陽於孝王，王怒，下陽於獄，將殺之。陽乃從獄中上書，辭甚辯而富情感，讀者都能爲其所感動。故孝王得書，立出之，待爲上客。此種文章，自陽後便不易得見。

董仲舒

武帝時，董仲舒，公孫弘諸儒者皆曾上書論事，然意見文辭都不足稱。同時有劉安者爲漢之宗室，封淮南王，好學喜士，曾招致天下諸儒方士，講論道德，總說仁義，著書二十一篇，號曰鴻烈，即今所謂淮南子，尚有外篇，今不傳。此書之性質甚似呂氏春秋，文辭尚留戰國諸子的遺跡，而所論者殊駁雜而無確定的主張。

後七八十年，有劉向，向所編之傳記三部，上面已講過，當時他曾時時上書論時事，亦爲大政論家之一，而其見解文辭，卻無甚可特述者。其後二十餘年有揚雄，曾擬論語作法言，他的見解雖有時可以注意，而文辭中摹擬之病甚深，處處都倣做著論語之簡質的語法，直忘了論語是何時代的作品，且忘了論語是弟子所記的語錄而非孔子所自作的，殊覺可笑；甚至論語十三篇，他的法言亦寫了十三篇以相匹對，更是無謂之至。與雄同時者有桓寬，曾作一部鹽鐵論，至今尚傳，其體裁殊特別，但其文辭亦不足觀。

其後四十餘年，有六論文家王充出。充卒於公元九十年間（漢和帝永元中），字仲任，會稽上虞人。曾師事班彪，仕郡爲功曹，以數爭諫不合去。閉門潛思，絕慶弔之禮，戶牖牆壁，各置刀筆，遂成論衡八十五篇。論衡實爲漢代最有獨創之見的哲學著作。當時儒教已爲思想界的統治者，而充則毅然能與之問難。他在問孔篇上說:『世儒學者好信師而是古,以爲賢聖所言皆無非,專精講習,不知難問。夫聖賢下筆造文,用意詳審,尙未可謂盡得實,况倉卒吐言,安能皆是。不能皆是,時人不知難,或是而意沈難見,時人不能問。案賢聖之言,上下多相違,其文前後多相伐者,世之學者不能知也。』這些話那時更有什麽人敢說!又在物勢篇上說:『儒者論曰:天地故生人,此言妄也。夫天地合氣,人偶自生也。猶夫婦合氣,子則自生也。夫婦合氣,非當時欲得生子,情欲動而合,合而生子矣。且夫婦不故生子,以知天地不故生人也。』這些話亦是說得很勇敢的。但充的文辭殊覺笨重而不能暢順的達其意。這是很可惜的。略後於充者有王符,符字節信,安帝時人。志意蘊憤,隱居著書,以譏當時之得失,不欲彰顯其名,故曰潛夫論,凡三十六篇,但其言論無甚新意,文辭亦殊平宂。

此後,至獻帝時,又有三個論文家出現。一爲仲長統,統字公理,山陽高平人。(生於公元一百七十九年,卒於公元二百十九年)性俶儻,不矜小節,語默無常,時人或謂之狂生。曾參曹操軍事。每論說古今及時俗行事，恆發憤嘆息，因著論名曰昌言，凡三十四篇。一爲荀悅，悅之漢紀，前已述及。其論文集名申鑒，凡五篇，名政體，時事，俗嫌，者各一篇，名雜言者二篇。一爲徐幹，幹字偉長，北海人，（生於公元一百七十一年，卒於公元二百十八年）著中論二十餘篇，傳於今者凡二十篇。曹操曾屢辟之，俱不應。此三人的思想俱不脫儒家的範圍，文辭亦無可特稱之處。

參考書目

一、全上古秦漢六朝文　淸嚴可均編，共七百四十六卷，廣雅書局刋本，此書搜羅古代至隋的散文及賦甚完備，較梅氏文紀及其他各種選本爲好。

二、漢魏六朝一百三家集　明張溥編，自賈誼以至隋盧思道薛道衡諸重要作家著作略多者，都已被包括在內。此書坊刻本甚多。

三、漢魏六朝名家集　丁福保編，凡一百十家，現已刻四十家。上海醫學書局出版。此書較張溥所編者爲精審。

四．史記一百三十卷　漢司馬遷撰，有歸入二十四史中的刻本，有單行刻本．

五．漢書一百卷　漢班固撰，刻本亦甚多，以王先謙的漢書補註爲最好，

六．新序說苑及列女傳　漢劉向撰，此三書商務印書館出版的四部叢刊有收入，所根據的原刻本都甚好．

七．漢紀　漢荀悅撰，有四部叢刊本．

八．新語（題陸賈作，實僞託的）在湖北書局刻的百子全書內．四部叢刊內亦有之．

九．賈誼的新書亦在百子全書內，但亦有單刻本．

十．劉安及其客所撰的淮南子，刻本甚多，最近劉文典君曾作了一部淮南子集解，在商務印書館出版．

十一．揚雄的法言，百子全書及四部叢刊俱收之，單行刻本亦甚多．

十二．桓譚的新論有問經堂輯本．

十三．王充的論衡單刻本甚多，百子全書及四部叢刊中俱有之．近來王充的研究甚流行，謝无量有

王充哲學一書中華書局出版。

十四．王符的潛夫論有漢魏叢書及四部叢刊本，亦有單刻本。

十五．桓寬的鹽鐵論，百子全書及四部叢刊中俱有之。

十六．仲長統的昌言有玉函山房輯軼書本。

十七．荀悅的申鑒，百子全書及四部叢刊中俱有之。

十八．徐幹的中論百子全書及四部叢刊亦俱有之。

十九．梁蕭統所編的文選包括漢代的文學作品，自辭賦以至史論，詩歌甚多，但其分類頗不經。

二十．漢之詩歌，除文選包括不少外，其較完備的總集可看馮惟訥的古詩紀及丁福保的全漢晉三國六朝詩紀。但古詩紀今不易得，僅購丁氏的書亦已足。

第十一章　曹植與陶潛

第十一章　曹植與陶潛

一

自屈原以後，至漢代之末，幾無一個重要的大詩人出現。漢代的詩歌，前章已略述其概，大概西漢之詩人，劉徹的天才是很高的，其他若韋孟，韋玄成之詩，都是教訓垂諫之意而無詩的美趣，不足使我們注意；梁鴻諸詩，卻較韋氏諸作爲勝，然除五噫外也都不甚成功。東漢之詩人，則推班固，傅毅，張衡，蔡邕，蔡琰諸人。然兩漢的這一班詩人，所作都僅數首，自不能當大詩人之稱。同時，有鐃歌十八曲者，作者的姓氏已不傳，其中有數曲，可算爲很好的詩，戰城南與有所思二曲尤好：

『戰城南，死郭北．野死不葬烏可食．爲我謂烏：且爲客豪．野死諒不葬，腐肉安能去子逃．水深激激，蒲葦冥冥，梟騎戰鬬死，駑馬裵回鳴。梁築室，何以南，何以北。禾黍不獲君何食，願爲忠臣安可得！思子良臣，良臣誠可思。朝行出攻，暮不夜歸。』——戰城南

『有所思，乃在大海南。何用問遺君，雙珠玳瑁簪，用玉紹繚之。聞君有他心，拉雜摧燒之。摧燒之，當風揚其灰。從今已往，勿復相思，相思與君絕。雞鳴犬吠，兄嫂當知之。妃呼豨，秋風肅肅晨風颸，東方須臾高知之。』——有所思

又有古詩十九首者，始見於文選，題爲無名氏作，幾乎沒有一首不是好的。徐陵的玉臺新詠始以其中之八首爲枚乘所作，又以『冉冉孤生竹』一首爲傅毅之辭。又有題爲蘇武，李陵所作之詩十餘首；蘇武詩四首，及李陵與蘇武詩三首見文選，其他各詩見古文苑。更有題爲古詩者許多首，俱爲無名氏作。這些詩，也都是辭華煥發而蘊情至深的。

『明月何皎皎，照我羅牀幃。憂愁不能寐，攬衣起徘徊。客行雖云樂，不如早旋歸。出戶獨彷徨，愁思當告誰。引領還入房，淚下沾裳衣。』——十九首之一。

『結髮爲夫妻，恩愛兩不疑。歡娛在今夕，燕婉及良時。征夫懷往路，起視夜何其。參辰皆已沒，去去從此辭！行役在戰場，相見未有期。握手一長歎，淚爲生別滋。努力愛春華，莫忘歡樂時。生當復來歸，死當長相思。』——蘇武(?)詩。

『良時不再至，離別在須臾。屏營衢路側，執手野踟蹰。仰視浮雲馳，奄忽互相踰。風波一失所，各在天一隅。長當從此別，且復立斯須。欲因晨風發，送子以賤軀。』——李陵與蘇武詩(?)

古詩十九首中所謂枚乘作的數首，上章已辯明必非乘所作，至於稱爲傅毅之作的一首，恐亦係臆測之辭。蘇武李陵諸作，雖見於文選，然漢書蘇武李陵傳中並不載蘇李二人之詩，僅言武還漢時，李陵置賀武曰：『異域之人，一別長絕，』因起舞而歌曰：『徑長里兮度沙漠，爲君將兮奮匈奴。路窮絕兮矢刃摧，士衆滅兮名已隤。老母已死，雖欲報恩將安歸！』泣下數行，遂與武決。藝文志中亦不言陵及武有詩篇。當時，蘇李的故事盛流傳於智識階級及民間，果蘇李作有這許多詩，班固當然不會不知，既知也不會不錄入傳中或載入藝文志中的。何以固時尙不知有這些詩，而至數百年後蕭統諸人之時反倒知道？以我所見，蘇李之時，決不會產生那樣完美的五言詩．大約這些詩必爲後人所作，而被昭明諸人附會爲其故事感人至深的蘇李二人所有的．細讀各詩，更可見他們全非出於蘇李之手筆．如蘇武之詩：『行役在戰場，相見未有期，』他赴匃奴，係出使，並非出戰，何以言『行役在戰場？』又他的別李陵：『二鳧俱北飛，一鳧獨南翔，……一別如秦胡，會見何詎央』所謂『二鳧俱北飛』何意？他們既當相別，那末相別之後，武則至漢，陵則在胡，正是一秦一胡，何以詩中卻說，『一別如秦胡』呢？

大約此種完美的五言詩，在西漢決不會發生．最初的五言詩作家至早當生在東漢之初期．班固的詠史：『三王德彌薄，惟後用肉刑』是較可靠的最初的五言詩．自此以後，此種詩體，流傳漸廣，漸代四言體及楚辭體而占領了詩的領土．然其盛時，似當在建安（公元一九六——二一九）左右．鍾嶸在他的詩品上說：『去者日以疎四十五首，雖多哀怨，頗爲總雜．舊疑是建安中曹王所製．』也許十九首等古詩，竟是建安中曹王諸人所製也未可知。

以此完美的五言體所作的敍事詩，有陌上桑，婦病行，孤兒行，古詩爲焦仲卿妻作等，那些詩的作者的姓名，今亦不可知。

『日出東南隅，照我秦氏樓。秦氏有好女，自名爲羅敷。羅敷善蠶桑，採桑城南隅。青絲爲籠系，桂枝爲籠鉤。頭上倭墮髻，耳中明月珠。緗綺爲下裳，紫綺爲上襦。行者見羅敷，下擔捋髭鬚；少年見羅敷，脫巾著帩頭；耕者忘其耕，鋤者忘其鋤；來歸相怨怒，但坐觀羅敷……』

——陌上桑

『孔雀東南飛，五里一徘徊。「十三能織素，十四學裁衣，十五彈箜篌，十六誦詩書。十七爲君婦，心中常苦悲。君既爲府吏，守節情不移。雞鳴入機織，夜夜不得息。三日斷五匹，大人故嫌遲。非爲織作遲，君家婦難爲。妾不堪驅使，徒留無所施，便可白公姥，及時相遣歸。」府吏得聞之，堂上啓阿母：「兒已薄祿相，幸復得此婦。結髮同枕席，黃泉共爲友。共事二三年，始爾未爲久。女行無偏斜，何意致不厚？」阿母謂府吏：「何爲太區區，此婦無禮節，舉動自專由。吾意久懷忿，汝豈得自由。東家有賢女，自名秦羅敷，可憐體無比，阿母爲汝求。便可速遣之，遣之愼莫留。」府吏長跪答：「伏惟啓阿母，今若遣此婦，終老不復取。」

阿母得聞之，搥牀便大怒．「少子無所畏，何敢助婦語．吾已失恩義，會不相從許．」府吏默無聲，再拜還入戶，舉言謂新婦，哽咽不能語．「我自不驅卿，逼迫有阿母．卿但暫還家，吾今且赴府．不久當歸還，還必相迎取……」……出門登車去，涕落百餘行．府吏馬在前，新婦車在後，隱隱何甸甸，俱會大道口．下馬入車中，低頭共耳語……入門上家堂，進退無顏儀……府吏聞此變，因求假暫歸……其日牛馬嘶，新婦入青廬……攬裙脫絲履，舉身赴清池．府吏聞此事，心知長別離，徘徊庭樹下，自掛東南枝……」

——古詩爲焦仲卿妻作

這些詩大約也都是建安左右的作品．古詩爲焦仲卿妻作一首，可算是中國第一首的長詩．其序言：『漢末建安中，廬江府小吏焦仲卿妻劉氏，爲仲卿母所遣，自誓不嫁．其家逼之，乃沒水而死．仲卿聞之，亦自縊於庭樹．時傷之，爲詩云爾．』則其作者當在建安中，或係當時民間流行之唱辭，後來詩人爲之潤飾者．

綜言之，自屈原以至漢末，實無一個可稱得大詩人的重要作家出現，直到了建安之時，纔有大詩人曹植與曹操，曹丕，王粲，劉楨等起，而以曹植爲尤偉大．

二

曹氏的三詩人操，丕，植，其風格與情思俱遠高出於當時的諸作家。曹操字孟德，沛國譙人。（生於公元一百五十五年，死於公元二百二十年）少任俠放蕩，不治行業，後掌兵權，漸破滅羣雄，專漢政，操天才甚高雖常在軍中，征討不休，而所作殊佳，極豪逸悲涼之致。其短歌行：『對酒當歌，人生幾何，譬如朝露，去日苦多，』苦寒行：『樹木何蕭瑟，北風聲正悲，……行行日已遠，人馬同時饑。擔囊行取薪，斧冰持作糜，』尤爲有慨慷悲壯之美。丕，植俱爲其子。丕字子桓，操之長子，八歲能屬文。操死，繼立爲魏王，受漢禪於公元二百

曹操

二十年卽皇帝位。所爲詩，佳者亦不少；善者行：『上山採薇，薄暮苦饑。谿谷多風，霜露沾衣。……高山有崖，林木有枝，憂來無方，人莫之知。』及雜詩『西北有浮雲，亭亭如車蓋。惜哉時不遇，適與飄風會。吹我東南行，行行至吳會。吳會非我鄉，安得久留滯。棄置勿復陳，客子常畏人，』可爲一例。又作典論，其中論文一篇，評論當時文士，所見甚高。中國的文學評論，存於今者，當以此篇爲最古。

植字子建。（生於公元一百九十二年，死於公元二百三十二年。）其作品不惟爲曹氏三詩人中的最偉大者，且亦爲當時諸文士的領袖，世稱天下共有才十斗，子建獨有其八。實則其詞彩絢耀，才華高曠，並世之詩人固無及者，卽六朝初唐之詩人，除陶潛外，恐亦無其肩比。鍾嶸言：『陳思之於文章也，譬人倫之有周孔，鱗羽之有龍鳳，音樂之有琴笙，女工之有黼黻，俾爾懷鉛吮墨者，抱篇章而景慕，映餘暉以自燭。』誠哉，六朝諸詩人，誰不曾映子建之餘暉者！植性簡易，不治威儀，操於諸子中特寵愛之，幾欲立之爲太子者好幾次。卒因丕之善於矯飾，遂不立植而立丕。丕因此怨植，及卽位，卽殺植之至友丁儀，丁廙。又貶削植之爵位。植常悒悒無歡。明帝時，封陳王，不久，卽發疾卒年四十一，謚曰思。

植前後所著賦頌詩銘雜論凡百餘篇今傳集十卷。植之詩，情緒旣眞摯迫切，鑄詞又精妙美適。如：

『明月照高樓，流光正徘徊。上有愁思婦，悲歎有餘哀。借問歎者誰，言是宕子妻。君行踰十年，孤妾常獨棲。君若淸路塵，妾若濁水泥。浮沈各異勢，會合何時諧！願爲西南風，長逝入君懷。君懷時不開，賤妾當何依！』——七哀

『初秋涼氣發，庭樹微銷落。凝霜依玉除，淸風飄飛閣，朝雲不歸山，霖雨成川澤……』——贈丁儀

『白日曜靑春，時雨靜飛塵。寒冰辟炎景，涼風飄我身。淸醴盈金觴，肴饌縱橫陳。齊人進奇樂，歌者出西秦。翩翩我公子，機巧忽若神。』——侍太子坐

這幾首隨意擧出，不一定是他最好的詩；然卽由這幾首裏，我們亦可看出他的作

品的極可注意的二點：其一，像『流光正徘徊，』『時雨靜飛塵』等的獨創的鑄句與用字法，是古詩人所極少有的，子建常用之，然卻用得極自然，極適合，絕不見雕斲與牽合的縫痕，這是他最大的成功之一點；其二，在詩歌中，對偶的句子，子建亦用得很多，像『凝霜依玉除，清風飄飛閣，』『白日曜青春，時雨靜飛塵，』雖不如後來齊梁陳唐的詩人對得那樣的準確整齊，然實爲他們的先驅，開闢了這條詩歌中的對偶的路給他們走。這是子建有最大的影響於後世的地方——雖然這影響不是什麼好影響。不過在子建的詩裏，這種對偶的句子，我們卻並不覺得討厭，反覺得可愛，這也是因爲是寫得自然適合而並不强湊强對的緣故。

與曹氏三詩人同時者，有建安七子及楊修，繁欽諸人。建安七子者，爲孔融，王粲，徐幹，陳琳，阮瑀，應瑒及劉楨。他們都是生於建安中，且大半都是爲曹操所引用者。曹丕曾論及他們，謂：『今之文人，魯國孔融文舉，廣陵陳琳孔璋，山陽王粲仲宣，北海徐幹偉長，陳留阮瑀元瑜，汝南應瑒德璉，東平劉楨公幹，斯七子者，於學所無遺，於辭無所假，咸以自騁驥騄於千里，仰齊足而並馳。……王粲長於辭賦，徐幹時有齊氣，然粲之匹也。如粲之初征，登樓，槐賦，征思，幹之玄猿，漏卮，圓扇，橘賦雖張蔡不過也。然於他文未能稱是。琳瑀之章表書記今之雋也。應瑒和而不壯，劉楨壯而不密。孔融體氣高妙，有過人者，然不能持論，理不勝詞，以至乎雜以嘲戲，及其所善，揚班儔也。』這幾個人都不能勝於曹氏父子，至較之子建，則子建爲清光瀉地的明月，粲等則閃熠的羣星而已。楊修諸人所造亦未能過於七子。

三

建安之後，至陶潛未出之時，詩人之著者有嵇康，阮籍，張華，傅玄，陸機，潘岳，左思，劉琨，郭璞諸人。

嵇康字叔夜，譙國鍾人。（生於公元二百二十三年，死於公元二百六十二年）。好老莊，常修養性服食之事，彈琴詠詩，自足於懷，惟與阮籍，山濤，向秀，劉伶，阮咸，王戎友善，常爲竹林之遊，世謂之『竹林七賢』。康與魏宗室婚，拜中散大夫。時司馬氏欲篡魏，思翦除其宗室姻親，遂藉細故殺康。康之詩喜說玄理，然亦時時有曠逸秀麗之句，如贈秀才入軍十九首中的一首：『輕車迅邁，息彼長林。春木載榮，布葉垂陰。習習谷風，吹我素琴。交交黃鳥，顧儔弄音。感悟馳情，思我所欽。心之憂矣，永嘯長吟。』又一首的『目送歸鴻，手揮五弦』諸句，俱爲他的最好的詩的例子。他又爲上古以來高士作傳贊。

阮籍字嗣宗，陳留尉人。（生於公元二百十年，死於公元二百六十三年。）志氣宏放，任性不羈，常閉戶讀書，累月不出，或登臨山水，經日忘歸。尤好莊老，嗜飲酒。高貴鄉公時封關內侯，徙散騎常侍。時天下多故，名士少有全者，籍以酒自隱，乃求爲步兵校尉，遠世避害。所作以詠懷詩八十餘首爲最著，雖未必每首都是好的，然秀逸的美好的詩卻不少，如『夜中不能寐，起坐彈鳴琴。薄帷鑑明月，清風吹我襟。孤鳴號外野，朔鳥鳴北林。徘徊將何見？憂思獨傷心』等，尤爲後人所傳誦。

張華字茂先，范陽方城人。（生於公元二百三十二年，死於公元三百年）辭藻溫麗，朗贍多通。初著鷦鷯賦，爲阮籍所歎賞，由是知名。晉時爲黃門侍郎，力贊伐吳之議，果滅吳而天下歸於一。後爲太子少傅，被孫秀等所害。華所作有博物志十篇。其詩華整，『多兒女之情，少風雲之氣。』如『居歡惜夜促，在慼怨宵長。撫枕獨吟歎，綿綿心內傷』如『巢居覺風飄，穴處識陰雨。未曾遠別離，安知慕儔侶。』（俱見他的情詩）諸句，可見他的作風的一斑。

傅玄字休奕，北地泥陽人，與張華同時。（生於公元二一百十七年，死於公元二百七十八年）初爲弘農太守，入晉爲駙馬都尉，遷太僕。嘗作傅子百餘卷，爲當時有特見的論文家。其詩有古樂府的風格，樸質自然，不涉靡麗，而情感深摯動人，如他的短歌行：『長安高城，層樓亭亭，干雲四起，上貫天庭，蜉蝣何整，行如軍征；蟀蟋何感，中夜哀鳴；蚍蜉愉樂，粲粲其榮。寤寐念之，誰知吾情！昔君視我，如掌中珠。何意一朝，棄我溝渠！昔君與我，如影如形。何意一去，心如流星！昔君與我，兩心相結。何意今日，忽然兩絕！』可爲一例。

陸機與潘岳略後於張傅，其作風則與張傅甚異；張傅古樸，而潘，陸則繁縟富麗．陸機字士衡，吳郡人．（生於公元二百六十一年，死於公元三百零三年）太康末，與弟雲俱入洛．張華深愛重之，嘗謂之曰『人之爲文當恨才少而子更患其多』後司馬穎與司馬顒起兵討司馬乂，以機爲河北大都督因戰敗被宦者孟玖誣殺．機當時與弟雲齊名，時稱二陸，然雲之詩遠不如機．機雖時傷於縟麗，然常亦有輕俊之作，如猛虎行：『渴不飲盜泉水，熱不息惡木陰．惡木豈無枝，壯士多苦心．整駕肅時命，杖策將遠尋．饑食猛虎窟，寒棲野雀林．日歸功未建，時往歲載陰．崇雲臨岸駭，鳴條隨風吟．靜言幽谷底，長嘯高山吟．急絃無懦響，亮節難爲音．人生誠未易，曷云開此衿．眷我耿介懷，俯仰愧古今．』之類者．他又作文賦，是有名的文學評論之一．以最不易達意的文體，而暢麗的敘他的文學見解，不能不謂之成功．

潘岳字安仁，滎陽中牟人，幼稱奇童，長善爲詩．爲散騎常侍，與石崇等友，酬吟不絕．司馬倫輔政時，孫秀用事，以舊怨殺崇及岳，時爲公元三百年，亦卽張華被殺之一年。岳所著有西征賦，閑居賦，又善爲哀誄之文，然其不朽之作，當爲悼亡詩，這是他從極深摯的情感裏流瀉出來的，是他的嗚咽的哭聲，是他的悲苦的訴語。我們讀至：『望廬思其人，入室想所歷。幃屏無髣髴，翰墨有餘迹。流芳未及歇，遺挂猶在壁。悵怳如或存，回惶忡驚惕；』讀至：『凜凜涼風升，始覺夏衾單。豈曰無重纊，誰與同歲寒！歲寒無與同，朗月何朧朧。展轉盼枕席，長簟竟牀空。牀空委清塵，虛室來悲風。獨無李氏靈，髣髴睹爾容。撫襟長歎息，不覺涕霑胸。霑胸安能已，悲懷從中起。寢興目存形，遺音猶在耳，』誰能不悽然與之表同情！如遇與他同情景的人，則直欲悲哭而不忍卒讀了。像這種至情的作品，在充滿了刻板的虛僞的情感的中國詩歌中，真可算爲極珍異的寶石。

左思字太冲，齊國臨淄人，與潘、陸同時，曾被徵爲祕書郎。其巨作爲三都賦，至十年乃就。其賦出時，人競傳寫，致使洛陽紙價一時爲之貴。然此種作品，在今視之卻殊無大價值。其詩則世人都稱許其詠史八首，然此等作品亦無甚意義。若如『

非必絲與竹，山水有清音。何事待嘯歌，灌木自悲吟。』（招隱）之句，乃眞爲其可傳之作耳。同時又有張載，張協兄弟，亦善爲詩，而協較其兄得名爲盛；如『房櫳無行跡，庭草萋以綠，靑苔依岑牆，蜘蛛網四室，』（張協，雜詩）亦其有名之句。此外張翰，孫楚，夏侯湛，石崇，曹攄諸人，亦以能詩名，然都無特加以敍述的必要。

劉琨字越石，中山魏昌人，其卒年較諸人爲後。（生於公元二百七十年，卒於公元三百十七年。）初爲司隸從事，常與石崇等酬唱。永嘉元年爲幷州刺史，後進司空，爲段匹磾所殺。他的詩，因他的生活曾經五胡之亂，遂不覺變爲慷慨悲壯的，如『據鞍長歎息，淚下如流泉。繫馬長松下，發鞍高岳頭。烈烈悲風起，泠泠澗水流。揮手長相謝，哽咽不能言。浮雲爲我結，歸鳥爲我旋。去家日已遠，安知存與亡。慷慨窮林中，抱膝獨摧藏。』可爲一例。

郭璞字景純，河東聞喜人，與劉琨略同時，而卒年爲後（生於公元二百七十六年，死於公元三百二十四年。）好古文奇字，並通五行天文卜筮之術。後爲王敦所殺。其詞賦爲東晉之冠，其山海經注等亦極著名，其詩則以遊仙詩十四首爲最好。遊仙詩誠爲超逸而具特異的風格與情調之作；如『綠蘿結高林，蒙籠蓋一山。中有冥寂士，靜嘯撫淸弦。放情淩霄外，嚼蕊挹飛泉。赤松臨上游，駕鴻乘紫煙。左挹浮丘袖，右拍洪崖肩，』可爲一例。

此時前後，淸談之習甚盛，士大夫皆貴黃老。此風嵇康，阮籍時已開其端，後乃益熾。正如鍾嶸所言：『於時篇作，理過其辭，淡乎寡味。』所以郭璞之後幾近七八十年（公元三百二十四年至公元四百年的略前）無重要詩人出現。最後乃得陶潛。

四

陶潛可謂六朝中最偉大的詩人，除曹植外無可與之比肩者。他的出現，可謂異軍的突起，其作品乃絕不類於前代的作家，亦絕不類於並世及後來的諸詩人，如孤鶴之展翮於晴空，如朗月之靜掛於午夜，所謂『超然寡儔』者，潛足以當之無愧.大抵六朝詩人不是工於擬古倣古詩樂府,便是塗飾繁麗之辭,雕琢精工之語,失了詩的自然真璞之美.獨潛則絕不熏染這種習慣,蕭疏自在,隨筆舒寫其欲寫的情思,而無不絕工.辭雖平淡,無故作奇麗的句子,而『外枯而中膏,似淡而實美』(蘇軾語)黃庭堅言:『謝康樂,庾義成之詩,鑪錘之功,不遺餘力,然未能窺彭澤數仞之牆者.』這是確切不移之評語.靈運的『池塘生春草』一語人盛稱之;他苦思半生,僅能於睡夢中得此一句較自然的句子,至於潛則無語不是如此之自然真切.

潛字淵明,或謂名淵明字元亮,潯陽柴桑人,(生於公元三百六十五年,卒於公元四百三十七年)少有高趣,『嘗著文章自娛,頗示己意,忘懷得失.』曾出就吏職,一度爲彭澤令,不樂居官,賦歸去來辭,自解歸,遂不復出仕.有集八卷,蕭統

陶潛像

淵明撫松圖　（傳趙子昂作）

盛稱之，爲之作序。

『結廬在人境，而無車馬喧。問君何能爾？心遠地自偏。採菊東籬下，悠然見南山。山氣日夕佳，飛鳥相與還。此中有眞意，欲辯已忘言。』——飮酒之一。

『孟夏草木長，遶屋樹扶疏。衆鳥欣有託，吾亦愛吾廬。既耕亦已種，時還讀我書。窮巷隔深轍，頗迴故人車。歡然酌春酒，摘我園中蔬。微雨從東來，好風與之俱。汎覽周王傳，流觀山海圖。俯仰終宇宙，不樂復何如！』——讀山海經之一。

『荒草何茫茫，白楊亦蕭蕭。嚴霜九月中，送我出遠郊。四面無人居，高墳正嶕嶢。馬爲仰天鳴，風爲自蕭條。幽室一已閉，千年不復朝。千年不復朝，賢達無奈何。向來相送人，各自還其家。親戚或餘悲，他人亦已歌。死來何所道，託體同山阿。』——挽歌之一。

由這幾首詩，可以看出他的作風的一斑。他的閒情賦：『願在衣而爲領，承華首之餘芳；悲羅襟之宵離，怨秋夜之未央。願在裳而爲帶，束窈窕之纖身；嗟溫涼之異氣，或脫故而服新。願在髮而爲澤，刷元鬢於頹肩；悲佳人之屢沐，從白水以枯煎。願在眉而爲黛，隨瞻視以閒揚；悲脂粉之尚鮮，或取毀於華裝。願在莞而爲席，安弱體於三秋；悲文茵之代御，方經年而見求。願在絲而爲履，附素足以周旋；悲行止之有節，空委棄於牀前。願在晝而爲影，常依形而西東；悲高樹之多蔭，慨有時而不同。願在夜而爲燭，照玉容於兩楹；悲扶桑之舒光，奄滅景而藏明。願在竹而爲扇，含淒飆於柔握；悲白露之晨零，顧襟袖以緬邈。願在木而爲桐，作膝上之鳴琴；悲樂極以哀來，終推我而輟音。考所願而必違，徒契契以苦心。擁勞情而罔訴，步容與於南林。』雖蕭統評牠爲淵明作品中的「白璧微瑕，」然此賦實爲最好的情詩之一。統之見解殊迂腐可笑。蘇軾評他爲「强作解事，」未爲委屈他。

五

陶潛以後的詩人有顏延之，謝靈運，謝惠連，鮑照等。再後，則沈約等起，詩體爲之大變；沈約等都歸入下一章中講，這裏只敍到在他以前的諸詩人。

顏延之字延年，琅邪臨沂人，（生於公元三百八十四年，卒於公元四百五十六年）與謝靈運俱以詞彩齊名，時稱「顏謝。」延之曾爲始安太守，及永嘉太守，最後爲祕書監光祿勳太常。其詩追蹤潘陸的靡麗，而更過之，時稱他的作品爲『錯彩鏤金。』如：『婺女儷經星，常娥棲飛月。慚無二媛靈，託身侍天闕。閶闔殊未暉，咸池豈沐髮，』（爲織女贈牽牛）等類的文句，殊覺得雕斲過甚，毫無生氣。

謝靈運，陳郡陽夏人，（生於公元三百八十五年，卒於公元四百三十三年，）晉名將謝玄之後，襲封康樂公。入宋降爵爲侯，起爲散騎常侍，後出爲永嘉太守，不久，又棄職居會稽，以遊放歌詩自娛。每有一詩至都邑，貴賤莫不競寫。最後，以受誣，興兵反抗，失敗被殺。他的詩與延之同病，亦傷於靡麗，而無自然高遠的情致。如他的登池上樓，世所盛稱：『傾耳聆波瀾，舉目眺嶇嶔。初景革緒風，新陽改故陰。池塘生春草，園柳變鳴禽，』然我們讀之，終覺得累重而無詩的真趣。他的族兄瞻，族弟惠連亦善爲詩。瞻沒有什麽天才，惠連的詩，則較靈運的爲自然真樸，而有生氣。『春日遲遲，桑何萋萋，紅桃含夭，綠柳舒荑，』（秋胡行）自較『園柳變鳴禽』好得

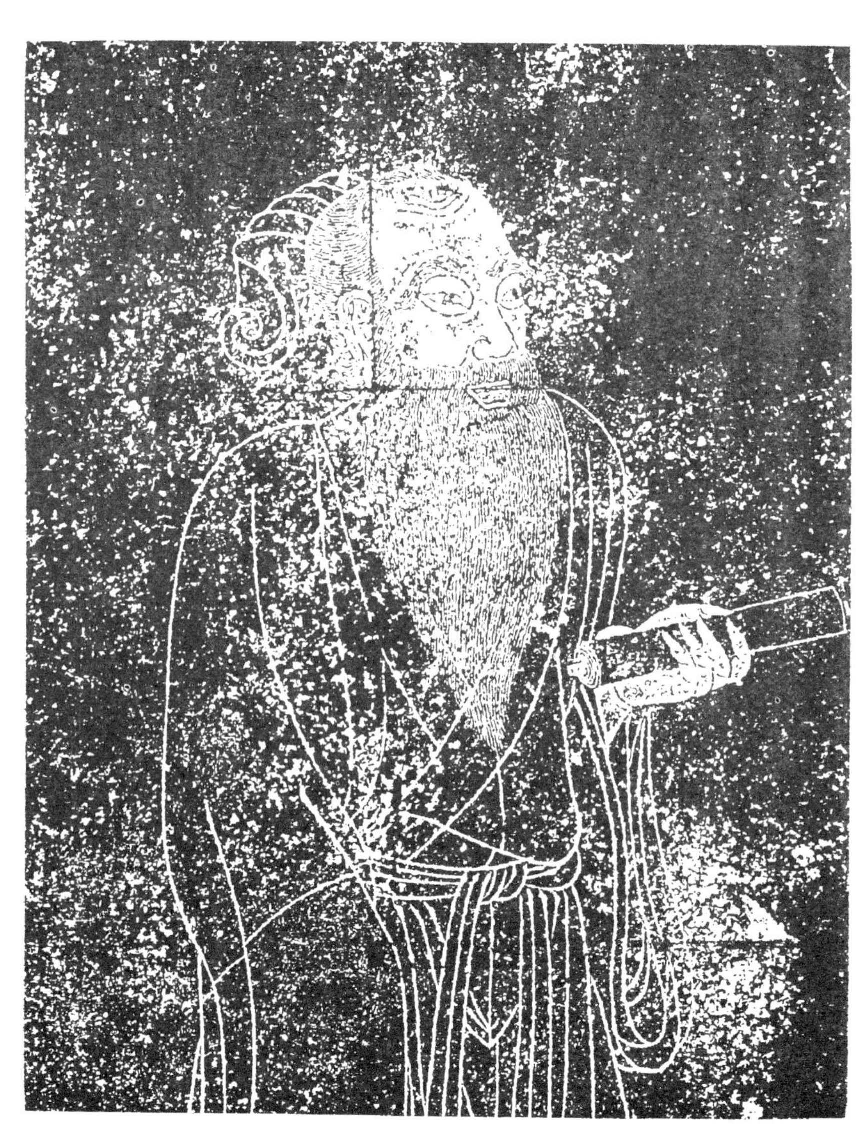

謝靈運像（明拓本）

多.他的祭古冢文及雪賦尤爲當時人所稱.又有謝莊,亦以詩名,但其作風終不能脫『顏謝』的範圍.

鮑照字明遠,（約生於公元四百二十一年,約卒於公元四百六十五年）初爲劉義慶佐史,後爲中書舍人.與其妹令暉同以詩名.照尤以擬古樂府諸作見稱.此種擬古之作品本無他自己的生命,不足論.其詩則較『顏謝』爲平易樸靜.鍾嶸論照:『貴尚巧似,不避危仄,頗傷淸雅之調,故言險俗者,多以附照.』然照之不『淸雅』而近於『險俗,』正在他的較顏謝無生氣的雕斲品的高出處.如他的詠燕:『可憐雲中燕,旦去暮來歸.自知羽翅弱,不與鵠爭飛.寄聲謝飛鵠,往事子毛衣.瑣心誠貧薄,叵忝節榮衰.陰山饒苦霧,危節多勁盛.豈但避霜雪,當儆野人機.』自較塗濃綠深紅,鏤精金璞玉之顏謝的詩爲好.

六

這個時代,（晉宋之時）有所謂『吳聲歌曲』者,係當時南方民間盛傳之歌辭，大部分都是戀歌，——極好的戀歌。自詩經之外，像這種的真摯的戀歌，中國的詩壇上是絕少有的。這種戀歌，重要者有子夜歌，子夜四時歌，懊儂歌，華山畿，讀曲歌等。

子夜歌者，唐書樂志謂係晉曲。『晉有女子，名子夜，造此聲。聲過哀苦。』樂府解題言：『後人更爲四時行樂之詞，謂之子後四時歌。又有大子夜歌，子夜警歌，子夜變歌，皆曲之變也。』今所傳者，子夜歌有四十二首，子夜四時歌有七十五首，大子夜歌，子夜警歌各二首，子夜變歌三首。

『今日已歡別，合會在何時？明燈照空局，悠然未有期。』

『朝思出前門，暮思還後渚。語笑向誰道？腹中陰憶汝。』

『歡愁儂亦慘，郎笑我便喜。不見連理樹，異根同條起。』

『別後涕流連，相思情悲滿。憶子腹糜爛，肝腸尺寸斷。』

『夜長不得眠，明月何灼灼！想聞散喚聲，虛應空中諾。』

——以上子夜歌

『梅花落已盡，柳花隨風散。歎我當春年，無人相要喚！』
『反覆華簟上，屏帳了不施。郎君未可前，待我整容儀。』
『初寒八九月，獨纏自絡絲。寒衣尚未了，郎喚儂底爲？』

——子夜四時歌

懊儂歌今傳者十四首。古今樂錄曰：『懊儂歌者，晉石崇綠珠所作，唯「絲布澀難縫」一曲而已。後皆隆安初民間訛謠之曲。』

『髮亂誰料理？託儂言相思。還君華豔去，催送實情來。』

——懊儂歌

華山畿今傳者二十五首。古今樂錄曰：『華山畿者，宋少帝時懊惱一曲，亦變曲也。少帝時，南徐一士子，從華山畿往雲陽，見客舍有女子年十八九，悅之無因，遂感心疾。母問其故，具以啓母。母爲至華山尋訪，見女，具說。女聞感之，因脫蔽膝，令母密置其席下，臥之當已。少日果差。忽舉席見蔽膝而抱持，遂呑食而死。氣欲絕，謂母曰：「葬時，車載從華山度。」母從其意。比至女門，牛不肯前，打拍不動。女曰：「且待須臾。」裝點沐浴，既而出，歌曰：「華山畿，君既爲儂死，獨活爲誰施！歡若見憐時，棺木爲儂開。」棺應聲開，女遂入棺。家人扣打，無如之何。乃合葬，呼曰「神女冢。」這段悲慘的戀愛故事的後段，太神奇不足信，大約是後人附會的；也許此故事竟是臆造的。但此曲中可愛的戀歌卻不少：

「啼著曙，淚落枕將浮，身沈被流去。」

「一坐復一起，黃昏人定後，許時不來已。」

「不能久長離，中夜憶歡時，抱被空中啼。」

「松上蘿，願君如行雲，時時見經過。」

「夜相思，風吹窗簾動，言是所歡來。」

讀曲歌今傳者八十九首。此歌的起原，有不同的二說：一，宋書樂志曰：「讀曲歌者，民間爲彭城王義康所作也。其歌云：「死罪劉領軍，誤殺劉第四」是也。」二，古今樂錄曰：「讀曲歌者，元嘉十七年，袁后崩，百官不敢作聲歌，或因酒讌，止竊聲讀曲細吟而已。」此二說未知孰是。但民間的歌曲本無什麼明瞭的起原。各史樂志及古今樂錄，樂府解題各書的話，大抵都是臆測的，不大靠得住的．

「折楊柳，百鳥園林啼，道歡不離口．」

「憶歡不能食，徘徊三路間，因風覓消息．」

「歔欷闇中啼，斜日照帳裏，無油何所苦，但使天明爾．」

「打殺長鳴雞，彈去烏臼鳥，願得連冥不復曙，一年都一曉．」

——以上讀曲歌

七

這個時代的散文作家，且在最後提一下．

歷史家甚多．初有譙周，作古史考，薛瑩，韋曜，華覈共撰吳書．周為蜀人，字允南．在蜀為僕，轉家令，入魏為陽城亭侯．瑩，曜及覈，俱為吳人．曜為孫皓所殺，瑩則隨孫皓降，曹授為散騎常侍．瑩又著書八篇，名曰新議．

晉初，有皇甫謐著史書及傳記甚多．謐字士安，安定朝那人，性澹泊，累徵俱不出仕，自號玄晏先生．所作有帝王世紀，年歷，高士傳，逸士傳，列女傳及玄晏春秋．又有陳壽，時稱爲大歷史家，作魏吳蜀三國志，論者謂其善於敘事，有良史之才。又撰古國志五十篇，益都耆舊傳十篇。壽字承祚，亦蜀人。少時師事譙周。晉初爲佐著作郎，出補陽平令。他的三國志至今仍認其爲不朽的巨著，然其體例總不出司馬遷與班固的範圍。

略後，有袁宏，字彥伯，曾倣荀悅的前漢紀作後漢紀三十卷，又作竹林名士傳三卷。宏後，有何承天，東海郯人，曾爲宋的著作佐郎，撰國史，當時稱爲名史家。又有徐廣字野民作晉紀四十六卷，又有裴松之字世期，河東聞喜人，注陳壽的三國志，又作晉紀。其子駰亦注司馬遷的史記。同時，北朝有崔浩，字伯淵，作國史三十卷。因記事不善諱飾，北人忿怒，浩被殺，兼夷滅全族。爲歷史上最慘酷的文字獄之一。

略後，有范曄，字蔚宗，順陽人，初爲祕書監，因事出爲宣城太守，不得志，乃刪衆家後漢書爲一家之作，其體例亦不出於司馬遷，班固的範圍。後曄因欲擁彭成王義康爲帝被殺。同時有劉義慶者，宋之宗室，封臨川王，撰徐州先賢傳及世說新語。

世說新語中頗多名雋之言。又有臧榮緒，東莞莒人，隱居不仕，括東西晉的史事爲一書，凡紀錄紀傳百十一傳，爲時所稱。

論文家卻不甚多。曹丕作典論，前已講過。後有傅玄，作傅子，爲內外中篇，凡有四部六錄，合百四十首。玄之後有江統者，字應元，陳留圉人，爲晉時最具深慮遠識的政論家，曾作歷史上著名的徙戎論。當時政府不用其言。未及十年，五胡果亂華，如統所料。統之後有葛洪，字稚川，丹陽句容人，著抱朴子，凡內外篇八卷，內篇論神仙修煉符籙劾治諸事，外篇則論時政得失，人事臧否。這些作家的思想，俱不能出儒家的範圍。

大抵此時代的散文殊不發達，史學則拘守遷、固之成規而不敢稍有緬越，論文則多傷於文字的俳偶，不易暢達所欲言，而作者的思想亦無可特加以注意的必要；遠不如其詩歌之時有好的偉大的作家出現。

參考書目

一、三國晉宋詩人之有專集者絕少，可讀張溥的漢魏百三家集及丁福保的全漢三國晉六朝詩，此二書俱甚易得。

二、蔡中郎集六卷，漢蔡邕著，有商務印書館的四部叢刊本。

三、曹子建集一卷，魏曹植著。有明刊本，有通行坊刻本，有四部叢刊本。

四、嵇中散集十卷，魏嵇康著，有四部叢刊本。

五、陶淵明文集十卷，晉陶潛著，版本極多，有汲古閣本，有四部叢刊本，又有陶靖節詩注四卷，宋湯漢注，拜經樓校本。

六、鮑氏集十卷，宋鮑照著，有四部叢刊本。

七、譙周的古史考有平津館輯本。

八、皇甫謐的帝王世紀有宋翔鳳輯本，浮溪精舍刊。

九、陳壽的三國志有單刻本，有二十四史本。

十、袁宏的後漢紀有四部叢刊本。

十一．范曄的後漢書有單刻本，有二十四史本．

十二．劉義慶的世說新語有四部叢刊本．

十三．傅玄的傅子有聚珍版叢書本．

十四．葛洪的抱朴子有平津館叢書本．

年表（一）

年表一

（公元前四〇〇〇年——公元後四七九年）

公元前四〇〇〇年——凱爾地亞刻石約產生於此時。

公元前一三一六——一一三〇七——特洛哀（Troy）爲希臘人所圍。這是荷馬大史詩依利亞特故事的根據。

公元前三〇〇〇——死書（埃及）及塔霍特甫的箴言（埃及）約出現於此時。

公元前二五〇〇——二〇〇〇——尙書中最古的一部分，約產生於此時。

公元前一七六六——湯放桀於南巢。

公元前一五〇〇——一一二二——詩經中最古的一部分的產生於此時。

公元一三八八——盤庚自奄遷都於北蒙。

公元前一二〇〇——舊約聖經中最古的一篇聖約記約產生於此時。

公元前一一二二——武王伐紂，戰於牧野，紂自焚死。

公元前一〇〇〇——委沙編印度的大經典浮陀，約在此時。

公元前九〇〇——八〇〇——希臘史詩作家荷馬，約生於此時。

公元前七七〇——周平王東遷於洛邑。

公元前七五〇——中國哲學家老子約生於此時。

公元前七〇〇——希臘詩人海西亞特作神譜及工作與時間，約在此時。

公元前六〇〇——希臘女詩人莎孚約生於此時。

公元前五五七——佛教的創始者喬答摩，即釋迦牟尼子生。

公元前五五六——希臘詩人西曼尼特生。

公元前五五一——孔子生。

公元前五五〇（？）——希臘寓言作家伊索生。

公元前五二五——希臘第一悲劇作家阿斯齊洛士生。

公元前五〇〇——中國哲學家墨翟生。

公元前五〇〇——三〇〇——印度史詩馬哈巴拉泰及拉馬耶那約產生於此時。

公元前四九五——希臘第二悲劇作家沙福克里士生。

公元前四九〇——希臘軍大敗波斯軍於馬來遜。

公元前四八四——阿斯齊洛士第一次得第一獎。

各元前四八四——希臘歷史家希洛多托生。

公元前四八〇——希臘第三悲劇家優里辟特生。

公元前四七九——孔子死。

公元前四七七——喬答摩死。

公元前四七一——希臘歷史家修西地特士生。

公元前四六九——西曼尼特死。

公元前四六九——希臘哲學家蘇格拉底生。

公元前四五六——阿斯齊洛士死。

公元前四四八(?)——希臘喜劇作家阿里斯多芬生。

公元前四四四—四二九——貝理克(Pericles)握雅典政權。

公元前四四三——希臘詩人聘達死。

公元前四三一——優里辟特作美狄亞。

公元前四三〇——希臘歷史家謝諾芬生。

公元前四二九——希臘哲學家柏拉圖生。

公元前四二五——希洛多抵死。

公元前四一六——墨翟死。

公元前四〇六——優里辟特死。

公元前四〇六——沙福克里士死。

公元前四〇〇——修西地特士死。

公元前三九九——蘇格拉底死。

公元前三八五（？）——阿里斯多芬死。

公元前三八四——希臘演說家狄摩桑士生。

公元前三八四——希臘哲學家阿里斯多德生。

公元前三七二——孟軻生。

公元前三五七——謝諾芬死。

公元前三五六——亞歷山大帝生。

公元前三四七——柏拉圖死。

公元前三四三——屈原生。

公元前三二三——亞歷山大帝死。

公元前三二二——狄摩桑士死。

公元前三二二——阿里斯多德死。

公元前三一〇——荀卿生。

公元前二九〇——屈原死。

公元前二八九——孟軻死。

公元前二七五（？）——莊周約死於此時。

公元前二五四——羅馬戲曲家柏魯托士生。

公元前二三〇——荀卿死。

公元前二三〇——韓非爲秦人所殺。

公元前二二一——秦滅六國。

公元前二〇二——劉邦卽皇帝位。是爲漢之始祖。

公元前二〇〇——賈誼生。

公元前一九〇（？）——羅馬戲曲家忒棱斯生。

公元前一八四——柏魯托士死。

公元前一七九——司馬相如生。

公元前一六八——賈誼死。

公元前一五九（？）——忒梭斯死。

公元前一四五——司馬遷生。

公元前一四一——枚乘死。

公元前一四〇——劉徹即皇帝位，是爲漢武帝。

公元前一一七——司馬相如死。

公元前一〇六——羅馬演説家，政治家西塞羅生。

公元前一〇四——司馬遷始作史記。

公元前一〇二——羅馬大軍事家，政治家凱薩生。

公元前九六——羅馬詩人洛克里托士生。

公元前八七——漢武帝劉徹死。

公元前八七——羅馬詩人卡托洛士生。

公元前八六(？)——司馬遷死。

公元前八〇——劉向生。

公元前七〇——羅馬詩人維琪爾生。

公元前六五——羅馬詩人賀拉士生。

公元前五九——羅馬歷史家李委生。

公元前五五——洛克里托士死。

公元前五三——揚雄生。

公元前四八——四四——凱薩爲羅馬的專政者。

公元前四四——凱薩被刺死。

公元前四三——西塞羅被安東尼所殺。

公元前四三——羅馬詩人奧維特生。

公元前三一——屋大維爲羅馬皇帝。

公元前三〇——維琪爾作佐治克士。

公元前一九——維琪爾作阿尼特成。

公元前一九——維琪爾死。

公元前九年——劉向死。

公元前八年——賀拉士死。

公元前六年（?）——耶穌生。

公元後一年——舊以耶穌生於此年。（漢平帝元始元年。）

公元後一七年——奧維特死。

公元後一七年——李維死。

公元後一八年——揚雄死。

公元後二九年——耶穌被釘於十字架。

公元後三二年——班固生。

公元後四六年(?)——希臘傳記作家柏魯泰契生。

公元後五五年——羅馬歷史家泰西托士生。

公元後六〇年——羅馬諷刺詩人朱味那爾生。

公元後七〇年——新約聖書四福音裏最古的馬可福音約產生於此時。

公元後七八年——張衡生。

公元後七九年——馬融生。

公元後九〇年——論衡的作者王充死。

公元後九二年——班固死。

公元後一二〇(?)——柏魯泰契死。

公元後一二五——金驢的作者阿卜利士生。

公元後一三三——蔡邕生。

公元後一三五——泰西托士死。

公元後一三九——張衡死。

公元後一四〇——朱味那爾死。

公元後一四八——荀悅生。

公元後一五三——孔融生。

公元後一五五——曹操生。

公元後一六一——作默想錄的奧萊里士登極爲羅馬皇帝。

公元後一六六——馬融死。

公元後一七一——徐幹生。

公元後一七七——王粲生。

公元後一七九——仲長統生。

公元後一八〇——奧萊里士死。

公元後一九二——蔡邕被殺。

公元後一九二——曹植生。

公元後一九六（？）——禰衡被黃祖所殺。

公元後二〇〇——譙周生。

公元後二〇八——孔融被曹操所殺。

公元後二〇九——荀悅死。

公元後二一〇——阮籍生。

公元後二一七——楊修被曹操所殺。

公元後二一七——王粲死。

公元後二一七——傅玄生。

公元後二一八——徐幹死。

公元後二一九——仲長統死。

公元後二二〇——曹操死。

公元後二二〇——曹丕代漢，即皇帝位。

公元後二二三——嵇康生。

公元後二三二——曹植死。

公元後二三二——張華生。

公元後二三三——陳壽生。

公元後二六一——陸機生。

公元後二六二——嵇康被殺。

公元後二六三——阮籍死。

公元後二六五——晉武帝受魏禪。

公元後二七〇——劉琨生。

公元後二七〇——譙周死。

公元後二七六——郭璞生。

公元後二七八——傅玄死。

公元後二九一——賈后專政。（自此，諸王相殺，五胡亂中國，至四二〇年始略安定。）

公元後二九七——陳壽死。

公元後三〇〇——張華被殺。

公元後三〇〇——石崇被殺。

公元後三〇〇——潘岳被殺。

公元後三〇三——陸機被殺。

公元後三一七——劉琨被殺。

公元後三二一——王羲之生。

公元後三二四——郭璞被王敦所殺。

公元後三二八——袁宏生。

公元後三五四——古代大宗教家聖奧古斯丁（St. Augustine）生。

公元後三六五——陶潛生。

公元後三七二——裴松之生。

公元後三七六——袁宏死。

公元後三七九——王羲之死。

公元後三八四——顏延之生。

公元後三八五——謝靈運生。

公元後三九七——謝惠連生。

公元後三九八——范曄生。

公元後四〇三——劉義慶生。

公元後四二〇——劉裕受晉禪，爲宋之始祖。中國自此分爲南北朝。

公元後四二一——謝莊生。

公元後四二一（？）——鮑照生。

公元後四三〇——聖、奧古斯丁死。

公元後四三三——謝惠連死。

公元後四三三——謝靈運被殺。

公元後四三七——陶潛死。

公元後四四一——沈約生。

公元後四四四——劉義慶死。

公元後四四四——江淹生。

公元後四四五——范曄被殺。

公元後四五一——裴松之死。

公元後四五六——顏延之死。

公元後四六〇——任昉生。

公元後四六二——劉峻生。

公元後四六四——梁武帝蕭衍生。

公元後四六四(?)——謝朓生。

公元後四六五(?)——鮑照死。

公元後四六六——謝莊死。

公元後四六八——王融生。

公元後四六九——吳均生。

公元後四七九——蕭道成代宋,即皇帝位,是爲齊高帝。